傀儡城

之 荆轲刺秦

赵垒 著

百花洲文艺出版社
BAIHUAZHOU LITERATURE AND ART PRESS

图书在版编目（CIP）数据

傀儡城之荆轲刺秦 / 赵垒著. —南昌 : 百花洲文艺出版社，2018.1

ISBN 978-7-5500-2598-1

Ⅰ. ①傀… Ⅱ. ①赵… Ⅲ. ①长篇小说 - 中国 - 当代 Ⅳ. ①I247.5

中国版本图书馆 CIP 数据核字（2017）第 316111 号

傀儡城之荆轲刺秦

赵垒 著

出 版 人　姚雪雪
责任编辑　袁　蓉
特约编辑　赵莹莹
封面设计　壹书・韩 1092801781
出版发行　百花洲文艺出版社
社　　址　南昌市红谷滩世贸路898号博能中心A座20楼
邮　　编　330038
经　　销　全国新华书店
印　　刷　三河市祥达印刷包装有限公司
开　　本　670mm × 970mm　1/16　印张　16.5
版　　次　2018年5月第1版第1次印刷
字　　数　213千字
书　　号　ISBN 978-7-5500-2598-1
定　　价　39.00元

赣版权登字 05-2016-455

邮购联系　0791-86895108
网　　址　http://www.bhzwy.com
图书若有印装错误，影响阅读，可向承印厂联系调换。

你的身影与我如此相似
你的容颜
我的相貌
如同镜中之影

你的步伐与我如此相似
你的一举
我的一动
仿佛同线之偶

你的眼眸与我如此相似
你的梦想
我的愿景
仿若同心之体

我们可否接受彼此
我们可否共同携手
我们可否许下承诺

然而万事终生隔阂
你我只得天各一方

纵使眼前只剩漫寞长夜
也只愿固守自己的抉择

01

全电气驱动的雷克萨斯轿车里静寂无声。

面孔冷清僵硬的司机让人分不清楚是人类还是机器人。

我坐在副驾驶位上喘了口气，看向后视镜。后座有个俊美青年无力地靠在车门上。我左眼看到的他像是在熟睡，而右边的义眼则显示他毫无生命体征。

迟来的恐惧感让我身上冒了一层薄薄的冷汗，多天未换的衬衣洇湿以后粘在身上，像是没拧干的抹布。麻烦事一件连着一件，出门之前我该查查皇历，是不是今天宜宅居上网，忌出行交易。

轿车缓缓掉头，远离了蓝雪商务会所阔气的大门。等车子驶上大路时，闪着灯的警车与急救车已经呼啸着占领了侧边的车道。司机淡然地切入自动驾驶，然后打开投影器，调到戏曲频道，音响中传来了一阵慢西皮摇板，接着有人唱道：

> 可叹一缕英雄气，志不成功心已灰。

是《荆轲传》。

我跟这司机合作过很多年了，他从未跟我说过一句话，他只服从一个女人的命令。不知道他现在是想借这出戏讽刺刚才发生的事，还是想以这种方式暗示他想听我讲讲。

我没兴趣说话。

那场刺杀已经失败了。

戏里的刺杀还没有开始。

我喘了口气靠在椅背上，让打了孔的真皮裹住身体，然后在右眼中回放刚刚发生的事件的视频。

十五分钟前。

高大的侯业伟趴在地毯上，双手抱着脑袋朝我喊道："你每次来逛会所都这么刺激吗？"

我挺想回答他，像今天这样还是头一次，但雷鸣般的炮声已经在我头顶不足两米的地方再次响了起来。我只好跟他一样老老实实地趴在地上，抱住脑袋，死死捂住耳朵。

20mm战车炮。上一次亲耳听到这玩意儿的声音已经是十几年前了，在演习场隔着几千米远听这玩意儿开火就跟听电钻在隔壁钻墙差不多；现在就距我两米远，就像电钻在直接钻我的耳膜。

我很纳闷儿。现在是和平的2049年，距离战争结束已经有十二个年头了。为什么在繁华的沈市会有辆装着实弹的蝎式战车突袭一家商务会所？我的脑袋在轰鸣声中没法进行任何思考。不过好歹我知道它的目标不是我。虽然我有很多仇家，但还不至于有人要开着这玩意儿来要我的命。

五秒钟后，扫射停歇，战车炮从破孔中探了进来。接着，蝎式战车两条粗壮的前腿径直撞破千疮百孔的砖墙，突入房间。我赶忙滚到一旁免得被踩中，承重五吨的机械腿随便一条踩到我身上，就得让我去做半身义体化了。滚到相对安全的距离以后，我透过倒下的门望向对面的房间，之前那两个趾高气扬的保镖已经被打成一堆碎肉和零件的混合体。它的目标是那个房间里的人。

我转过身，爬向被战车撞开的那个洞，这时，身后有人拉住了我的脚。

“别跑！想想办法。”会所的领班兼大堂经理秦辉一手护住自己的脑袋，一手抓住我的脚踝。

“想办法？那可是战车。先跑吧！”

“你带来的那货不是警察吗？他不管？”

“你怎么知道他是警察？”

“你带来的人不是罪犯就是警察。你看他像罪犯吗？”

确实，侯业伟长得膀大腰圆、浓眉大眼，一身正气，往那儿一站就是一副警察相，趴在那儿也是一股警察味。我就不该带他进来。

“就算他是警察，但那可是战车，你有反战车炮，我给你想想办法。现在咱仨手上连把枪都没有，我给你想个毛办法。等部队的人来了再说吧。”我继续往洞口爬，但秦辉还是没松手。

“林大姐在里面呢。”

“什么？”我心里一惊。

“林大姐也在里面跟人谈事情呢。”

“真会挑时候！”

我一边骂一边转过身。战车已经撞破第二堵墙，踩着尸体碎块开到了那个房间的门口，战车炮的炮管再次开始转动。我估计现在想出办法也晚了。

02

三个小时前，我在做什么？

三个小时前，我人在自己家，而意识在长城网络信息安全学院的资料中心。

我的脚踩着木地板，触感却如大理石般冷硬。那里没有空气，呼吸中只有从记忆深处蔓延出来的腐败霉味。

在现实中，资料中心是座两层的图书馆，老旧、破败，里面的藏书只有一些古典文学和哲学名著，根本没有半点儿所谓的资料。我在那里上学时，馆里藏有不少二十世纪的小说。如果你的女朋友是个好读书的文艺女青年，那里倒是个相当不错的约会地点——人少、幽静，地上虽然不干净，但是书架结实、不会倒。

而在虚拟的网络环境中，资料中心是一座十层高的图书大厦。不过它内部的虚拟景象还是跟那座两层的旧图书馆一样，多出来的那八层跟镜像一样往上叠了四次。过去，我觉得这儿的环境设计师要么特别怀旧，要么想象力特别匮乏。后来我才知道，那是最早的迷宫型防火墙，一模一样的装饰就是为了让闯入者分不清自己到底在第几层。

在虚拟的资料中心，看不到任何安保措施，没有管理员，没有摄像头。但要往上走，每走一级楼梯就得破解一道防火墙。这里的安全协议逐级往上增加，一层和二层只有屏障型防火墙和镜像型防火墙。这两层也没有什么太重要的资料，“破解神经信号传递”“电子脑与电子化社会”“虚拟现实与现实虚拟”“信息战与电子战的融合”，都是些十年前的东西。

经过前两层，我跨上第三层的楼梯。从这里开始，防火墙都是复合嵌套型的。局中局、套中套，一个判断不准，意识就会被困在防火墙里。相对地，这层的资料多半和电子脑攻击与防护、义体控制相关，拿出一些来就能让一个有脑子的程序员少吃好几年苦头。不过，我要找的东西不在这里。

我走上第五层。这是我的警用权限能到达的最高层。所幸，警队在把我踢出来以后，权限一直都没有收回，否则我就得跟那些防火墙苦斗好几个小时。五层是个很尴尬的存在，因为这里的资料所勾画的实验性技术大多超前于时代，又或者是一些概念型的理论，以现代的科技完成不了但又有实现的可能性。总之，这里的东西有可能往上挪到机密那几层，也有可能往下落到实用技术层。当然，也有可能直接消失，变成别人科幻小说里的一条设定。幸运一些的资料会印成精贵的实体书，很多年以后再重新变成图书馆里的一员。我要找的东西就在这一层。

我走进书架间，开始筛选委托人给的关键字和论文编号，面前的一排书脊上的文字随着搜索不停变换。两分钟后，我找到了那篇关于情感逆向转化成电子脑信号的论文。我正对着的那本书的书脊上显示出了《情感与知觉的平移》。

情感和知觉转化一直是电子脑技术的大难题。十四年来，科学家和软件工程师们做了无数次试验，基本上知觉已经攻破了，但在知觉与情感之间还有一道大难关，那就是真实。“真实”到底是一种感觉，还是一种感情，至今没有定论。不过时至今日，心理学俨然已成严谨科学，相信攻克这个难关只是时间问题而已。

我大概看了一下论文，都是些关于记忆和脑刺激的纯理论。考虑到最近出来的一项加密技术，我估计这篇论文很快就要上升到第六层了。

将论文拷贝下来以后，我回到了一楼大门处的衣冠镜旁，那是退出的地方。我看了一眼镜中的自己。获得权限时我二十九岁，所以我在资料中心的虚拟形象一直都是二十九岁时的样子。那时我刚转岗到刑警队，自豪地穿着黑色警服，胸口别着自己的名牌——陈海瑞，容光焕发，一副敢上九天揽月、敢下五洋捉鳖的白痴模样。那时，我的妻子刚有两个月的身孕；那时，我的右眼和右臂都还好好地在我自己身上。

从资料中心退出以后，我从沙发上站起来活动了下僵硬的脖子，然后到卫生间洗了把脸。镜子里的我面色蜡黄、头发凌乱。现在，我三十四岁了，被刑警队开除五年了，也离婚五年了。

现在，我的右眼是一只没有瞳孔的义眼，它比我的左眼看得更清楚——六十五倍变焦，还有扫描功能。而我的右臂是一只披着假皮的机械臂，它比我的左臂更灵巧也更有力量，而且拿东西时不会抖。现在，我靠干一些违法勾当过活，我不知道自己是否怀念以前的日子。至少就赚钱来说，我赚钱的机会比以前更多了。

偷一篇研究论文用不了半个小时，但却有五千块的收入，紧着点儿花够我过两个月。我不知道这篇论文会不会带来什么世界性的冲击，我也不在乎，反正这个世界变化得已经够快了。真要说哪天机器人有了感情，或者我们开始往别的星球移民，我都不会奇怪。

十四年前，德国和瑞士的科学家合作把纳米机械电脑注射进植物人的脑子，试图唤醒植物人，没想到打破了人与网络和机械的界限。那年被称作人类变革的一年，所有人都觉得自己即将迈入新纪元的大门，结果被层出不穷的后遗症绊了个大跟头。

我也过了热血上头的年纪，无论以后发生什么，大事就让办大事的人去操心，一介小市民操心也是白操心。

回到客厅，我向委托人发了东西到手的信息。只要他通过转账付款，我这边就立刻发送文件。过了一会儿，他回复说要当面交易，接着又发来交易地址——观泉路西侧的第一座天桥。这让我很不快，我不排斥当面交易，问题在于他说的这个地方离我住的地方很近，这代表他知道我住在哪儿，而且明确地想要告诉我他知道这个信息。

我想了想，回复半小时后见，然后把论文拷入数据芯片。看到客厅角落里的那台针式打印机时，我又改了主意。既然他要那么老派，那我不如更老派一点儿。我把芯片和纸都装了进去，让那台老古董嘎吱嘎吱地开始工作。

现在是下午一点，走到天桥需要二十分钟，时间足够。论文打了十五张纸，我穿上大衣，把纸卷成筒装进兜里便出了门。我住的地方在主路旁的一条小道里，是租的一栋三层商住两用楼。很早以前，开发商打算把这里打造成一条美食街。我的前妻曾是一家餐饮连锁店的调味主管，她美滋滋地租下了这里，计划生了孩子就辞职，在这儿卖小吃顺便带孩子。然而，现在这里成了我的据点。我们离婚以后，她带着女儿跟新任丈夫去了南方，我索性卖了房子分掉钱就长住在了这里。

其实这里也没什么不好，美食街没搞成，大部分楼不是空着就是被当了仓库。要是有人来堵门，我可以从三楼跳到隔壁逃跑。另外有一点，就是不用坐电梯，要是有人跟装着重型义体的家伙挤在一个铁匣子里，难免会担心掉下去，他们总是没有机器人的自觉——去走楼梯。

我走出小道上了大路，时值十月二十二日，明天就是霜降，气温下降得很快。凉意渗进我的脑子，又催生出了个想法——也许我该让那家伙直接到我家里来。

03

一点三十五分，委托人还没来。

天桥的视野不错，我闭上左眼，用右边的义眼观察街道上的情况。路上的车和人比前些年少了不少，每个人都窝在家里上网，“节能减排”总算不再是一个空口号。机器人专用道上倒是挺热闹，头戴黄帽的送餐机器人和头戴蓝帽的快递机器人走起来好像是在竞速。

我又等了十分钟。目前机器人竞速比分是六比一，快递机器人领先。也许是为了保证菜汤不洒出来，送餐机器人得保持相对的平衡，转弯时还得预先减速。相比之下，快递机器人就比较放得开了，有个别做了改造的还装了俩轮子。

等比分上升到八比一时，有人在拐角处进入了我的视野。他穿着一件墨绿的连帽风衣，义眼测出他身高一米七九，但我觉得他鞋里应该是垫了增高垫。他走路的姿势有点儿怪，右边肩膀微微偏高，迈步也不齐，可以看出来他的四肢没有义体化。风衣帽的绒边把他的脸挡得很严实，但他还戴了面具，而且是那种能把虹膜扫描也遮住的高级品。

说实话，就凭他这身打扮，要是周围有警察早就被拦下来盘问了。

我闭上眼叹了口气，心想：要不是为了五千块钱，我肯定转头就走。

“我要的东西带来了吗?”他话语间没有任何惊喜，更糟的是，他还用变声器模拟出了一个低沉沙哑的男声。

我们到底在干吗？二十世纪的犯罪交易情景演练?

“我要的你带来了吗?”我瞪着那只义眼回道。他的身子立刻绷直了。我以为我会马上收到五千块的转账，他却掏出了一个白色的信封。这倒是让我有点儿意外，通常那些复古犯罪爱好者还不会这么做。

“形式不错。”不过，白色信封是减分项。他应该用牛皮纸文件袋的。我把卷成筒的论文递了过去交换信封。或许是诧异我没给数据芯片，他迟疑了一下，不过没有太久。

在他翻阅论文确认内容的时候，我问:“我就住在这儿附近，要不要去坐坐?”

“呃?”男低音开始走调，“不，不用了。”

他盯着我看了一会儿。或者说，我觉得他盯着我看了一会儿。他的面具让我看不到他的眼睛。

“你不点一下钱吗?”

“我相信你。”我把信封收进兜里，如果数量不够或者是假钞，那倒是个大惊喜。

他像个老旧识别机一样憋了好一会儿，最后才从面具里挤出一句“谢了”。

我目送他离开，他总共回了三次头。第一次是在下天桥之前，第二次是在下天桥之后，第三次是走入拐角之前。我预想可能还会有第四次或者第五次，但那无所谓了。

在这个城市觉得全世界都在迫害自己的年轻黑客少说也有一百个，这家伙只是出手比较阔绰，比较重形式，没什么特别的。

完成这次交易以后，我走到街角的煎饼摊要了个双份加料的煎饼。在这儿摊了十五年煎饼的老头儿告诉我，市里马上就要用固定的机器人小摊来代替他们这些无证商贩，他就要失业了。我安慰他不用担心。“智能化城市”这个口号已经喊了很多年，但我们连扫大街都没完全实现智能化。

解决午饭时，我顺便四处转了一下，前些天我发现附近的两栋烂尾楼突然变成了两栋二十层、带空中走廊的大厦。我一直想实际体验一下走在空中走廊上是什么感觉，当然，我不指望能在那儿体验到。那两栋楼只是个投影，街道办在烂尾楼的外墙上装了投影锚点，提前把两栋楼的未来展现了出来。至于那个未来会不会实现，就另当别论了。

我走到楼下的警戒线边上，想体验空中走廊的想法莫名其妙地消失了。然后我越过警戒线走向大门，自动门没有为我敞开，我直接穿了过去。大楼里面还是老样子，垃圾四散，裸露的钢筋上挂着蜘蛛网，唯一有变化的就是灰白的墙面上有人用喷漆歪歪斜斜地写了一行字——我们的未来只是个谎言。

下午两点半，我回到家没什么事情可做。一楼的客厅里除了一张大办公桌、几把椅子、两个旧沙发之外，就剩下那台老式打印机。我缩进沙发里登录网络去看一些电子脑软件的破解信息，大约四十分钟后，有人捶响了我住处的大门。

这个时代还保留着捶门习惯的人并不多，门外那人就是其中一个。我的门铃做得跟核弹按钮差不多，大红色，还没有玻璃罩，要是有小孩路过肯定会忍不住按一下。而门外那个家伙至少有五种方法让我知道他来了，但他依旧选择了捶门。

“文明执法哪里去了？”我隔着门喊。

“有人举报你扰民。”

“哦，那肯定是你敲门敲的。”

我打开锁，身着便装的侯业伟大剌剌地推开门走了进来。这个身形高大的内蒙古人今年三十五岁，长年的风吹日晒让他的脸看起来像块国字形的风干橘子皮。六年前我刚认识他的时候，他就是巡警，现在他还是，连个副队长的职位都没有捞到。

他一屁股坐进沙发，垫子下的弹簧发出了让我牙根痒痒的悲鸣。他有两条机械腿，外加一条机械右臂，脊椎还是加固过的，虽然上身都是轻量型的义体，但起码也有两百五十斤重。

“你最近有没有犯什么事？”他问。

“不少。”我坐到了办公桌后的老板椅上。他刚敲门的时候，我觉得是偷那篇论文被发现了，不过想想，时间才过去不到两个小时，他们的效率不可能有那么高。

“说几件来听听。”说完，他宝贝似的从怀里掏出电子烟打着。

“嗯，在二楼有个全身义体的家伙，”我说，“不过我已经把他拆散了，拆掉了四肢和喉咙，现在在我的床头柜上当摆件。”

“还有呢？”

“我的冰箱里有三颗脑子，我做了处理，他们还能思考、能说话，加热一下可以来段相声。”

“别扯了，你这儿根本就没有冰箱。”

“好吧，我从部队实验室偷出来了最新的装甲服，就放在三楼，马上我就要去跟美国间谍接头了。”

“说点儿靠谱的行不行？”

我双手一摊，表示再没什么可说的了，然后靠上椅背等他说话。我知道，每次他一有事要帮忙就会先磨叽半天，等别人开口问他有什么事。我不知道他有什么事，如果他不好意思开口就走人是再好不过的。

“没别的了？”

他挤眉弄眼地问着。我耸耸肩。过了好一会儿，他终于垂下头叹了口气。

“我有点儿事找你。”

“下次有事来你就按门铃。”

“少来了，我按门铃你肯定装不在。”

会吗？别说，他还真猜对了。“有什么事就说吧。”

“带我去趟蓝雪会所。”

“呦，这是彗星要撞地球啊！”我把眼睛瞪到最大，“咱清正廉洁的侯大警官居然要去逛会所？”

“逛个毛，去那儿有事。”

“你该不会是想查那里吧？”

“我哪儿敢啊。那可是林慧的地盘，局长要查都得掂量掂量。”

“那你去干吗？”我心想，局长才不会掂量，他根本就不会去查。

他厌烦地摆摆手，又叹了口气。

“别提了，我管的那片儿有个做生意的姑娘找到我，说她弟弟在会所里找了活儿。你也知道那是啥地方，对吧！”

“那可难说，不少人可是削尖了脑袋想往那里钻呢。”

“哎，你知道我的意思，就是去找他谈谈，让他回去跟他姐老老实实做生意。”

谈谈？打电话不行吗？电子脑通信不行吗？我可以想象得到，待会儿我们两个大叔得像社区大妈一样，跟一个觉得自己一定能出人头地的小年轻讲人生大道理。

“要谈你就去谈呗，来找我干什么？”

“你不是跟那会所的老板熟嘛，要是咱们说不动那小子，你就跟老板谈谈，让他走人。”

“你这算盘打的，你又不是人家爹……”也罢，有点儿事做总比闲着好，“走吧。”

我们一起出了门，他把车规规矩矩地停在路边的车位上。他的那辆老别克都快散架了，最高只能跑八十迈，副驾驶的门我关了三次才关上。电子脑和义体的进步并没有让代步工具先进多少，只不过以前跑油现在跑电，而且有了智能系统以后，交警部门随时能把车刹停。他本人跟他的车一样，都是经过了很多次改装才勉强跟得上时代。

“现在的年轻人要卖肉都是走网络，其实在会所干，说不定还干净些。”我说，“再说，他还是一男的，说不定就陪陪酒、唱唱歌、聊聊天、给阔太太捏捏脚。”

“说得跟很光荣似的。”他嘴角吐着烟把车启动开上路，“年轻人干点儿正经的事不行吗？在那种地方，早晚要出事。”

“放心，出不了什么事的。”

当时，我抱着敷衍的态度说了这句话。

要是我知道一小时后会发生什么事，我就不会这么说了。

04

在看到尸体的那一刻，我就知道我不该来的。

我深吸了口气，让酸臭的空气填满肺腔，然后好好体会这股味道。后厨垃圾道的臭味总是能给人一种活着的感觉。你知道有人在附近吃饭，美食会上桌，垃圾会运走，你知道他们会一直这样活着。我想，这也正是很多人喜欢在后厨抛尸的原因——活着的臭味总是能盖住死亡的臭味。

我面前的那具尸体，从正面看没有任何问题，它穿着深蓝色的小西装，脑袋垂向胸口，活像个帅小伙儿喝多了坐那儿睡觉，但他后颈上的一片焦煳表明，他的脑子已经百分之百完蛋了。

“脸匹配上了吗？”

“等会儿。”

侯业伟烦躁地回了我一句，他正拿平板电脑查数据库、匹配面部信息。二十分钟前，我们到了蓝雪商务会所。门口的男接待认识我，在知道我们来找的是谁后，他就带着一脸僵硬的微笑把我们引到了后厨的垃圾道。

“匹配上了，是他。”

侯业伟把平板递了过来。

张翰，二十四岁，没有前科，毕业于长城网络信息安全学院。他二十一岁时，在车祸中脊柱和右腿受重伤而义体化。义体脊柱是所有义体里维护成本最高的。这能解释他为什么要来这里找活儿干，但没法解释他为什么会被人烧掉脑子。

“你刚才说什么来着？出不了什么事？”侯业伟又从怀里掏出电子烟打了火，然后狠狠抽了一口。我想，这口烟进到肺里起码会让他少活一年。

“别急，也许只是个遥控人偶。”我查看了一下被烧焦的接入器，然后解开他衬衣的扣子，用右眼分析露在外面的皮肤——太干净了，没有痣，没有伤疤，毛孔分布均匀。如果说是因工作需要而换了一身皮肤，那这成本未免太高了。而且资料显示，他只义体化了脊柱和一条腿，这具尸体却全身是高仿生义体。要把脑子拿去实验室化验的话，我估计多半会是人造脑。

现在，除非我把里面拆开，不然没法确定这个穿着小西服的牛郎到底是真人还是人偶。

“咱们进去看看怎么回事。”我把平板电脑还回去。侯业伟接在手里，面露迟疑之色。他波浪般的抬头纹里挤满了无能为力的焦虑与厌恶，像是到拘留所里接关押到期的儿子的老父亲。

“进会所里头，你想进去找事吗？”

“找什么事，我跟老板熟嘛。她要杀人是不会在自己的地盘上动手的。”真要说的话，她应该算是我的救命恩人。

蓝雪商务会所的老板林慧是个在黑白军政界都吃得开的女人，战争之前，她就已经是团级的军官，虽然战争结束后她因为一些事被军队革职，不过人脉还在，会所开得顺风顺水。五年前，我丢了工作的同时还丢了自己的右眼和右臂，是她出钱帮我装了义体，还给了我不少活儿干，多亏了她，我才没有变成一摊酗酒和沉迷于电子毒品的烂泥。当初我问过她为什么要救我。她告诉我，她就是喜欢捡落水狗。

当然，这都是往事。如今她在浑河边上的会所已是远近闻名。别人都把会所搞成法国宫殿、俄罗斯城堡风格，只有她把会所搞成个宾馆的样子。

离开垃圾道之前，我嘱咐侯业伟禁用义体格斗软件。

我们绕回正门进了会所的大堂，这一次是穿着燕尾服的大堂经理亲自招待了我们。

“呦，老陈，是来玩还是来办事啊？”

“也许边玩边办事。”

大堂经理秦辉挂着诡异的微笑过来跟我握了下手，他通常招待熟客和不受欢迎的客人，而我经常在这两者之间徘徊。

“那先洗个脚，还是……”他看了一眼侯业伟的两条腿，“还是先泡个澡然后按摩好了。”

“不着急，不着急，我们先谈谈后头那具尸体吧。”

“那个啊，不着急，不着急……”

话音落下，秦辉手指中闪出一道银光猛戳向我的脖子。这时，一条粗壮的手臂横过来，想要拦住那只要戳穿我脖子的手，但它不可能拦得住，因为秦辉的那只手臂是高出力的重型义体，两根手指能直接戳穿薄钢板。然而，银光还是在我的下巴前停了下来，那是从他手指中伸出来的一把钥匙。

“你俩能不能别搞得像在演武侠电影！”我打了个哈欠把钥匙取走。

“你朋友身手不错嘛，就是看起来不太高兴的样子。姑娘们见到太严肃的人会紧张。”秦辉望着怒目圆睁的大汉，笑容不变。在刚才的那一瞬间，侯业伟伸手抓住了他的手腕。

“我脸就这样。”侯业伟脸色铁青地松开手。

“也许你可以学我，改一改，笑口常开对心情有好处。”秦辉用喉咙干笑了一声说，“兄弟做哪一行的啊？”

我说：“他跟你一样——是看大门的。先带路吧。”

秦辉也没再继续纠缠，他手一伸做了个“请”的姿势，便往包房区走了过去。

我跟在他后面，这时侯业伟发来了脑内通信：“那家伙一直都是那个鬼样子吗？”

“他以前全身重度烧伤，脸是重新做过的，没有装面部表情控制软件，所以一直都是那张笑脸。”

我回头看了一眼，侯业伟的鼻子和眉头一起皱着。那种感觉我明白，一个老警察习惯了腐臭、血腥和尾气的味道，突然有一天被精油、洗浴液、香水味包围，那么他的第一反应肯定是觉得有毒。

我们走了一会儿，秦辉也发来了脑内通信，内容跟侯业伟的一样，无非就是“那家伙脸那么欠，到底是怎么混到现在的”。

其实要说起来，秦辉与侯业伟这俩人挺像。他们都三十多岁，都当过兵，战争结束以后也都不得不转业。当初秦辉进了消防局，还被评上过消防英雄，他为救一个女孩冲进着火的化工厂而被烧成了一级伤残。虽然新的义体技术和人造皮肤很快就让他恢复了过来，但高昂的维护费还是让消防局捉襟见肘。之后，机器人逐渐替代高危行业的人类，秦辉也只得下岗另谋出路。

至于侯业伟，他转业后到了交警部门。他的两条腿是执勤时被车碾断的，后来全市智能摄像头以及智能汽车系统逐渐普及，需要执勤的交警也越来越少。为了让那两条腿发挥作用，他主动申请调岗到了巡警队。

如果当初秦辉调到巡警队，搞不好俩人会认识，甚至一起巡逻。

他们俩的脸都是很欠揍的样子。

当我们到达包房区的走廊时，我一眼就看到了两个穿夹克的保镖。我正推测是谁来逛会所还搞那么大阵势，秦辉就把我们带到了那俩保镖对面的房间。等他打开门，已经有一个穿着紧身职业西装的按摩小姐等在那里了。

秦辉坐下来问："来实的，还是虚的？"

正奔向真皮沙发的侯业伟听到这话，用脑内通信问我这是啥意思。我告诉他实的就是让那小姐给他服务，虚的就是接外置软件模拟。人还是一样，只不过是全知觉模拟。虚的更便宜。

"我们又不是来玩的，赶紧谈事情吧。"

"难得来一趟，别客气，我请客。"

"滚蛋。"

虽然侯业伟这么说，但是按摩小姐已经熟练地脱掉了他的外套，他没来得及反抗，刚才对付秦辉的敏捷行动一点儿都没用上。这家伙能对付穷凶极恶的罪犯，但是拿女人永远没有办法。

"来虚的吧，估计也待不了太久。"

我用眼神向秦辉示意，他点点头。然后估计他用脑内通信对按摩小姐说了点儿什么，按摩小姐直接把外置软件的接入器接到了侯业伟后颈上。一瞬间，高大的他就像是睡死了一般瘫在了沙发上。而按摩小姐还贴心地把他拉到了一个舒服的位置才给自己连上接入器。

"好了，来说说对面那包房里来'微服私访'的是谁吧。"我也坐了下来。

"你肯定猜得到。"

"别像个小姑娘似的让我猜你是不是做了头发，猜谜你得有题。"

"这么说吧，"秦辉的话里流出一丝笑意，"咱们这儿的劳动人民都想杀他。想想。"

"好吧。"我知道是谁了。

05

本市的政法代表曹向成，要说每个靠义体吃饭的人都想杀他，一点儿也不夸张。

作为市政法代表，十年前，他制定政策给为工作而义体化的人补助；五年前，他鼓动削减军费而导致部队某些部门的士兵集体转业；三年前，他提出建设智能化城市而开始大量引入智能机器人；现在，他又提出要控制义体，提高价格，提升门槛，减少补助。

我还记得全面开放义体化是在2039年，那年正是义体蓬勃发展的时期，战争刚好结束，我们打了胜仗，举国欢腾。很多人捏着本来应该去上大学的钱来到沈市给自己换了套工程用义体，觉得从此就有了铁饭碗。他们没想到，几年后就要面对更先进的义体、智能化机器人以及大批转业的士兵。

从一个警察的角度来说，我能理解他为什么要这么做，因为义体化带来的心理问题让犯罪率突破临界点。虽说转业的士兵有一多半进了执法部门，犯罪率确实下降不少，但随着岗位逐渐减少，那些失业的执法人员现在也成了巨大的隐患。我相信，我也是那些隐患的其中之一。

话又说回来，有人要杀他我也理解，毕竟顶着义体维护费又找不到工作的压力，还有人要停了补助，这跟要人命也没什么区别。我敢打赌，在路上随便找个人聊天聊到曹向成，冲动的人十有八九会说想弄死那家伙，而理智的人会说，如果是他坐在曹向成的位置，用一星期的时间就能解决所有问题。

不过张翰不属于过不下去日子的人，他年轻，有工作，而且从正经学校毕业。他没有足够的理由来杀曹向成。

“张翰是什么时候来你们这里工作的?”

“九月初吧，大概。”秦辉模棱两可地说。

“曹向成那家伙没被吓跑?”

“那小子连门都没进去。门口的保镖两下就把他解决了，估计里面的人都没当回事。”

“谋划一个多月，连门都没进去有些说不过去吧!”

“我说老陈，你就别掺和了，没那么复杂，就是一小鬼想不开而已。让警察来把尸体收走就完事了。”

“为什么只烧掉了脑子?”我问。

不管在垃圾道的到底是尸体还是遥控人偶，如果跟保镖产生了冲突应该会有外伤。按照现在的安保风格，发现用的是义体以后不把手脚打折一般是不会罢休的。

“也许是知道跑不了，想着同归于尽呢。”

“要同归于尽干吗不用炸弹，效率还高。”

“你当我是吃闲饭的?我在这儿还能让他把炸弹带进来?”

我想，秦辉这会儿如果能控制表情的话应该是在皱眉。

“把走廊那儿的监控录像给我看看。”

“你也知道规矩的，这儿的监控录像一向不外泄。”

“看完我就不掺和了。”

“这话你自己信吗?”他把脸转向一边，表示想都别想。我知道，他如果真心不想给的话会跷起二郎腿，给我看他的那双奥康皮鞋。

“那我们还是来谈谈生意吧。”我跷起腿，给他看我的破休闲鞋。

他没说话，算是默认。

“我这里有日本Illusion公司最新一代的模拟软件，破解版的，支持自己建立数据库。”

“模拟软件我们这里够多的了，而且我支持正版，你懂的。”

你支持才有鬼了，“也许有些新功能你没有。”

“还能有什么功能？体形自定义有了，变声有了，模拟环境可以外接其他软件，触觉模拟真到不能再真了，就算接入的是个男的你也发现不了。”

“问题是，你总得要两个人接入。”

他沉默了一会儿，然后笑了起来，这一次是真笑，因为他发出了让我耳膜难受的干笑声。“你是想说机器人脚本？几年前他们就开始用脚本了，这算什么新功能？”

“不，不，不是脚本。你有没有听说过‘灵魂锚点’这项技术？”他摇摇头。我向后靠，让沙发包住后背，然后向他解释了这个概念。所谓“灵魂锚点”，就是通过电子脑记录大脑对一些关键信息的反馈而生成一串元数据，那些元数据可以通过模拟软件模拟出一个相近的人格来。“目前这项技术的精准度还不高，不过可以通过多次模拟来增加精准度。”

“所以说，这跟那软件有什么关系？”

我可以想象秦辉正在奋力用电子脑查资料，不过他的脑子看起来不太够用。这不怪他，关于那项技术的资料在数据中心，估计看半个月都看不完。

“那软件应用了基础的程式，也就是说，连线一次就会生成一个镜像，而且连线次数越多，镜像的拟真程度就会越高。多次模拟就能得到一个跟真人差不多的镜像。”

“这么说的话，”他闭上眼沉思了一会儿，“我看不出来这有什么太大的好处，最多也就是降低成本，不用每次模拟都叫个姑娘来。”

“这就是问题所在，你可以建立自己的数据库去储存元数据，那些喜欢玩模拟的人大多也喜欢玩搜集。你们这儿姑娘小伙儿那么多，你可以鼓动他们全部搜集齐嘛。”

秦辉的脸僵了好一会儿，接着笑出了声，这次是阴笑，姑且可以当作那是赞赏的笑容。“有没有人说你是个商业天才？”

“你不是第一个，也不会是最后一个。”

“多少钱？”

“八千。”

“八千？正版价格加税也才一万。”

我想，他肯定是刚刚从网上查到了价格，“我说了，破解过的，你可以自己建立数据库，他们马上就要把‘灵魂锚点’应用到加密技术上去了，到时候盗版肯定卖得比正版还贵。”

“给你监控视频能免费吗？”

“六千。”

“成交。”

他一拍手我就有点儿后悔，两千块钱换一段视频录像肯定不值，况且我还不知道那段视频到底有没有用。

很快，我的电子脑接收了他发来的链接，我把影像投射到右眼。十二点二十一分，狭长的走廊里只有两个保镖像石像一般站着。过了一分钟，小刺客捧着一束百合缓缓走来。他居然捧着一束百合，这个时间点送饭或者送甜点不是更好吗？我可以看到那两个保镖都露出了轻蔑的笑容。果然，他借口有人送花，要进去。两个保镖装作要打开门，就在他一脚踏进去的那一刻，一人抢下花束，一人按住他的手臂，强行给他接上了电子脑抑制器。这时，他的脖子上闪出一串火花，他的身体就软了下去。

我把接入抑制器的那一幕又重新看了几遍，按说电子脑抑制器应该只会锁死，并不会烧坏脑子。

两个保镖对此似乎也很疑惑，不过他们还是很专业地从花里搜出了一把水果刀，然后处理了尸体。

整个刺杀过程简单到有些滑稽。

我关掉视频，对面的秦辉笑得像是别有深意。我提醒自己，他的脸就那样。

“这事你怎么看?”我在心里重新评估了一下，这段视频顶多值两百块。

“没啥。我见过比这还蠢的刺杀。”

“张翰登记过遥控人偶来上班吗?”

“没有。我们也没那么严格的登记制度。我知道你在想什么，不管是他在操纵人偶还是别的什么人冒充他，都是白白浪费了一次机会。一个人偶起码也得十几万，省下这笔钱，搞点儿设备在路上下手，说不定成功的可能性还大些。”

他说得也不是没有道理。这场刺杀根本就是自找麻烦。无论操纵人偶的是谁，警方都有张翰和人偶这条线索。

我思索了一会儿，又问：“曹向成是本就有计划来的，还是临时起意来玩的?”

“那家伙今年来得勤快，不过没什么规律。你要说计划，那帮大人物做什么事都有计划，不是吗?”

“他是来找林慧的吧?”

秦辉闭上嘴巴不答。我心想，张翰要是能弄到出行计划就能想出更好的刺杀方法，他在这里潜伏了一个半月大概就是在等机会。可他是从网络信息安全学院毕业的，应该用自己更擅长的黑客技术才对。

我努力想用现有的资料去拼凑出一个合理的解释，最终却只换来了头疼。

“也许还会有一次刺杀。刚才只是定位而已。”我揉了揉眉心，让思绪平静下来。

“随便，就算是职业好手，要过门口那俩从特种部队下来的保镖也难，而且他屋里还有俩保镖呢。”

“也许要来的不止一个职业好手呢。”

“请得起那么多职业杀手的人还用得着杀他？”

“也许是一帮人一起出的钱。”

“是啊，也许有人搞了个众筹呢，价格五百万，拿个狗官的人头。事情成了以后汇款到账，你再顺着这条线像摘葡萄一样拉出来一串人，根据出了多少钱来量刑。”说完，秦辉掏出盒中华烟，不过他犹豫了一下又放了回去。这个全身义体的前杀手，在自己的地盘想抽烟还得看是不是禁烟房。

“你还想知道什么？张翰的资料要不要？”

“行了，差不多知道这些就够了。反正又不是我的事。这两天我把软件给你带过来。”

我起身到侯业伟的身后按下外置软件的提醒键，先醒来的是按摩小姐，她站直身子大大地伸了个懒腰，看起来是相当享受这次虚拟体验。等侯业伟喘着气醒来时，她凑上去在他嘴边亲了一下，然后像只晒足太阳的猫一样扭着屁股走了出去。

预料到侯业伟即将用脑内通信冲我大声叫骂，我先把监控的视频片段发给了他。知道那很有可能是一个遥控人偶后，侯业伟松了口气，一直紧绷着的脸也松弛下来。看到他这副样子，我没有告诉他作为一个警察这会儿应该做什么。就算在垃圾道的那个是人偶，这次刺杀也是真的，得把张翰抓起来，看看操纵人偶的是不是他。

我等了一会儿，想等那个警察自己意识到这个问题。就在这时，我的脑内通信突然出现了一股嘈杂的干扰噪音。我立刻关闭了电子脑的所有网络通信。侯业伟显然也遇到了这个问题，他眉头拧成一个疙瘩，望着我，然后我俩一起看向了房间里的秦辉。

秦辉那张只会笑的脸让他看起来像是罪魁祸首，但从他疑惑的眼神里可以看出来，他的电子脑信号也受到了干扰。

是广域干扰。我做了判断，走到窗户边想试试能不能看到干扰源。

我拉开窗帘，出现在眼前的是铁灰色的庞大身躯。通常，庞大也就代表着笨重，但那正在通过的钢铁之躯用两秒钟就掉转好方向对准了窗户。

接着，20mm战车炮在我脸前开始转动。

06

蝎式战车的全称是蝎式四足多功能步兵战车。之所以叫蝎式，自然是因为外形像一只蝎子。同种类的多足战车还有蜘蛛式和蚁式。蝎式是最早期的多足战车，虽然它的装甲没有主战坦克厚重，也不太适合在恶劣环境下作战，但胜在火力强大且机动性强，而且只需要一名电子脑化的驾驶员就可以独立操作。它的前肢可以装备两挺20mm战车炮，也可以装备较小口径的机炮，模块化的尾部可以加装加农炮、榴弹炮甚至火箭弹和导弹。

这玩意儿主要用于城市作战，因为战争很快结束，所以没起到什么作用。所幸高度模块化的设计考虑到了工程需要，战争结束后，有一部分战车卸掉了武器装备，作为工程车使用。

外面那辆处在军用和民用之间，它前面有两门战车炮，尾部却是拆迁用的破碎锤。车身上方还用醒目黄色涂料写着“注意安全”，猛然一看颇有一些暴民的味道。

第一轮扫射结束后，我趴在地上有些失神，脑子里只能不停地想，为什么会有辆有武器的战车在外面。

直到第二轮扫射结束、战车突入房间，我才把战车和之前的刺杀联系起来。

我还在部队的时候，教官曾教过如何应对这种情况：当你遇上敌军战车，手上又没有足够的火力时，就隐蔽并寻求支援。现在，就算通信没有被干扰，我也不可能叫得来火力支援。所以，撤退才是上策。

我在第三轮扫射开始前往外爬，但秦辉抓住我的脚让我想想办法。林慧也在里面，如果战车开始第三轮扫射，估计那房间里的人没有一个会留下全尸。我刚转过身，滚到房间另一边的侯业伟大声喊了一句“炮管”。

现任警察和前任消防员这会儿倒是异常默契，炮口刚开始旋转，他们同一时间跳起来猛踹战车炮，但两条高出力的机械腿也只争取了不到三秒钟的时间而已。战车炮的炮口被压低了一些，地板上立刻出现了一排整齐的炮孔。不过，这引起了战车驾驶员的注意，蝎式尾部的破碎锤像真的蝎尾一样猛地刺向了秦辉。他躲得很快，再一次趴到了我旁边。

“这个会不会也是遥控的？”他问。

“你傻吗？这么强的干扰连遥控器都用不了。”我趴在地上，继续观察战车尾部。

里面肯定有人操作，而且还是个不太熟练也不太冷静的家伙，拿做工程用的破碎锤打两个腿义体化的人跟拿筷子戳苍蝇没什么区别。驾驶员很快意识到了这个问题，蝎式战车在房间里转身也有些难，他干脆放弃攻击我们，继续向曹向成的包房突袭。有个在里面的保镖试图用手枪射击战车的探头，我在心里赞赏他的敬业精神，不过战车炮很快就把他连着墙一起炸成了碎块。

我朝包房大喊，想知道林慧有没有事，没有得到回应。我一边心里想着她大概在第一轮扫射的时候就已经跑了，一边挪到了战车后面用右眼去扫描包房里的情况。在碎裂的沙发边有一个自下腹以下部位都不见了的小女孩，不，准确点儿说是人偶。那是林慧爱用的遥控人偶之一。

我瞪向秦辉。

“算是大姐的一部分。”他讪笑了一声说，“想想办法，把它弄停了，电子战是你的强项。”

“那也得先连上线再说。”

这时，侯业伟也跑了过来，告诉我们那辆战车是工程型的。

“看尾巴和上面的字就知道了，我的眼睛又没受干扰。”我没好气儿地回道。

“工程型的战车在背上和下腹有两个接口有最高控制权限。”

我很想问为什么要加这两个接口，但这会儿，战车已经踩过保镖的碎块撞进了包房，它没有再继续开炮。看样子，曹向成已经趁刚才那会儿，逃到了通往洗浴区的大厅。包间的墙壁对于战车炮来说实在过于脆弱，三轮扫射本来是要人命的，结果不小心打开了一条逃生之路。

“大厅里是不是有个封起来的泳池，控制器还没改成无线的吧？”

秦辉立刻明白了我的意思，跑向了不远处的控制面板。我跟侯业伟跟在战车后面进入大厅。我的右眼捕捉到大厅尽头有两个人正互相搀扶着逃跑，最后一个保镖被打断了一只胳膊，曹向成的左腿不见踪影，两个人的鲜血混在一起拖出了一条血路。曹向成一直鼓励别人去换义体，但自己从没有换过，看来这次他终于要亲身体验一下了。

见到战车追上来，那位独臂保镖一把将块头不小的曹向成夹在腋下，拼尽全力飞奔向洗浴区的拐角。战车加速，可是地板突然裂开，五吨的钢铁蝎子轰然掉进两米深的空泳池。我站在泳池边缘小心地往下看，战车没有受到什么损害，还有行动能力。

“你确定每一个工程型的蝎式都有那两个接口？”

“确定，都是统一改造过的。”侯业伟站到我旁边说，“让那二皮脸找个抑制器来。”

“来不及了，把刚才那个外置模拟软件找回来。绕过验证，用起来跟抑制器其实差不多。”

说完，我专心用右眼扫描战车。它的背上确实有一个可以打开的面板，但是跳到背上太冒险，尾部的破碎锤只要往前一探就能把人打得四分五裂，我连打开面板的时间都没有。可动手处只有下腹了。侯业伟把外置软件找回来的时候，那只“蝎子”正试图爬出来，它的两条前腿扒上泳池的边缘。因为没有事先转换成步行状态，它全身的重力都集中到了后腿上，轮子立刻打滑、后退。此时，驾驶员又做了个错误的决定，他开足马力想要冲上去，结果战车卡在泳池边上动弹不得。我趁此机会跳下去，滚到战车的腹下。那里也有一个小面板，我没有冒险把自己接入，而是把刚才的外置模拟软件接了上去。

之前按摩小姐已经更改了模拟软件的设置，只能从外部结束模拟。在软件接入的一刹那，战车便停止活动、轰然落回了泳池。一时间，四周只剩下小声播放的B大调夜曲。

“工程队为什么要加这俩接口？”我爬出来问侯业伟。

“有很多黑客不是喜欢炫技搞远程操控嘛，军队的他们不敢动，就老拿工程队的开刀。所以，工程队就加了这俩接口。”他跳下来检查战车的尾部。

“工程队还没把无线模块拿掉？”

“换成短波了，不过那帮小黑客，你知道的嘛，对这种大玩意儿钟情得很。”

那倒是，人越小，想要的玩具越大。我在当警察的时候也见过不少还没成年的小黑客，他们最喜欢大个儿的工程机械。

这时，秦辉也跳了下来，“咣当”一声站到了战车的背上。

“来猜猜里面是谁。”

“我估计你看不到。”刚才扫描的时候我就发现，驾驶舱的舱门是焊死的。

“不试试怎么知道，”秦辉握上舱门把手说，“也许我能把门掰开。”

“试试吧，小心别把手掰断了。”

就算是重型义体想要强开战车的舱门也有些难度，如果有工程型的义体还好，秦辉那两只胳膊价格不菲，即使是强行打开了舱门怕是也得两败俱伤。他试了两下，果断地放弃。这时，侯业伟在尾部找到干扰器，关掉了开关。

我重新打开电子脑的网络想查一下战车的ID，但在我找到ID号之前，一个烦躁且疲惫的女声进入了我的脑子。

“把尸体带走。”

“这么大个儿，我可扛不走。”

“后厨那个小的，车在门口安排好了，把他带走。”

“带哪儿去?”

“随便，你自己处理掉，卖的钱就当是我雇你的佣金了。”

我叹了口气，艰难地顺着扶梯爬上泳池。人偶、刺杀、战车，麻烦事一件接着一件，现在想要脱身恐怕已经不太可能了。侯业伟在我身后大声问我要去哪儿，我只能在离开前嘱咐他，待会儿做报告的时候不要提到我。

07

会所的门口停着辆干净到发亮的黑色雷克萨斯轿车，我坐上副驾驶位，瞄了一眼后座上的那具尸体，然后对司机说了一个地址。他没有说话，他从来不说话。汽车静谧地启动、掉头，如幽灵一般迎来呼啸而来的警车、救护车还有消防车。如今大多数轿车在静音方面已经做得够好了，如果一定要听V8引擎的响声，装个拟声器就好。

车子的空调打开了，微热的风拂过我的脸。我的后背、脖子，还有后脑勺突然感觉到一阵燥热，我伸手去挠头发，很快这股燥热就变成了寒意，同时我开始头晕，耳朵也蜂鸣不止。我知道这是在后怕。十几分钟前，我差点儿被战车炮打死，又差点儿被战车踩死，接入外置软件的时候，战车也可能失去动力把我轧死。但当时我什么都没想。

我解开衣服的领子看向后视镜，左眼看人偶像是睡着了，但右眼显示他没有任何生命体征。林慧让我把他处理掉，一开始我没听懂，以为是让我找个地方把它埋了。不过说到佣金，不管那脑壳里是人造脑还是张翰的脑子，那身义体倒是能卖不少钱。

车子开了一会儿，司机切入自动驾驶，打开投影器看起了《荆轲传》，我不知道这是不是意味着他想跟我聊聊。专车司机有一点就是比出租车司机好，林慧把他调教得很听话，他不会随便跟我侃大山，就算他想也会等我先开口。可惜我现在不太想聊，有很多事情要问林慧。

为什么要处理掉人偶的尸体？这会显得她参与了刺杀。或者，她确实参与了。

我把这个疑问用电子脑通信发了过去。

“你觉得我会傻到在自己老窝里动手？”她把问题抛了回来。

“那你干吗要干这么给自己惹麻烦的事情？”

“那小子欠我点儿东西，我要在警察和部队抓到他之前把他找到。”

这么看来，后面那个确实是个遥控人偶。“他欠你什么？总不会是钱吧！”

“新型的电子脑防火墙，一个半月前他找到我，说他手里有一门新防火墙技术，不过没有资金开发，他让我给他份工作，好支持他到开发完成。”

“他不直接要钱，你不奇怪吗？”

“我以为他喜欢熟女呢。”

她的话里带着笑声，但我还是能感觉到一股懊恼连着通信一起传进了我的脑子里。平时要想知道那个女人在想什么可不容易。

“话说，他真有什么新技术？”

“他确实有，我试过入侵他给的试验版。那是个很怪的混合型防火墙，像是镜像型和迷宫型的混合，检测不出来，也绕不过去。”

林慧在部队时主要负责的就是情报和电子战，如果是她破解不了的防火墙，那确实是相当了不得的技术。不过，就算作为一个电子战专家，她也已经甩手多年。我还以为她现在整天就在玩人偶呢。

“你现在还在玩新技术？”

“时代变化得很快嘛，稍微落后一点儿就要被淘汰了。”

“我还以为你跟他是要演风四娘爱上萧十一郎的戏码呢。”

“我不喜欢小鬼。”她厌烦地说。

这时，《荆轲传》已经唱到了第二场，太子丹门下的一众宾客登场唱道：

堂堂勇武游侠儿，意气薄云少年时。胆如猛虎谁敢御，力似狂狮世无敌。胸中韬略奋奇气，一腔热血报相知。

“你跟曹向成在包间谈了什么?”

“一定要谈点什么？也许我是在为他服务呢。”

“用一个十二岁小女孩的遥控人偶给政法代表服务？这可真是个大新闻。把这个消息卖出去，我的后半生都不用愁了。”

那边停顿了一会儿，我可以想象到她正愠怒地皱起眉头。

“我发现你喜欢盘问人的坏毛病一直都没改。”

“是吗？我还以为你很喜欢这个毛病。”

“你小子真是越来越会耍贫嘴了。他想继续裁军，想听听哪些可以被裁掉，顺便看看哪里还有工作可以安排。”

“他跑到这里？原来这么多年都是你在垂帘听政。”

“别把这屎盆子乱扣，那帮搞政治的人的数据，水分太多，他要不是走投无路才不会来找我这落魄的老同学。”

我想她要算是落魄，我就是个要饭的。不过那帮搞政治的人是挺头疼，虽然全国最大的几家义体生产商和软件公司都在这边，但利润大多还是让上头拿走了，如今工厂精简的精简，倒闭的倒闭。

“所以不想接那烂摊子，你就用个小人偶招待他?”我问。

“你好意思跟一个比你小二十多岁的女人谈政治，还提要求?”

我斜眼看了下司机，他意识到我不想跟他讲话便专心听起了戏。其实问林慧那些事也只是出于习惯，并没有什么实质用处。我整理了一下脑子里的事情，总之，现在得先处理掉那具人偶的尸体，能不能赶在警察和部队之前找到张翰再说。那不是什么轻松的事。

“搞不好那战车里就是张翰本人呢，这估计抢不到别人前头了吧。”

“那就当你捡了一笔数目不小的佣金吧。”

她这么说让我感觉很不妙，“你只要防火墙，对吧？我想，谁策划的刺杀你一定一点儿兴趣都没有。”

“哈。”她短促的笑声回荡在我的脑子里，“我是没太大的兴趣，不过你把那尸体带走了，还想那么容易脱身？”

说完，她就断掉了线路。

没错，不管这具尸体会不会发臭，我都会沾上一身味，过不了多久就会有一大堆苍蝇、牛虻围上来。

车子转了个弯驶出繁华的地段，各种俄罗斯风格、欧洲风格、泰式风格的建筑逐渐减少，两层小商铺排满街道。此时，《荆轲传》演到太子丹准备与前来求见的樊於期会面，而老臣田光出言阻止，他唱道：

> 老臣伏思那樊於期，得罪秦邦，秦王以千金重赏，购其首级，太子何故收敌人之仇，而批龙之麟乎？

侯业伟发来通信，语气不善地质问我尸体哪里去了。我心想，到底谁让我陷入这烂事里来着？便回答他“到处找找吧”。他威胁着要把我写进报告，我假装没有收到，然后关闭了电子脑的通信线路。我迟早都会被人盯上，把我写进报告只会让他更麻烦。他肯定知道怎么写才会让自己无事一身轻，毕竟他是多年的老警察了。

我还记得他刚转岗到巡警队的那几年，他做的报告完全是在给自己找麻烦。如果当年的他要描述今天发生的事，他肯定会这么说：接到辖区内某某民事调解请求（也许张翰的姐姐压根儿就没指望他），与某无业人员一同前往蓝雪会所（这个无业人员会被认定是半个罪犯），在会所垃圾道后发现张翰的尸体（主观判断他已死亡），进入会所内与领班发生冲突（肯定会被认为是冲动行事），接着与按摩小姐发生接触（要我是审查员的话，会觉得他们大战了三百回合）。之后，他肯定会描述一番与战车遭遇后的果断与冷静。至于怎么把战车控制住的，那不重要。

侯业伟是个好兵，是名刚正不阿的警察。但是不会有人说他是个好警察。

我当班的时候也没人说我是个好警察。

不过，当时我手下的线人过得都很滋润，他们会告诉我他们知道的事情，也会帮我处理一些棘手的事情。

后来我被开除了。

08

雷克萨斯在一排蒙着灰的门面房前停了下来，那五间平房看起来像是用建大楼时剩的边角料盖的，跟后面的几栋大楼一样被漆成了米白色。开发商在做规划的时候肯定喝多了，否则不会在偏离主路、远离小区入口的侧面修这么五间矮房。我不知道他们有没有试过，忽悠商家说这里早晚会成为黄金商业地段，如果有的话，显然是不太成功。

五间门面房原本配套的全息广告牌都已经被拆掉，现在只有一块塑料广告牌挂在最右侧的那一间，上面写着“精品服装”，不是什么美琪、什么秀衣之类的廉价艺术字体，就是四个红色塑料字。五家门面就那一家开着。我让司机等我一下，然后下车，推开玻璃门走进店里，美貌的售货机器人在收银台后低头甜甜地说了声“欢迎光临”。我没管她，迅速扫视了一遍这间不到三十平方米的小店。里面当然没有人。

这行为有些多此一举，自从网络实名制得到正式实行，各大网络电商就相继推出了自己的虚拟购物街，你可以在虚拟环境中试穿、购买，再让快递送上门。在现实中，逛街也只是逛个形式，没人会来这种偏僻的无名小店。还有人说，再过不久，人们就不会在乎自己有没有真的买到衣服，只要买一行代码让自己能在网络社交平台穿就行了，根本不需要真买。

确认服装店里没人，我回到车上把尸体拖了下来。这里偏也有偏的好处，没有太多监控摄像头，能看到小店方向的只有拐角的一个交通探头。那个探头我早做了标记，发一个小信号，它就会重放一分钟之前的画面。我把尸体扛在右肩上再次来到店里，售货机器人重复了一遍“欢迎光临”。我对她说，我要买D罩杯的紫色蕾丝文胸，还有L号的黑色蕾丝内裤。

机器人顿了一会儿，然后转身打开了去往另外一间房的小门。

我想，那如果是个真人的话，她心里应该跟我的想法一样——早晚要让老板换了这狗屎暗号。

服装店只是个幌子，实际上这里做的是义体改装和买卖的生意，当然，都是非法的。老板把五间房都低价包了下来，右边的第二间有一小半是服装的库存，另外一大半则是各种型号的义体。我穿过货架到达第三间房，那是老板的工作室。打开门的一瞬间，浓重的机油味便扑面而来。

这间房的中间有一台双联义体车床，坐在旁边圆凳上的小个子男人听到了开门声，他把接入线从车床上拔下来收回后颈中，然后转过身，看到是我，便咧开嘴露出一口黄牙打起了招呼。

“哎哟，陈哥啊，来也不说一声。”

“说了你管饭吗？”

闫小兴是我以前的线人，他从小就不干正经事，几年前他还只干点儿私改义体功率的黑活儿，现在已经成功当上了老板。他今年二十九岁，一米六出头的小个子让他显得年纪很小，贼眉鼠眼的相貌，让人一看就知道很会耍心眼。但他没什么恶意。我刚认识他的时候，他清瘦得能让人看到颊骨，如今他的脸鼓得像个打过激素的橙子。

“有吃的啊。”

他抬起手，指了下门边的小方桌，上面放着三个大纸袋，里面分别是两种口味的炸鸡排和烤地瓜干，桌子下面有一提还没开封的胶瓶可乐。

现在时间是下午四点半，我猜这既是他的早餐，也是中餐，还是晚餐。半夜他肯定会要两个汉堡和一堆薯条。再这么吃下去，他肯定要换一个胃，然后身材就会像气球一样胀起来。

“算了，我的胃也吃不了这些了。你现在忙不忙？”

我越过食物走到车床边，把尸体放到空着的台位上。

“没啥事，就是还没吃饭。这是哪家公司的人偶啊？”

“还不清楚。不过从外面的皮肤来看应该是智远科技的。”

“我看看。”

他用脚在车床下找了会儿拖鞋，然后走到了另外一边来，对人偶的脸赞不绝口。要是告诉他这有可能是一具人的尸体不知他会做何反应。我暂时还不打算说。

“哇靠，这可是智远科技最新的红参2型仿生人偶啊。”

他的声音总给人一种上气不接下气的感觉，激动的时候尤其严重，这跟他每天站着的时间不超过两个小时有关。

“你确定？”

“当然确定，看这皮肤，触觉分辨率肯定已经到毫米级别了，四肢还是人机两用的。肚子里的能源内循环系统可以保证四十八小时正常运动不用充能，这一套怎么也得十五万吧。”

十五万？要是按他说的，这一套至少也得三十万起。

“二十万，这身衣服也送你，进口博柏利，你扫描下编码，改改尺寸就可以去哪个虚拟街泡妞了。”

“哎，衣服又没啥意思，”他提了下自己的抓绒裤说，“泡妞就算了吧，太麻烦了。”

“你也老大不小了，不能天天指着外面那个机器人过啊。”

“没，没有啦。只是摆在那儿装装样子。”他的脸开始发红了。

“我就没见过哪家店给自己的售货机器人用高级触感皮肤的。”

“哎，反正有，放着不用不是浪费嘛。”他窘迫地挠起油乎乎的头发说，“二十万太贵了。这毕竟是高级的东西，买的人少。”

“十八万，不是人机两用嘛，你可以拆散了卖。”

“这种高拟真的二手货不好卖啊，调尺寸又麻烦。出得起这钱的都找正规厂家定做了。”

“哎，你看，这个是最新的，”我半开玩笑地说，“关节、皮肤都这么好，肯定不僵硬，你可以跟外面那个换一下头，调一调手脚，再把几个部位整一整，玩点儿高级的，对不?”

听完，他没有说话，好像认真思考了起来。

闫小兴有个小毛病，就是喜欢自己遥控女性人偶来服侍自己的身体。很多男人都有这个小毛病，自己扮演女人来服侍自己的男性身体。在他们的意识里，自己脑子里的女人才是最完美的女人。

我对这个爱好没什么看法，但这么做违法。

最早出台关于遥控人偶的法律规定，人偶与遥控者的体形相貌相似程度必须达到百分之九十，这个标准也在逐年降低，不知道什么时候性别这个死规定也会更改。很多年前，男人争男权，女人争女权，变性人争人权，现在人们正在争既当男人又当女人的权利。

想起来，林慧私下里也喜欢玩人偶，但她不玩男人偶。我猜，对于她来说，一个男人要独立、心甘情愿地服侍她才比较有趣。

“十六万，”他像是做了个重大决定似的说，“我最近手头有点儿紧。”

“行，十六万。不过你得把脑袋里的东西拆给我。”我说。

这时，闫小兴才翻过脖子看到接入器上的焦痕。

“哟，这是咋搞的?”

“大概是有人玩得太过火了。你自己玩的时候也注意点儿。”

他撇了撇嘴没回我这话，这会儿怕是在后悔没早看到这点，好再砍点儿价。

"陈哥，你要这烧坏的电子脑干吗?"

"看看能不能恢复出来一点儿数据。"

"烧成这样估计救不出来啥了。"

"查点儿事情难啊，待会儿拆的时候小心点。"

"好嘞。"

他撸起袖子把圆凳搬过来，然后接上车床的控制面板小心翼翼地拆解。而我一边想待会儿他看到里面的东西会做什么反应，一边在屋子里转悠了起来。房间里很乱，到处都是拆散的零件，眼珠、手指，遍地都是。我不得不暂时关掉义眼的扫描功能，以防卡死。我真的很佩服他能在这种环境下把东西拆散还能完整拼回去的本事。

我转到车床的另一边，那上面放着一只没有蒙皮的粗壮机械臂。通常来说，机械臂都集成手的功能，但这只却只有一个蟹爪型的万用钳在前端。我扫了一眼，突然发现机械臂的肩膀部分有一些红色的污迹，不用义眼扫描也能知道那肯定不是番茄酱。

"这手怎么回事?"

"一个打黑工的，摔死了，没保险，他家里人把能卖的器官都卖了，手就卖到我这儿来了呗。"

我想，这大概是真话，因为他连头都没抬，说得很顺畅。

"有这手还用打黑工?"

"是啊，谁知道那家伙怎么想的。"

那通体铁胚灰的机械臂看起来粗糙，却是尖端的工程义体，有了这手，工作都好找很多。我记得刚推出的时候，有个很响亮的名号叫鲁班手，这手臂集成万用表和万用钳，还有一整套工具，上臂有小型电机提供强动力。尽管整只手臂看起来像是个有肿块的蟹钳，可工程型的谁管外形？他们的广告也做得很好——有了鲁班手，你可以改造世界上百分之八十的电子产品，剩下的百分之二十只是你碰不到而已。

那辆战车是怎么改造的？工程型的战车要弄到不是特别难，但战车炮和弹药是从哪儿来的？又是在哪儿改装的？在这些问题把脑子占满之前我先把思绪压了下去。

“你不是说你不做死人生意吗？”

“他老婆把手臂拆了送过来的。再说，义体脱离身体就只是机械而已。”

我挺想说即使装在人身上也只是机械而已：“多少钱买下来的？”

“花了我一万多呢。”

鲁班手的市场价是三万，他说一万，估计到手最多只花了五千。我开启扫描功能看了一下，除了一点儿血迹和连接处一点儿小变形之外，没什么特别大的损坏。这手的维护费用相当高，要是有人买了又没法弄到正品识别码，那闫小兴就等于种下了一棵摇钱树。

“哦，对了，我看你外面没多少存货了啊，不打算在义体管制条令发布之前狠捞一笔吗？”

“哎，风险太大，”他喘了口气说，“二手义体现在越来越不好卖了，工程型的换代快，仿生型的不好卖，那几家大公司也回收得更勤了，我随时都会破产啊。”

说是这么说，这不还是有这么大的店面，还买了个机器小妞吗？我心想。

“还是改装和做控制软件赚钱吧？”我问。

他嘿嘿笑了一声算是默认。见他已经把后颈上烧焦的面板拆了下来，我走到他后面等着。我看到带着切割刀的小机械臂在人偶头顶画下一个十字，接着，四只钳形机械臂从车床中探出来把头皮掀开，露出覆着一层生物薄膜的金属头骨。

“啧啧，不愧是智远科技的高端产品，人偶的电子脑还搞得这么细致。”

闫小兴忍不住称赞着，然后一点点清除烧焦的部分。我没有说话，看他小心翼翼地掀开薄膜，然后把螺丝一颗一颗拧开。头骨形的脑容器被打开的一刹那，他像是看到了什么可恐之物似的尖叫一声向后倒去，而我的手早等在他背后，免得他摔倒扯到连接线。

“哎！我说，陈哥，我不是说过不做死人生意的吗。”他一把拔下连接线，脸一阵白一阵红地向我责问了起来。

“是人造脑，放心。”

“你确定？”

“百分之百确定。你自己查嘛，这种人偶是可以选装人造脑的。”

其实是百分之九十九，有百分之一的可能性是张翰本人的脑子。不过没必要徒增困扰。人造脑看起来跟人脑一模一样，构成物质也一模一样，吓到他也不足为奇。不过对于遥控人偶而言，真正有作用的是被注射在人造脑里面的电子脑。

闫小兴闭眼在胸口画了个十字，不知道该说这是迷信还是遵从原则，他从不亲手从尸体上拆东西，早些年甚至都不拆高仿生义体。虽然现在标准也逐渐降低，但不碰死人这个底线他一直都坚持着。看到一颗脑子，第一反应这是个真人，应该算是好事。

“把脑子拆出来吧，顺便借我个盒子，我装去化验。”

“冰箱里有。第四间房里。”

他捂住眼睛叹了口气，然后重新看向面前的脑子。因为电子脑被烧坏，脑皮质上布满了小黑点。我拍了拍他的肩膀以作安慰。然后走到第四间房，那是他的杂货间，我打开铁门，一个大玩具映入了我的眼帘。那是一辆崭新的第九代混动型野马，大红色的，停在房间的中央闪闪发亮，杂货间已经被他改成了车库，怪不得手头紧。

他卖掉了不少东西，按摩椅和浴缸都不见了，不过好歹冰箱还在，我扒开一堆速食罐头，找到了一个还算干净的塑料保鲜盒。

“你那车不错呀。”

我回到车床边，把保鲜盒放到了人偶的脑袋旁。

“嗨，这不马上就三十了嘛，算买给自己的礼物吧。”

"挺会享受嘛。"

我看着他操纵机械臂把脑子夹出来放进保鲜盒，突然觉得浑身一阵乏力。这脑子其实也没什么用，要恢复电子脑数据肯定是不可能了，只能去做化验，看会不会是张翰的真脑。百分之一，以前查案的时候就这样，追着这种看似完全不可能的线索跑，直到撞进死角，然后回头等着另外一个百分之一出现。

"正好我要去趟长春，车就借我开下吧。"

"啊？"他整个人都僵住了，像是有人拿枪指着他的后脑勺，"我，我那车改装过，还没去备案，开上街会被系统识别出来的。"

"没事，交警队有我朋友，直接联网给你备案就是了。"

"呃……现在油价挺贵的。"

"回来之前我给你加满。别担心。"

我笑着把保鲜盒扣好，夹在腋下。过了一小会儿，他露出一副破产房地产商的忧伤样子，然后发来车子的使用权限。我接受了权限，然后告诉他我就开个玩笑而已。

09

我拿着保鲜盒离开服装店，在走上大路之前，我连上网络叫了辆出租车，我得去火车站赶六点的空铁到长春，那里有人能帮我化验这脑子到底是人造脑还是真脑。我知道，这多半是在浪费时间，应该去抓更有价值的线索，不过想来，现在肯定有一大批警察和部队情报部门的人在找张翰，我可不想跟他们撞个满怀。

我等了大约十分钟，就在我刚刚开始想应该开那辆野马的时候，一辆老旧的丰田车顶着出租的牌子停在了路对面。出租车公司发来消息说车已经到了，但我指定的位置是路的这一边，看样子来的是个活人开的车，而不是无人驾驶的智能车。

我穿过马路，拉开后门上车。司机是个留着络腮胡的中年男人，他的嗓子已经被烟和酒完全摧毁了，听从他嘴里发出的声音好像是听两块石头在磨。我看，过不了多久，他就得换个新的喉咙，或者装个发声器，不过依他这辆破车来看，后者的可能性比较大。

从我上车开始，他就在问能不能补他点儿钱，租车公司抽成抽得太厉害，他有老婆要养，有儿子要养。我心想，还有烟要抽、酒要喝。我掏出张五十的纸币递过去，他塞进兜里并连声感谢，还表示车里可以抽烟。我想，我要是递张一百的，他大概会请我抽根烟。

车子上路以后，他又开始抱怨无人驾驶出租车和无人驾驶货运车打着安全的旗号，实则事故不断，他的第一任老婆就是去年出车祸死的。我没仔细听，只是在他讲到情绪激动的时候表示认同。我把战车攻进房间和人偶送花的视频在右眼里重放，想从中找出一些线索，但看来看去也只得到了一脑袋的问号。

这次刺杀事件的疑点实在是太多。

如果遥控人偶只是用来定位曹向成，那为何在战车来之前打草惊蛇呢？封死战车的舱门还用上广域干扰器，算是打算同归于尽了，但为何能从外部获取控制权的两个接口没有被封死？

我试着告诉自己，只要找到张翰，搞清楚所谓的新型防火墙就好，但是没用，思路已经开始往所有可能性上发展。我只好把右眼关闭，然后看向车窗外，想办法把脑袋放空。车窗上隐约映出了我的脸，我的义眼看起来像一个白色的空洞。义眼关闭以后，视野像蒙上了一层水雾似的，朦胧不清，我想起来已经很久没有去做视力矫正了。这时，车子路过了一个放着建设智能城市标语的全息广告牌，我还没看清楚广告牌上的人是谁，司机突然破口大骂，同时车速飙升，但没等车子快起来，前挡风玻璃上的HUD（Head UP Display，平视显示器）面板就闪出了红色警示标识。接着，车速猛地慢了下来。我开始想念那辆雷克萨斯的司机，还有那真皮打孔座椅。

“老子要是连车都开不了了，早晚有一天要去把曹向成那狗日的弄死。”

“他怎么着你了？”

“你不知道吗？”他语气惊讶得好像我不是地球人，“那狗日的要拿无人机器砸掉我们所有人的饭碗。”

“大势所趋嘛。”

“大势个屁。要我说，就该降低义体的价格，反正义体配上控制软件跟机器人差不多，成本还比机器人低，全搞成机器人不就是方便他把财路都攥在自己手里。”

“是这么个道理。”我心不在焉地回了一句。

“搞政治的人就是觉得自己什么都懂，把工业搞烂了不说，还要搞保险。去年他搞了个什么无人机械责任认定法规，弄得保险一分钱都没赔。我老婆开车比我开得都好，出事还能是她的责任？真他娘的，逮到机会，老子就要一脚油门撞死那狗日的。”

“嗯。”

真不错，我现在有个嫌疑人了。

车子到达火车站时刚好五点半，司机走了几条没有纳入地图系统的小路，所以快了不少。

下车时，他发了最后一句牢骚，说要把车卖了换只手臂去打工。我告诉他我认识一个二手义体商，可以省不少钱。他讪笑了两声，说再考虑考虑。

我夹着保鲜盒在终端机前买了票。候车大厅里，机器人和人都没几个，随处可见的金属色装饰条像是与暖气作对似的散发着冰冷的光。排队进站台时，有个装着工程义体的小个子没有通过安检扫描，尖锐的蜂鸣声引得几个穿制服的空铁警察围上来，他只好卸掉左手跟他们走向了运输储存柜。

安检扫描没有从我身上扫出什么。我的右手还不至于对列车造成威胁，我的义眼也不会发射激光。至于盒子里的东西，我想应该是被电脑定义为了生鲜食材。

这让我想起了一些往事。

在我当上刑警的前两年，出过一个轰动一时的案子，一个外科医生把自己老婆的脑子取出来封进了一个改造过的储存器里，然后他就带着这个脑子若无其事地过了两年。后来抓到那个医生也不是因为有人发现了他老婆失踪，而是有个精神失常的黑客跑到公安局说他听到了地狱的声音，之后有人顺着他的电子脑链接记录定位到了医生家里。最后，警方搜查了三次才从床头柜里找到了那个装着脑子的储存器。

据说那脑子一直是活的，医生建立了一个加密的电子脑通信频道。那两年，他每天带着老婆的脑子上班、下班、旅游、聚会。他老婆的父母被合成的全息影像骗了过去，而那个精神失常的黑客则是在广域扫描的时候扫到了那个加密频道，一时无聊，破解窃听了他们的通信。

案件曝光以后，我也被派去搜查那个医生的家。他的家有一百五十平方米，四室两厅，一厨两卫，还有一个采光超棒的阳台。我还清楚地记得，那天上午十点，阳光清冷明媚，还能听到鸟叫。而一屋子警察脸色铁青、一语不发，个个把脑内通信关得死死的，生怕从哪里再翻出个小盒子来。

想到这里，我突然感觉腋下的保鲜盒开始发凉，我用右手把盒子抓住，但那股凉意还是顺着合成皮肤一直爬到了我的肩膀上。

如果这真是张翰的脑子，如果他还活着，他会想些什么？会想那个担心他走上歪路的姐姐吗？

我走到站台上，冷风吹来，乳白色的真空管道里有微弱的电流声。报站员用甜腻的声音说列车还有五分钟进站。报站声的余音刚刚消退，一声大锣的清响便将人们的目光都吸引到了站台中部的全息广告牌上——画着红色十字门脸的樊於期大叫道：

谁要刺秦王？

太子丹望向红色三块瓦脸的荆轲，大锣一击，旁白叫道：

这儿！

大锣五击，荆轲唱道：

是某欲报太子深仇，刺杀那秦王，只恨无有近身之物。可否借得将军头颅一用？

大锣再一击，樊於期仰天长叹一声：

荆卿啊！

然后道：

某与秦国深仇，不共戴天，虽不能生食其肉，死后能见其身首异处，亦可含笑九泉。俺今便借这头颅与你，祝你成功也！

大锣再猛然一击，樊於期拔剑自刎，荆轲割下头颅，众人将其围住。

在太子丹的哭声中，镜头逐渐拉远，展现出气势非凡的沈市大剧院。这是《荆轲传》的第四幕，站台上的几个人都看得很入神。

机器戏曲是什么时候流行开的，还真没人知道，好像一夜之间，那些大舞台和戏班子就都复活了。在这个追求影像真实化的时代，古老的戏曲突然复兴了。如今看客们有两种选择，既可以用高清投影看用软件合成的虚拟特效电影，还可以去剧场看实打实的机器人和人偶唱戏。

五点五十五分，真空管道像是压缩机一样嗡嗡响了起来。管道门与列车门同一时间打开，我把装着脑子的保鲜盒换到左手，再把电子脑的所有网络关闭，然后关掉自己的右手和右眼，进去随便找了个位置坐下。五分钟后舱门封闭，列车启动，真空磁悬浮列车一向准时。随着列车一起启动的还有车窗上的环境模拟影像，原本黑暗压抑的车厢立刻变得通透明亮。影像中，列车在海南的环岛铁路上缓缓前行，高拟真的影像似乎能让人闻到海风的味道，偶尔还有模拟汽笛的声音。这多少能让人忘记自己正以时速九百公里的速度北上。

环境模拟影像的初衷是为了改善真空磁悬浮列车内部压抑的气氛，让人爱上旅行。但是说实话，如今人们更喜欢在自己家里的沙发上旅行。

10

列车到站时不到六点半，但天色已暗。从“暖洋洋的南方海岛”回到寒冷的北方城市并没有对我产生太大的影响，我只是在冷风灌进来时打了个冷战，车厢里很多人都是这个反应。只有一个坐在车厢中部的短发女孩露出了失望的困惑表情——那种对虚拟事物投以感情的能力让我很羡慕，她不像我和其他人。我们只会缩着脖子离开。

出了火车站，我沿着一条干净的路往北走。半小时后，路边开始出现精心修剪过的灌木和花草，通过沿途的栅栏我可以判断那并不是虚拟影像。有人说这年头科技含量越低的东西越受富人青睐，我想，他肯定不知道，如果没有集成在路灯里、地下管道里的环境改造系统，那些植物在北方的室外根本就活不下来。

要是有足够多的小区能供得起这套系统，我们的环境也就不会那么差了。可惜，并不是哪个开发商都有能力在小区外建一个森林公园。

我在森林公园里又走了五分钟，接着我看到一个带泳池的健身房，还有一个便利店、一个小药房以及一座两层的独栋欧式洋房。我快要走到洋房门口时，有个穿着貂皮大衣的高挑女人正从里面出来，一头被染成棕色的长发披在肩上，脸颊微红，妆很淡，眼睛和嘴角洋溢着神采奕奕的笑容——她都没有正眼看我一下—— 一双细高跟鞋走得铿锵有力，像是要把水泥地戳出个窟窿来。

我在门自己关上之前进去，玄关还有淡淡的香水味，整洁的客厅被实木书架所包围，但依旧显得很空旷。厨房传来了水声，我走到客厅和厨房的交界处，用指节敲了敲边上的红木书架。

“李医生，那位女士的内裤忘记拿了，她托我回来取。”

“她怎么会把没有穿的东西忘在这儿？”正洗碗的男人语带笑意，连头都没有回。他穿着卡其色休闲裤，白衬衫的袖子被卷到了手肘，脚上一双棕色皮鞋纹丝不动——这一套衣服的钱够我吃小半年了。

“是上一次她忘在这里的。”我说。

“那你去客厅里的沙发下面找找，看哪一条是她的。”

我回头望了一眼客厅里那两把带按摩功能的仿皮沙发，心想，搞不好真的能找到。

“问题是她没告诉我是什么样式的。我怕拿到别人的就尴尬了。”

“我想应该是条黑色的纯棉丁字裤。”

他回过头朝我微笑。这个男人能满足大部分成熟女士的幻想，有涵养，有学识，有长相，懂浪漫，还有钱。他属于那种怎么打扮都好看的男人，一头寸发没有显出死板的气息，倒多了些正派感，艰苦岁月也没有摧垮他的脸，而是给了他成熟内敛的眼睛。当然，李广寒并不是真的医生，他没有执照。以前他身兼法医和审讯员两个角色，扫描技术和记忆提取技术日渐成熟以后，他就主动离职，干起了心理医生和理疗师的活儿。我们在当班的时候没什么交际，后来他被人砍了两只手，我帮他抓到犯人，这才熟络起来。

他有很多不合时宜的习惯，比如，很多事都喜欢亲自动手。

“你还在坚持手动做饭、洗碗？反正都是义手，用软件自动执行跟洗碗机有什么区别。”

“我可是真的在用手洗，”他抬起手活动了下手指，“反正我就这点儿爱好。”

他拿起旁边的一个盘子，把剩下的一点儿意大利面扫进垃圾桶后继续说：“不找点儿事做会得抑郁症的。”

也许在厨房里用番茄和面条做一小时的“调情前戏”才是抑郁的前兆。我扫了一下这间五十平方米的豪华厨房，几乎没有一点儿自动化的东西，手动榨汁器、手动研磨机，甚至还摆了个沙漏在蒸锅边上。

“我还以为你的爱好是填补人空虚寂寞的心灵。”

“那是工作。”

“你还需要工作？”

“社会责任喽。”

他耸耸肩继续洗碗。其实机器戏曲还没兴起之前，这家伙就投资了几个城市的戏院和戏班。现在，他大可每天坐在家里等银行卡的钱翻倍，根本不用陪那帮阔老爷和阔太太们唠嗑。

“跟穿着貂的人在沙发上翻云覆雨真是一项重大的责任。能防止气候变暖，对整个地球都有好处。”

“我再努把力，争取让她连外套也穿全棉的。不过话说回来，你跑那么远过来，不会只是为了一件貂皮大衣吧？”

“我给你带了点儿食材。”我走进厨房把保鲜盒放在了一个有红酒味的高脚杯旁边。

“怎么？还没吃饭吗？”

李广寒甩甩手上的水走了过来。他看了下保鲜盒里的东西，问想要煮着吃还是蒸着吃。我告诉他只要知道品种就够了。

“用口感来判断品种还是有难度的啊。”他拿起高脚杯回到了水槽边，“什么时候要结果？”

“不着急。”

“那明天下午？”

“行，到时给我发消息就好。”

我踱步到刀架旁，那里还有一丝残留的香水味。我忍不住怀疑，他经历过砍手，还看过那么多的厨房凶案现场，到底是怎么能放心让人进入厨房还拿到刀子的。我用右手抽出一把沾着水的削皮刀，电子脑启动投掷辅助程序，义眼出现十字准心，开始测算抛物线以及命中目标需要的力度和角度。我尽量不让自己去瞄李广寒的后颈。

这年头想要成为李寻欢和李莫愁并不需要苦练十几年，你只要有一只出力足够的义体，再搞一套控制软件，就不需要再控制自己的手，但你要管好自己的念头。

我把刀子插回刀座里面问："住这儿的那帮技术大佬最近有什么大新闻吗？"

这小区里面有不少义体公司和电子脑软件公司的高层，通常他们因某个大项目而压力过大时，会跑这里来倾诉一下。虽然也不会有什么绝密信息，但对把握未来的走向还是有好处的。

"那就得看是多大的新闻了。"他耸耸肩说，"航天部正联合几家大机械公司，准备部署无人机械到月球和火星建设前置基地，这新闻够大吗？"

"哎，外太空的事跟我没关系。有没有关于'灵魂锚点'的消息？新软件肯定都要用到这门技术了吧？"

"这个早就不算是新消息了，"他转过身诧异地眯起眼睛问，"三个月前，他们就在解析库里加入'灵魂锚点'的算法了，难道你三个月没更新电子脑了？"

"是吗？这我倒是没注意。"

我赶紧查了下两个月前的更新记录，解析库里确实多了几条新的检测项目和算法。

"他们没怎么宣传啊。以往出点儿什么新东西，不是提前半年就开始打广告了吗？"

"应该是打算先期调研一下吧，他们说这项技术能加速治愈迷乱症，但如果在模拟软件上应用太多也会让患病率增高。"

“我记得以前有人说抽烟对抑郁症的效果也是这样。迷乱症的病因还没弄清楚?”

“如果弄清楚了，你肯定比我先知道。”他笑了一下，回头继续洗碗。

迷乱症是过度使用全知觉模拟所产生的病症，属于双相精神疾病。症状有时表现为思维迟缓、认知低下、注意力难以集中；有时会表现为突然变得狂躁，有明显的攻击行为。整体说来类似躁郁症，但迷乱症没有归为躁郁症，原因是迷乱症患者还有个普遍的症状，就是平时对外界刺激反应微弱，但连接人偶或者电子脑模拟软件时却又没问题。

我见过不少罪犯以这个借口给自己辩护——我想杀了他试试看，如果死了他就是真人，如果没死就是虚拟的。跟几百年前把人绑上石头扔到河里来判断那人会不会黑魔法有异曲同工之处。

“哦，对了。”在我思索之际，他突然昂起了头，“最近有一家大公司研究机械综合征有进展。”

“是搞义体的公司，还是搞医疗的公司?”

“是两个都在搞的大公司，他们说机械综合征很有可能是因为机械脏器和电子脑之间的信号传递不够协调才引发的，具体我也不是特别懂。”

这好像是个大新闻。如今除了肢体，脏器也可以由人工制造的机械所替代，机械脏器甚至比人原本的脏器更具稳定性。但是更换人工脏器的人会有很高的概率出现其他器官衰竭的症状，这种病就被称作机械综合征。早先，科研人员觉得出现这种病症是一种排异反应，人体的干细胞会把更换的机械脏器误认为是肿瘤而进行抑制，后来出现了生物瓣膜技术，又经历了很多临床试验，“肿瘤说”就被推翻了。

目前机械综合征的病因还是个谜，有人称机械综合征是新时代的癌症。其实很多更换机械脏器的人都是癌症患者。相对于放射治疗、化学治疗和手术，更换机械脏器更高效也更安全。而且，对付机械综合征有个简单粗暴的法子——有器官衰竭了，换掉就好，只要你有足够的钱。

人们把机械综合征和迷乱症称为阻止人类迈入新时代的两大顽疾。网络上更是有一批人唾骂这两种病。我不知道他们为什么会那么愤怒，搞得好像那两种病是两个极端守旧的领导人一样。

我跟李广寒又随便聊了会儿近况，到他洗完餐具，我们就没什么可聊的了。我道了个别，离开厨房，他追出来让我留下吃晚饭。这是个不错的提议，他手艺堪比五星饭店的大厨。不过，等他做好我也早就饿过劲了，况且我也不想听他在饭桌上八卦我跟林慧的关系。我摆摆手走向玄关。

“要不开我的车吧，免得你大晚上又挨冻赶空铁。”

他扔过来一把车钥匙。我知道他那辆捷豹开起来很舒服，可能比野马还舒服。但我并不想欠他太多，他已经在富人圈里沾染了很多坏习惯——首先就是抬手送人情。

“算了，开车回去到家都过十二点了。我还有点儿事要办。”

我把钥匙放在鞋柜上开门走人。要是开车的话，就算全程走自动高速通道也要比空铁慢不少。

在从长春回去的空铁上我又看到了那个女孩，还是失落、困惑的样子。我猜她有轻度的迷乱症。

这一次，车里的模拟影像是日本的环岛铁路。我做了个深呼吸，全身放松，试图幻想自己正在极东的岛国上悠闲旅游，而不是为了摸不着头脑的事情在夜晚的北方的工业城市中四处奔走。

我试了，但是做不到。车厢里的电离子味让我清楚地明白我正在密封的车厢里，大海、阳光、白云、我的右眼、我的右臂，全部都是假的。

11

回到沈市后，我买了个煎饼填肚子。车站外的小摊要比其他地方贵三块钱。摊煎饼的中年“地中海”男人有两只钳形工程义手，他应该是自制了控制软件，不然也不太可能一边带着VR眼镜看电影，一边摊煎饼。煎饼摊成什么样他无所谓，我想我自己在上面加点儿腌萝卜丁他也不会在意。

之后我叫了辆出租车。不到两分钟，一辆无人驾驶的出租车就稳稳停在了我的面前。我坐在主驾驶的位置，然后联系林慧要了张翰的住址。时间还不到九点，也就是说距离那场刺杀才过了还不到五个小时。

我把地址在地图上定位，汽车慢慢驶进自动驾驶队列。旁边的自主行车道上飞驰而过的不是拿掉智能行车系统的私改跑车，就是装着高分贝拟音器的电动摩托。他们会互相较劲，把速度飙过时速两百公里，直到撞上些什么把车撞成废铁，把自己摔成肉酱。在自动驾驶车队里的人们会对此熟视无睹或者干脆闭上眼沉入自己的虚拟世界——身处不同的世界，管这些干什么呢？

我拔出后颈上的连接线准备接手动驾驶的接口，却发现车的接口没有打开。我愣了一会儿才想起来，付的钱只够自动驾驶，手动驾驶被定义成租车，要付租车的钱。

有必要自己开吗？没有。我收回连接线，身体缩进座位里，消毒水的味道肆无忌惮地闯进鼻子，仿佛想要把我从车里赶出去。车窗外，城市的灯光火力全开，现实中通过3D气雾投影在影院上方的并不存在的虚拟明星正搔首弄姿，巨大的全息广告牌播放着新款义体广告，氙气探照灯像是想要把黑夜撕开个口子一样交叠着划过天空，而昏黄的路灯却排成一行把路指向幽暗的远方。

在这个夜晚，有一半人会沉眠，有一半人会疯狂。有一半人抱着万物皆虚的心情存活于现世，有一半人怀着万事皆真的念头流连于虚拟世界。有时，真的很难分清这两者的区别。

今天有一个刺客被封在"铁棺材"里，被抓了起来，至少还有一个刺客在逃；有一个大官生死未卜；有三个保镖被打成了肉块。这将是明天的大新闻，有些人会愤慨，有些人会拍手叫好，有些人会担忧危险会不会发生在自己身上。但一周以后谁还会记得？人们又会回归常态，在网络上关注哪个独立导演放出了新作，哪个游戏做了更新，还有哪个明星卖出了自己的形象使用权。

放松点儿，兄弟。我安慰自己。你不是警察了，没有可怜的受害者家属在等你破案，你不用伸张正义，也不用还人清白。你只要找到张翰，搞到他的防火墙技术，然后赶快从这摊烂事里抽身出来就行了。

在离张翰的住处还有两公里的时候我下了车，然后我的脚像被人控制了似的带着我的身体走到了一家花店门口。这家叫作"九号花坊"的花店我很熟悉，它总是像块磁铁一样吸引着我。我给自己找了个借口——现在还不到九点，也许还有几个爱岗敬业的家伙在张翰家里搜寻线索，我这个无业人员过去撞上他们无异于引火烧身，在这里消磨一会儿时间，到了十点他们也许就各自离开了。

我推开玻璃门，一阵悦耳的铃声回荡在花丛之中。正给花筒换水的店长从一簇百合后面探出头来，看到我，她露出了一个能让人消除疲劳的笑容。

“我可打算关门了哦。”她撇撇嘴坏笑起来。

“行，那我先走了。”我站在门口四处打量了一下。她是打算关门了，送货机器人立在门口的保存柜里正在充能，屋里的湿度和温度调节器都调到了低耗能状态，不大的花店里只有鲜花还开着。

“你大晚上跑过来就为了说声‘再见’啊，大忙人？”

“我来看看附近的小流氓是不是又在缠着你不放。”

“小流氓没有，老坏蛋倒是有一个。”

她放下花筒，把手在咖啡色的布围裙上擦了擦，然后搬出来一把折叠椅。我看着她那绷出弧线的牛仔裤问：“最近是不是胖了？”

“哪有，我最近减肥成果显著，是你那眼睛的问题。”

“是吗？”

我琢磨着是不是该下个测尺寸的软件，用义眼看看她的腿肥了多少。她回头恶狠狠地瞪了过来，我闭上左眼做出正在仔细测量的样子。她今年三十二岁，一米七三的个子其实胖一点儿也无所谓。

“行了，行了，我送你朵玫瑰，你出去找个瘦的去。”

她把扎起来的短马尾放下来继续给花草换水。她总说自己脸大，但我觉得她应该把那张健康有活力的脸全露出来。

我敢说，单明丽要比沈市百分之九十五的女人都幸运，她来自靠近俄罗斯的一个小镇，在城里上了个在教育机构查不到证书的商业专科学校。毕业后去义体公司做了销售，然后认识了个头脑不错的软件工程师，恋爱，结婚——到此，算是她前半生的幸运。后来，她与那个工程师都升上中层，在刚要开始担心小孩、房贷，还有七年之痒的时候，那位软件工程师在做电子脑试验时发生事故，身体虽然还活着，但是意识消失得一干二净。为此，那家义体公司赔了一大笔钱给她，并且算她丈夫依然在职，每月发全额工资。之后她就辞了工作，开了家花店。

年轻时得到你想要的，中年时重新找回自己。我想，这应该是后半生的幸运。如果不出这个事故、得到那么多赔偿金，想来她也不可能住得起高档小区，还能租得下一间店铺开花店。鲜花现在算得上是货真价实的奢侈品，特别是在北方，买一束只能活一周的玫瑰所花的钱足够去买一个小型3D投影装置。那东西可以投影任何你想看到的东西，而且还有两年质保。

花店开起来的前两年，她赔得想要关掉店面，现在也只是勉强保证收支平衡。她没有什么打口碑的心情，也没有开连锁店的精力，甚至给花店取“九号花坊”这个名字都只是单纯地因为那是一排商铺里的第九间店面。她开花店只是为了找点儿事情做而已。

我跟她认识的契机很老套。有些混混儿喜欢偷那些小店的送货机器人，而报失低配送货机器人的每天都会有几十个，警察当然没空管。她在丢了五个机器人后，实在没法就七拐八拐打听到了我这个曾经当过警察的无业游民。我当然没帮她把五个机器人找回来，我只是带着一束清明节扫墓用的菊花找到那些混混儿的老板，敲了一笔钱出来，然后帮她配了一个高配的保安兼送货两用机器人。

从那以后，我就时不时跑过来坐一会儿，听她讲平时在店里碰到的奇人异事，听她讲她老公在变成植物人之前的琐碎事。我不知道我为什么要听那些事，也许是觉得我听得够多就能代替某个人的位置。

说来有些讽刺，十四年前，德国的医疗机构率先把电子脑用作临床试验，目的是为了唤醒植物人。他们成功了，但他们没想到就此打破了人与机械的屏障，也没想到会创造出新型的植物人。

全新的网络、全新的义体、全新的电子脑，带来了新型的精神疾病、新型的癌症和新型的植物人。好像除了人是旧的以外，什么都是新的了。

我安静地坐着，看她忙前忙后，享受片刻的安宁。

“看到门口的花了吗？”她一边解开围裙，一边越过我走向门边的橱窗，那里有盆开着红色花簇的植物，“猜猜是什么？把右眼闭上，不许联网查。”

我听话，趴在靠背上看了一会儿，说：“反正不是玫瑰。”

“你就知道玫瑰。”

“还有菊花和百合。”

“是龙船花，在北方很难活的，我种了三盆，就这一盆开花了。”她叹了口气，露出一副恨铁不成钢的失望神色。

我盯着她那灰色的修身羊毛衫笑笑不说话。

“胖得很明显吗？”她左右看了看自己的腰。

“不明显，特别是胸前，基本没什么变化。”

“好哇，你这是在哪里被人欺负，跑我这儿撒气来了。”她气呼呼地坐到墙边的吊椅上，跷起二郎腿把鞋底对着我，“说吧，谁欺负你了，说出来让我开心一下。”

“没谁欺负我，就是下午有三次都差点儿死掉。”

“那真可惜，我这儿有几朵百合和菊花要扔了，你要是死了就刚好可以用上。”

“我还以为你只会用塑料花给我做花圈呢，你对我真好。”

单明丽咬牙切齿的模样让我很是愉快，之前心里的阴霾一扫而空。她抬头望向天花板上投影出来的天空，装作不想理我。过了一会儿，她轻声问我死三次是不是在开玩笑。

“真的，下午吃饭差点儿撑死，晚上泡澡差点儿淹死，到你这来差点儿累死。”

“既然你这么闲，什么时候再去陪我听听课吧。”

“免了。”

她曾拉着我联网去听过一节AR室内花卉课。那节课讲的是什么我已经忘得一干二净，我只记得课程结束后，我们所关注的事情完全不同，我告诉她课堂某个穿着牛仔服、张口闭口喜欢老婆的热情男人私下多半是个打老婆的混球，某个跟女人说话就会脸红的胖小子没准儿是个喜欢在网上搞破坏的黑客，某个说自己独居、只有花草陪伴的小女生至少有三个男朋友，还有某个一脸木讷、不怎么说话的中年男人搞不好是个职业杀手。

她对我的职业见解没什么疑问。起初我觉得她是不信，权当是个故事。后来我才知道她根本不在乎，只要知道他们在网络里、在那节课上是个喜欢小盆栽的人就够了。谁在乎他们实际上是什么人。

我知道，我与她处在两个世界。鸟语花香的花园与阴暗潮湿的下水道并不矛盾，我们所处的位置不同，不需要相互灌输世界本应该是什么样子的理念。

我们东拉西扯了半个多小时，她要泡杯茶，我表示不用那么麻烦，就要走了。她也没有挽留，起身去穿了件白色的羽绒服。

走之前，我问她想不想要件貂皮大衣。

“要那干吗？又贵又难洗，还要跑干洗店；还难存放，我得专门买个柜子，麻烦死了。”

“考虑得那么周全，看来是想过喽！”

“想想不行啊？”

她走到后面的小门，回头看正打开正门的我。

“你该去买件长款的风衣，整天穿呢子大衣可不像侦探。”

我笑着挥挥手出门，直到身后的智能锁发出“嘀”的一声响，然后灯光熄灭，我才走向原本的目的地。

其实我知道自己为什么要来这里。

我希望她能带我回她那冷清的家。

或者她能跟我回我的小楼。

张翰的住处离花店有两公里远，它们中间隔了一个小公园、一栋商业大楼。那是房地产热时建的小区，楼房高且密，户型小，住的人也多。通常住在这里的人再努力十年就可以住进高档小区了，前提是省吃俭用、不出意外、不生大病、不丢工作——一个人得把一生的幸运掰碎了、一点点精打细算填进那十年，才能让那些事不发生。有时，太心急的人就会拿所有的运气孤注一掷去赌那么一次。

我走进小区的大门时，保安正坐在小亭子里打瞌睡，有个半旧的犬形安保机器人坐在门口，兢兢业业地扫描所有晚归的人。我在来的路上就取得了小区的访客权限，所以它没有为难我。十点钟才回家的人不少，我跟在一个穿着冲锋衣、浑身酒味的男人后面，一直到第八栋楼他也没停下来，而我已经到了。

这是一栋三十层的公寓楼，大约建成有二十五年了，走廊和电梯的门上没有留下太多住户的痕迹，可能是重新装修过，不过也有可能是卫生做得好。等电梯时，我扫了一眼身后的投影告示牌，上面用黄色的字显示着一周的天气和污染程度：近一周都是重度污染，建议把鼻腔里的过滤器调到中级再做长时间室外活动。然后就是远离电子毒品和适度使用模拟软件的公益广告，上面是这么说的：请不要忽视你身边真实的人。如果后面接的不是新型人偶的广告的话，大概我还会感动一下。

我上到二十一层，找到张翰的住处。他的门上只装了智能锁，这省了我不少麻烦。以前我来这里查过事情，弄到开锁的权限是轻车熟路。获取权限时，我发现有人在门锁上加了伪装过的通信代码，一旦有人开锁就会发送信息。伪装的方式是部队常用的，没有发现警方的通信代码——警察总是会慢一步。

我屏蔽掉那条代码开门进去。房间里面不能算整洁但也没有太乱。想想也是，如果他们还期待张翰会回来就不会搞得像是被飓风掠过似的。我打量了一下这四十五平方米的空间，一室一厅，一厨一卫，典型的单身公寓。也可以住一对还没结婚而且感情不错的情侣。房间入口门边就是厨房和厕所，往里走十五步就到了客厅，客厅只有一个圆形的塑料桌子和两把带海绵垫的简易餐椅。卧室被一扇磨砂玻璃拉门隔开，里面内镶了HUD面板可以显示住户的身体状态。我激活面板，历史数据是空的——就不该报什么期望。

我转过身看向客厅角落里的一个简易夹板衣橱。对于一个二十四岁的男人来说，衣橱很大，估计可以看到两套冬天穿的衣服、一套春秋两用的衣服，还有几套一模一样的夏装。不过等我打开衣橱却发现里面塞得满满当当的。各种颜色，四季套装，品种齐全。

差点儿忘了，他还有个姐姐。

衣柜的旁边有一个很高级的人偶保存柜，快速充电、全面清洁、皮肤再生，功能一应俱全。住得起单身公寓，还用得起高级人偶，那就不是被逼到没有活路才去搞刺杀。或者他真的是个众筹出来的刺客，作为大众的意志，先让他过几天好日子。

冰箱压缩机启动的声音把我引到厨房，那是台容量九十升的小冰箱，公寓附送的。里面有几块切片面包、半盒牛奶，还有几个鸡蛋。橱柜上油盐酱醋齐全，镶在橱柜里的电磁灶也是送的，周围有星点油渍。整个厨房只有餐具和一台蔬菜处理机是他自己买的。这些东西弄出来的饭菜足以填饱一个男人的胃。

我打开橱柜，里面有小半袋米和半袋面条，柜子的边缘摆着两颗大蒜，蒜头已经发了芽。再看看电磁灶边上的油渍。看样子他已经有一个月没自己做饭了。

为什么把这么好的生活习惯停了？因为准备策划刺杀行动了吗？

他如果在网上好好查查就该知道，职业杀手在刺杀行动开始前是不会打乱自己的生活节奏的。

我把打开的柜门一个个关上，我右手的皮肤是人造的，所以不用担心指纹问题。之后我进入卧室，里面有一个简约的落地灯和两张单人床。那两张床，一张很乱，一看就是很久没收拾过；另外一张比较整洁，但也有人睡过。卧室的墙壁很干净，没有装饰也没有投影锚点，唯一的一扇方格窗外面是大海，我关掉投影器，大海消失后就只能看到另外一栋楼发黄的外墙。我把投影器重新打开，然后到床前闻了闻枕头，断定两张床上睡的都是男人。之后我试着在床下找了找开关，发现比较干净的那张床还可以变成沙发。

也许另外一张床上睡的就是战车的驾驶员。想到这儿，我打算去卫生间看看是不是有另外一支牙刷，但就在这时，外面的智能锁却“嘀”的一声打开了。我按住心里的惊讶，悄悄把磨砂门关到只剩一条缝，然后用义眼放大人偶保存柜映出来的倒影——是个穿便装的女人，从举止来推断应该是没有义体化。那个女人发现客厅没有人就朝卧室来了。

我想了下，马上掏出手机放到耳边大声说道：“这边没找到他。是，是，我马上回去。”

我一边说，一边来到外面。与那个女人视线对上时，我假装愣了一下，接着放下电话厉声问：“你是谁？你怎么进来的？”

她后退了一步，脚跟碰上冰箱。我本以为她会被我那只白色义眼吓到说不出话来，但她微微咬了下嘴唇用有些发抖的声音反问道：“我认识住在这里的人，我有进来的权限。你又是谁？你为什么会在这里？”

我上下打量了一下她，她穿着一件不好看但是很保暖的棕色小棉袄，烫过的中短发没怎么打理，像两片干海带一样无精打采地披在两边，下身雪地靴加不修身的牛仔裤让两条腿显得很臃肿。她整个人有一种厚实感，似乎是经常做体力活儿，不会随便倒下。她年纪看上去像是三十好几，但细看又没那么大，似乎坚强只是个假象。我想，她到这儿来肯定不是为了见男朋友的。

在我打量她的这一会儿，她慢慢地退到了门口，我闭上右眼扭出一个笑容，说：“你是张翰的姐姐吧？我是侯业伟的朋友。”

“你是警察？是的话，我要看你的证件。”

我暗暗赞赏这份戒心，不过证件可没有。“我估计就算拿那个小电子牌出来你也不会信，不如你给侯业伟发个消息问问，我叫陈海瑞。”

“好，你等一下。”她拿出手机按了起来，我把脸转开，用义眼去捕捉她的小动作。她迅速抬眼瞄了我一下，然后装作刚刚看到时间一样说，“哎呀，都快十一点了。”

“没事，他通常都看老电影看到半夜一点。要是你怕麻烦他的话，我来联系他好了。”

我故意把屏幕偏过去，让她看到我的手指正停在侯业伟的号码上。

“算了，他也挺忙的，就别去打扰他了。”说完，她盯着我看了一会儿，然后说，“我相信你。”

我把手机收起来问：“你是来找张翰的？”

“嗯，”她点点头，“侯大哥说下午会去找他谈谈，但是我怎么也联系不上他，后来侯大哥跟我说出了点儿事，问我知不知道他在哪儿，我就想过来看看他是不是已经回家了。”

“你让侯业伟去谈，还不如自己去呢，他那嘴皮子跟年轻人说不了两句就要吵架。”

“我跟我弟已经吵过架了。”她神色落寞地垂下头，“我觉得他是因赌气才到会所去工作的。”

我走到窗户边把两个餐椅拉出来示意她坐下来说。

“什么时候的事？”

“什么？”

“吵架，多长时间了。”

“哦，我们吵了两次，”她坐下来看着窗外的灯火说，“第一次是在三个月前，第二次是一个月前。”

“为什么吵？生意的事？”

“嗯，我想让他跟我一起做生意，我一个人应付不来。但是，嗯，怎么说呢，他看不上。”

"你做的是什么生意?"

"小成本的服装生意。"她偷偷扫了我一眼，马上又说道，"就是在网上卖一些仿皮的大衣和鞋子。"

"没关系，我知道。你卖高仿的服装，然后想让你弟弟帮你伪造正品的识别码，对吧?我不会罚你款的，那是工商的事。我也不会跟你说遵纪守法那一套。正经的违法生意也不好做。"

她有些不好意思地笑了起来:"正经的违法生意……你跟侯大哥不太一样啊。"

"他脑筋比较死。"

我看着她掩嘴窃笑，她的眼睛像是离群的老鹿，黑色的眸子里有一种坚韧的哀伤，就算是笑也化不开那浓重的忧愁。笑了一会儿，她盯着自己的手问:"我弟弟，他是不是干了什么违法的事?"

"还不能确定，你觉得他会干什么违法的事?"

"他可能会做一些违法的软件吧。"她把十根手指绞在一起说，"三个月前，他跟我说他能赚一笔大钱。我问他怎么赚，他就说在做一个什么防火墙。我也没太多问，男孩子嘛，总得吃点苦头才知道钱没那么好赚。上个月我问他防火墙赚到钱没有，他突然就发火了，我们大吵了一架。后来我就听说他跑去会所去了。"

"在会所干活儿不行吗?"

"我还是想他做点儿正经的事。"说到"正经"这个词时，她声音小了下去。

"毛皮生意和皮肉生意还是有区别的哈。"我说。

她坐在我的对面，笑得很勉强。我突然很想抽烟，但我已经戒了很久了，身上既没有烟，也没有火，连电子烟都没有。

"在沈市，他有同学或者朋友吗?除了这个城市，他还有什么地方可去?"

"应该……没有其他的地方了。"她做了判断才回头去思考，"高中是在老家上的，来沈市后去长城网络信息安全学院上学，都是全模拟的在线授课。要说连线去别人家还有可能，真去的话……不过，他以前倒是说想去杭州和厦门。”

我看着她的眼睛，不知道该不该相信。有可能她跟张翰已经拿到那一大笔钱了，而且已经准备好了去杭州和厦门之外的某个暖洋洋的南方城市过舒服日子，这次过来只是为了销毁痕迹，或者拿忘在哪里的东西。

“他有女朋友吗？”我问。

“嗯？他好像也没跟谁在谈恋爱。现实里没有，网上就不知道了。”

“那他是同性恋吗？”

“这……”她表情尴尬地想了想说，“应该不会吧。”

我用指尖慢慢敲响塑料扶手，看得出来，她是那种很关心弟弟但关系却不是很亲近的姐姐。她会在网上买衣服快递过来，她会觉得自己的弟弟整天在屋里玩模拟游戏，她会担心自己的弟弟会不会得迷乱症。但她不会知道刺杀的事。我也不想把这事告诉她。

我告诉她制作非法软件只要不是跟电子毒品有关就不会判很重，大多数都是罚款，如果联系到张翰就通知我。

“哦，对了，我还不知道你叫什么名字。”我说。

“张楠。”

我起身伸出左手。她很别扭地用力握了一下，我能感觉到她手上的茧子还有手心的汗。

“要是找到他了，”她说，“告诉他，不管怎么样，我都支持他，如果外面过不下去，他随时都可以回家。”

我点点头，送她出门。

突然间，一个我想要忘记的画面出现在脑海里，一个女人望着我说：“你能找到他吗？”“你能带他回来吗？”我点点头。后来她死了，我丢了饭碗，离了婚。

我把张楠送出小区，再送上出租车。临别之前，我们交换了联系方式。她跟我说同路的话可以同乘一段，我瞥了一眼车上显示的路径，正好路过我的住处。但我告诉她我往反方向走。她在上车之前用那双哀伤的眼睛望了我一下。那一瞬间，我觉得她好像看透了我的心思。我一直等车子在视野中消失才叫来第二辆出租车。

以前带我的老警察常对我说一句话：不要跟嫌疑人和受害人家属走得太近。

12

午夜，我回到住处，躺在床上，我既不疲劳也不困倦，但出乎我意料的是，当晚我既没有失眠，也没有做噩梦。我睡得很沉，醒来时已经是上午九点，日历提醒我今天是寒露，适合观赏红叶，并且推送了香山的全景模拟。我关掉日历，在床上把本地的和全国的新闻板块都投射到右眼搜索了一下，没有出现“某地官员遭战车炮轰”这种耸人听闻的标题，也没有出现“某官员在会所遭到刺杀”的新闻。我换了下搜索条件，把曹向成换成蓝雪会所，只有本地的板块有个小新闻说某知名会所遭失控战车撞击。

有几个上传了目击视频的个人空间都被禁止访问。估计到今天下午新闻才会曝出来。

失控战车装有战车炮，不是事故，而是有组织的刺杀。说不定连我也会被人挖出来——“无业中年义体男偷走男性情趣人偶”。

我走进卫生间开始洗漱，镜子的下半边显示着几个缩小的视频画面。一楼客厅没人，门口没人，门口的小巷连保洁机器人都没有。我还以为闻风而来的警察和部队情报员会像上早朝的官员一样在楼下恭候呢。

到底怎么回事，科技越来越发达了，他们的效率倒是越来越差了？

我换了件干净衬衣走到楼下，楼梯间的空气净化器亮着黄灯提醒我室内空气质量不达标。我没管它。屋里有警示灯在亮是好事，这提醒我有东西该换了，也更进一步提醒我需要挣钱，不能整天窝在屋里看老电影。

出了门后，我拐向街角的煎饼摊吃早饭。老头还在抱怨老一套，我随声应付，等煎饼好了的时候我收到了一条信息，有人约我去戏院见面。我看了下发件人，知道麻烦要来了。

我到戏院的时候，台上正开始唱《荆轲传》的第六场——太子丹送别荆轲，一众机器人演员披麻戴孝进场。这会儿已经十二点了，戏院里没几个人。我沿着过道往上走，背后太子丹唱道：

> 某，燕丹，今朝因荆卿，提一匕首，入不测之秦，假称献樊於期之首并督亢地图，刺杀嬴政，报某深仇。嬴政啊，嬴政！叫你祸来不测自天，死无葬身之地！

在第十排等我的是个穿着灰色夹克、一副官相的臃肿中年男人。如果说侯业伟一眼看上去就像警察，那这个家伙一眼看上去就是局长。当然，他确实是局长，只不过是副的。

沈建邺是我的老上司，还有两年就到知天命的年纪了，他当了二十五年的警察，电子脑还没发明的时候他就带着手铐到处抓人了。也正是他把我踢出了警察的队伍。事情已经过去五年了，我不怪他，不过他应该还在记恨我。毕竟，如果不是我的话，他现在应该升任局长。

看到我过来，他淡然轻松地问我是不是捡走了半个荆轲，语调听起来像是在问我有没有吃中午饭。

“我觉得我捡走的是樊於期的人头。”我在他旁边坐下来。

他斜眼看了我一下：“你要那玩意儿干吗？”

“换点儿钱花花。”

“你缺钱？”

“我想买辆车来着。”

“你要车干吗？闲着没事每天绕城跑两圈？你能响应一下咱们的节能减排政策吗？”

“我终于想通了，要离开这里，去寻找真正的自己，还有诗和远方。”

“你等会儿啊，我帮帮你。”他拿出手机发信息。

“怎么？你要分我辆警车？”

“我跟交管那帮人说一声，让他们把你驾照吊销了再说。”

“咱能好好说话，别那么官僚主义吗？”

“我这是为你好，省得你客死他乡，连块骨头都找不回来。”

他咧嘴一笑把手机收起来，然后掏出一粒润喉糖塞进嘴里。他戒烟戒了四年，现在有了糖瘾。也许他老婆和儿子很高兴他身上现在有一股薄荷味，但我现在一闻到这个味就想弄根烟抽。

“林慧那女魔头跟刺杀有关系吗？”

“为什么你不自己去问问她！”

我摸了摸口袋，想找找有没有什么东西是能放进嘴里的，结果只摸到了昨天的那个信封。想想，总不至于要去嚼钞票。

“你不是在给她干活儿吗？嗯？金牌马仔。”

“她不至于在自己老窝里搞事，”我叹了口气说，“再说曹向成是她老同学，弄死他有啥好处。”

“老同学才要老命，我那帮老同学个个都恨不得把我生吞活剥呢。”

“谁叫你把他们的把柄都攥得死死的。”

有好一会儿他没有再说话，戏台上画着白脸的高渐离登场唱道：

惜良朋到易水把荆卿饯送，看那旁马嘶声车驾纷临。

一众龙套演员开始摆酒设宴。我用右眼放大看了一下他们拿上来的瓶子和酒杯，里面还真有液体。如果我往前坐一点儿，也许就能辨别出里面到底是水还是酒。沈市大剧院是城里最大的戏院，戏班子也有钱。等到晚上人多的时候演这一出，没准儿他们会上真火腿。

"局长给了多少时间破案？"我问。

"没给时间。"

我疑惑地转过头去看他。

"这案子根本就没到我们手上，"他皱了下鼻子说，"搞那么大动静，装了炮的战车都搞出来了，部队脸上肯定挂不住。这又在裁军的节骨眼上，他们得把那大玩意儿拉回去自己清理门户。要是交给我们，真发现了什么，查还是不查都不是办法。"

"会不会就是他们做的？"

"用战车？"他鼻子一哼冷笑了起来，"那还不如直接用导弹打好了，就说操作失误。"

"也许这就是他们的手法，谁都知道战车是部队的，搞得动静越大，反而越让人怀疑是不是谁在嫁祸他们。"

"那你去查他们吗？"

"算了，"我靠在头枕上活动了下脖子，继续说，"林慧只是让我找个人……"我把张翰和所谓新型防火墙的事说了一下，他嘴里咂吧了几声像是觉得很无聊。

"我觉得我可以帮你一下。"

"没错，你可以帮我点儿忙。"

如果我有全市摄像头的搜索权限和查出行记录的权限，找一个人就跟在屋里找只鞋差不多。但他没有给我授权，而是给了我一块数据芯片。我把芯片插进右手腕的读取插槽，然后把数据投射到右眼，里面是一个中年男人的资料。

"这个叫吴志鹏的家伙跟张翰有什么关系吗？"

“跟战车有关系。他是几个大工程队的头儿，做工程用的战车全都在他手下。”

我仔细看了看那个醉眼蒙眬的男人，然后把数据芯片收进口袋。战车这条线索很难走，毕竟车跟人都被部队扣住了。要从部队那帮人嘴里挖出情报来可不容易。

“这家伙犯什么事了你要查他?”我问。

“谁说我要查他了，是你要查他。”

“你不告诉我要查什么，我怎么帮你查?也许我问问战车的事就走了。”我换成半躺的姿势，让自己陷进座椅中。而他用手顶住眉间，像是在思考，又像是在止头痛。

“保险。”他放下手说，“保险公司和义体公司都怀疑他联合下面的工人伪造事故诈保。”

“你找受害人谈谈不行吗?”

“没人愿意配合啊，做工的也巴不得出点儿事换手换脚呢。我估计他们上下都有一套赔付分成的流程，大家都很开心，就我们是来搅局的。”

“先是汽车公司，现在又到义体公司了吗?”

我记得自动驾驶普及的头两年，汽车公司和保险公司可是赔惨了，驾驶人不用负责，会得到两份赔偿。有些人很擅长伤害自己，然后让别人以为是系统的问题，特别在大家都不信任自动驾驶系统的时候。就算有颗陨石砸在自动行驶的车上，人们都会问：“为什么它不会自动规避?”好像自己坐的是前往火星的宇宙飞船一样。

“话说，这点儿小事怎么让副局长您亲自出马了?”

“数额大，后台硬，而且……”说到这儿，他卖了个关子狠嚼了下嘴里的糖，“死的人多，还都是有家室的人。”

“没有家属出来闹?”

“我说了，大家都很开心。不过有一点，我们查到有些人是真死了，但家属还是不配合我们调查。不觉得很诡异吗?”

我不喜欢他话里的暗示，还有他斜着的眼睛，问：“你是指有的人是死于谋杀?”

“还是那句老话，是不是谋杀取决于你查还是不查。”这话还真是够老了。

“后台是谁?”我问。

“他有个弟弟，在社会保障科管义体补助。反正你也不吃补助，不怕他。”

“行吧，我帮你查一查。但我需要权限查摄像头和出行记录。”

“你要那干吗? 吴志鹏又不会跑。”

“我也三十四了，鼻子退化得厉害，没有那些便利，也许我光找到他就得花一个星期的时间。”

“你小子怎么不改行去做生意!”

他极不情愿地闭上眼然后拔出后颈上的连接线接上手机。过了一会儿，我收到了权限激活的消息。

“我这不就是在做生意嘛，我帮你把这保险大户搞定，你发我个侦探执照怎么样?”

“行啊，不过你得先想法让政府大楼里那帮人把私人调查合法了。等有那一天，我不仅发你侦探执照，我还亲自做一面锦旗挂到你家里，‘中国第一侦探’，你看怎么样?”

我看是不会有这么一天了。

台上，一众机器人演员开始给红脸的荆轲敬酒。我们看了会儿戏，沈建邺告诉我说，荆轲的脸有两种画法，一种是黑白的刺客脸，一种是红色的侠士脸。演《刺客列传》的时候荆轲就画黑白刺客脸，单演《荆轲传》就是红脸。

“那你觉得战车里那家伙是黑白脸还是红脸?”我笑着问。

“白脸，这年头没人包装、没人捧，哪红得起来。”

他拍了拍肚子也换成半躺的姿势，我摆这个姿势像是陷进了椅子里，而他的体形庞大，看起来倒像是他把椅子盖住了。

我们安静地看了会儿戏，台上一股豪迈壮烈之气无人欣赏。过了一会儿，我收到了李广寒的消息，不出所料，那个脑子是人造的假脑，而且读不出任何有用的信息。

“如果我查不出什么来，你也不会怪我吧！”我说。

“没关系，我相信你还是个好警察。”

他咧开嘴露出一个讥讽的笑容。我忍住叹息，起身整理好衣服准备去干活儿。当我刚刚走回过道上时，沈建邺那浑厚但听起来漫不经心的声音在身后响了起来。

“招呼点儿，你不是秦始皇，他们要杀你的话可不会先抓住你，先让你退还燕国的土地。”

我抬了下左手，没有回头。台上荆轲正唱《易水歌》：

别时容易见时难，我欲从之路阻艰。既悲逝者行自念，风萧萧兮易水寒。

我踏出温暖的戏院，当寒气包围上来时我有种预感，也许张楠的弟弟永远都不会回家了。

13

在回去的出租车上我查了张翰的出行记录，他的最后一条记录是昨天中午乘出租车到铁西区的一家维修工厂。接着我又查了一下张楠的出行记录，没有什么收获——她的最后一条记录是昨天晚上乘出租车回家，近几个月的出行也跟张翰没有交集。我本来还期望她会连夜逃出沈市，现在想想也许她整晚失眠，这会儿根本都还没有起床。

好极了，又得用最磨人的办法——筛选全市的摄像头，推测移动轨迹。我的电子脑处理不过来这项工作，得回家用性能更好的外置处理器来做。以前当警察的时候我们总喜欢差遣新来的热血青年去干这事。这么做有个好处，就是让他们建立极大的自信心，嫌疑人和罪犯在他们眼下无处遁形，而我们这些老骨头好像得遵照他们的指示才抓得到人。不过，这么做也有坏处，就是当他们有一天要亲自上阵去抓人的时候，就会发现过去被他们玩弄于股掌之间的人会跪地求饶，会威逼利诱，还会用高出力的工程义体冲上来拼命。他们终会明白那些人是真实的，而不是一堆数据、一幅图像。

我在煎饼摊前下车，打算吃午餐。煎饼老头这次没有再继续跟我抱怨，他在往面饼上抹酱的时候朝我努了努嘴。我心领神会，把手机打开，装作漫不经心背到身后，同时右眼获取摄像头拍摄的画面。有个穿着卡其色大衣的男人在远处的天桥下监视着这边。他很熟练地躲在楼梯下面的阴影中，只露出一点点侧脸，这个角度很难让我获取他的面部影像，而且我的手机摄像头倍率也不高，只能勉强看出来他个头不高。

看样子只来了一个。我把手机收起来，朝煎饼老头点点头，给出一张一百块换来两个煎饼，然后若无其事地回到家。

他会怎么进来？我坐在客厅的老板椅上开始想象。我的门上有智能锁和老式的插芯防盗锁，要不发出一点儿声音地进来有些难。我已经在一楼的探头上做了伪装陷阱，如果他连接进来，想获取探头画面，就只能看到空空如也的客厅。二楼和三楼的窗户上有传感器，要黑进去不是什么难事。但他会大白天的爬窗户吗？

我坐在那儿等着，时间一分一秒过去，就在我觉得他已经走了的时候，门响了。

又一个看不到门铃的家伙。

我起身去开门，刚才躲在桥下的家伙正大剌剌地站在门前。他个子不高但是看上去精壮有力，他立在那里纹丝不动，一看就是经过长年的规整训练，就算无视那头可以看到头皮的板寸也能猜到他是个现役军人。他的大衣和围巾都很薄，脖子上的接入器有一圈保护锁，他脸板得像是块铁，好像不仅自己冷，还要让别人觉得冷。

“你是陈海瑞？”他的语气似乎是我欠他老板一大笔钱。

“怎么？现在的情报员连人名都不知道就出来找人了？”

他的嘴角抽动了一下，然后眯起眼睛。我猜，我没有点头哈腰地邀请他进去让他有些意外。

“我只是问问，也许有人不识相到把自己是谁都忘了。”

“哦，是吗？我记性一直不太好。”我站直了身子把住门，“我好像忘了你的名字，你记得自己是谁吗？你是干什么的？”

“王宏安。”他抬起眼狠盯了我一下，“进去说话。”

我让开了。他进来环视了一下我简陋的客厅，然后露出了嗤之以鼻的轻蔑之态。

“看来你帮别人排忧解难没赚几个钱嘛。”

“是啊，有时候只能靠捡垃圾过活。”

我坐回自己的老板椅上。办公桌前有个一直没收起来的折叠凳，上面已经有一层薄灰了，但王宏安没有在意，一屁股就坐了上去。旁边的那套沙发对他来说好像不存在。

“那你有没有听说过‘不是你的就别碰’？”

“你有没有听说过一句俗话叫‘谁捡到就归谁’。”

“这么说，我把它找回来，它也会归我喽。”

“请便。不过，我估计它可能同时在好几个地方，甚至在好几个国家。”

他笑了一下跷起二郎腿说：“我想，有一个东西你卖不掉。”

“没错，但我喜欢吃脑花。昨天晚上我吃得很饱。”

有那么一瞬间，我从他的脸上看到了明显的敌意，他的笑容僵在脸上，神情变得阴沉而冰冷，似乎随时都能从兜里掏出枪来把我击毙。看起来他年纪跟我差不多大，但当兵的都显老，我猜他才三十岁出头。我想，他也不是真的想要张翰的人偶，他只想知道能不能从人偶里找到有用信息。而我手上唯一的一张牌就是，我知道那脑子已经烧得跟块豆腐差不多了。

“也许我该以毁坏证据和协助谋杀的罪名把你抓起来，”他说，“我们的审讯室里可没有舒服椅子让你耗时间。”

“你们又不是警察，抓人还用罪名？把国家搬出来不就行了吗。”

我抓起桌上的煎饼咬了一口。那老头总喜欢把饼烤焦还加很多葱花，碰到不喜欢吃葱花的他就多刷一层酱。

“看在林慧的面子上，”他攥紧拳头说，“我不为难你，你也别给自己找麻烦。把你知道的都说出来。”

“哦，要卖面子给个老鸨，是不是让你很不爽！”

他猛地站起来，双手“啪”的一声撑住桌子。我不动声色地盯着他那双要喷出火来的眼睛想，来呀，跳上来踢歪我的下巴，或者抓住我的领子朝我的面门来一拳。但他什么都没做，他忍住了。看来我们能继续往下谈。

“我不是你手下的小兵。既然你来了，我们就谈谈生意，你告诉我你知道的，我告诉你我知道的。”

“怎么谈？找张纸写下来扣在桌子上吗？”

“这法子不错。”我指了指角落里的老式打印机和打印机下面的一沓纸，说，“不过，我们还是先来谈谈条件好了，你们在找张翰，我也在找张翰。如果我先找到了他，我会把他交给你们。如果你们先找到他，让我跟他说两句话。这条件能接受吧？”

听完我的话，王宏安的怒气一瞬间消失得无影无踪。他轻松地坐回凳子上，紧绷的脸松弛下来露出一个轻蔑的微笑。那个笑容让我意识到自己说错了话。

然后他带着掌控全局的自信说：“没问题。你把他带走都行。不过首先你得告诉我那个人偶上除了张翰以外还有没有其他人的连接记录。”

“我想是有。至于是谁，我暂时还不能讲。”

“是你不能讲，还是你自己也不知道？”他问。

我耸耸肩表示现在该我提问：“战车里是谁？”

他没说话，只是摆出一副似笑非笑的表情。这让我很不舒服，我已经走错了一步，手上的牌快被猜出来了。

“战车里是不是张翰本人？”我闭上眼问。

“没错。你要是早说想找他就不用费那么多口舌了。”

“他情况怎么样？”

“他自杀了。”

王宏安给了我他们拆解战车的视频。通过视频我看到他们在现场强拆了战车炮和破碎锤，然后还煞有其事地做了爆炸物检测。鼓捣了一番后，他们给战车蒙上黑布，用磁力吊车把战车吊起来运往郊外的军用机场，整个过程搞得像送殡似的。蓝雪会所外的围观人群自然早早就被驱散了，想在空中一探究竟的小型无人机也全因受到干扰而坠落。运送的路上风平浪静。

他们把战车运到了机场角落里的维修站，一个带着头盔的工程兵跳上战车，一手拿手枪一手拿焊枪，另外一个手脚义体化的士兵身着防爆服、手执抑制器和电击器守在他旁边。焊枪用蓝色火焰画出了一道红线，当他们做好了万全准备打开战车的舱门时，出现在他们眼前的是一具后脑勺烧焦的尸体。我可以看到他们的脸，一个个就好像刚从一场模拟训练中苏醒一样，困惑、失望，还有疲惫。

“你确定里面是张翰本人吗?”我关掉视频问。

“怎么?你怀疑我们的化验技术没有你长春朋友的好?”

我无视他的示威继续问：“他是被人远程入侵烧毁的，还是自己烧的?”

“自己烧的，机关安在里面的门上。门一开，连接线就超载，进而烧掉脑子。”

“也许是伪装呢。算了，这也不大可能。”

“当时我在现场，战车被接入模拟软件之前是开着干扰器的，而接入模拟软件之后，驾驶员和战车的网络都会被暂时封闭。不可能有人在干扰器关掉之后远程入侵布置出自杀的样子。”

一时间，我脑子里的线索全部乱了套。收钱办事可不至于把自己的命搭进去。为什么一个跟自己姐姐说能赚一大笔钱的家伙要搞自杀式的袭击呢?

我揉着眉心，想重新捋出个头绪来。王宏安提醒我该说说人偶的脑子了。我告诉他人偶的脑子是人造脑，而且烧得提不出来半点儿信息。

“我早该料到，来这里就是浪费时间。”他兴味索然地叹了口气，但身体没动。

“也许你们该从战车炮上入手。我记得你们为了防黑客入侵，基本上没有用机器人搞武器装备的维护，张翰一个人不可能偷得到战车炮并把战车炮装到战车上。”

“别以为全世界就你有脑子。我们已经锁定了偷战车炮的人。”他露出不耐烦的神色说，“不过，上面不打算继续查下去，主犯自杀了。曹向成只丢了条腿，死不了。过两天他就活蹦乱跳地出来开会了。”

那死的三个保镖又算什么？我想了想，没问出口，只是问了一句：“现在是困难时期，对吧？”

“没错，困难时期。”他闭上嘴用鼻子长长地出了口气，“每个人不是拼了老命保住饭碗，就是在找新的饭碗。出外勤的人都不敢大声跟人说话，搞不好今天拍你马屁的家伙后天就是你的老板了。”

“可惜，我还没有招小弟的计划。”

“我可不愿意跟一个中午饭吃煎饼的家伙混。”

我们各自带着讥笑望着对方。他摸了摸衣服的口袋，摸出包长白山牌香烟，然后却没找出火机来。我拉开抽屉拿出好几年没用过的火机从桌上滑了过去。他点点头给自己点上根烟，把火机还回来时顺便还带了一根烟给我。我摆摆手，说戒了。

“戒了？你能戒得了烟怎么还会离婚？”

“离了之后才戒的。”

他若有所思地“嗯”了一声，把火机留下来，把烟收了回去。

“我知道点儿五年前的事，”他狠吸了一大口说，“看来你被整得很惨。”

“至少我现在不用怕丢饭碗。”我揉了揉右手，它的颜色要比左手浅一些。我已经很久没有去更新皮肤了，现在给老型号的仿生义体换层皮的价格跟买个新的差不多。

“你呢？”我问，“既然上头都不打算查了，你还要继续往下查？”

“我一兄弟是管修理厂的，他这几天就得卷铺盖走人了。至少我得查出来是谁搞的这事。”

“哦，别说得那么好听，也许你只是想给秦王查出来谁是太子丹，好让自己加官晋爵。”

“你总是这么刻薄吗？”他手指夹着烟，脸上又黑又粗的眉毛挤成一团。

“你知道，我以前当过警察。所以得考虑各种可能性。总不可能你讲一通关于兄弟情谊的往事，我就义愤填膺地帮你干活儿。”

“你怎么知道我要找你帮忙干活儿？”

“该知道的都知道了，你干吗还坐在这儿抽烟呢？我猜你马上就要让我帮你查查那个偷战车炮的家伙背后有什么人了。”

我把烟灰缸和打火机推过去。他抽得很快，几句话的工夫就要点第二根烟。

“你要找的人已经死了，”他弹掉一截烟灰说，“反正你也很闲。”

说完，他从口袋里掏出了一个数据芯片放到桌子上。我突然想到了沈建邺，相比之下那家伙找人帮忙的手段就高明多了。换成是他的话，肯定会告诉我偷战车炮的家伙跟张翰有联系，张翰知道的事，那家伙多半也知道，到最后让我觉得反而是他帮了我的忙。

我望着指甲盖大小的数据芯片沉默下来。纸袋里的煎饼尚有余温，桌子的漆面上染上了一小片水雾。我跟前妻的合照在抽屉里躺着，还有离婚前她给我买的电子烟——从来就没抽过。

“我是很闲，但也没闲到要到处发福利的地步。来说说你能给我什么吧，你肯定没有什么钱，部队的权限也不能乱给。那你能给我什么呢？”

“也许我能给你搞几把枪。你干的是高风险的事，枪对你有帮助。”他笑着喷出口烟。

“枪只能多给我一个被抓起来的理由。”

“那你想要什么？”

他不该把问题抛回来的，这样我能坐地起价。不过话又说回来，我能要什么呢。

“我想，你们仓库里积压的军备物资，大衣、帽子、鞋子、手套、包之类的玩意儿，拿几批出来，对你来说没问题。”

“你要那些玩意儿干吗？”他厌烦地眯起眼睛，好像我正在跟他开一个不好笑的玩笑。

“我有一个做服装生意的朋友，最近生意不大好，我想给她创收。你们那些没人要的玩意儿在某些地方可受欢迎得很。”

我用中指按住数据芯片，他依旧盯着我，想知道我是不是在开玩笑。过了一会儿，他知道我说的是真的，便点点头把烟摁在了烟灰缸里。

“我不管你在打什么算盘，如果只是要这些玩意儿，小意思。”

“还有件事，张翰死了的消息你们对外公布了吗？”

“还没有。”

“那就先封锁起来，对外的新闻不要说他死了，也别提他的名字。另外，张翰的尸体现在在哪儿？”

他给了我一个部队医院的地址。

“事先说好，我可没有太多的权限进行深入调查，”我把芯片拿在手里说，“到头来，可能只有一些推测，没有实质的证据。”

“我们也不是警察，不上法庭审判，用不着完美的证据。”

他点了第二根烟起身朝我看过来，我以为他会朝我敬礼，但他只是看了我一眼。

“我相信你的人品。你是条汉子，敢跟那些能把你碾碎的人斗。部队和公安局都容不下你。虽然你被林慧制住了，但你还是条汉子。”

“你要是结过婚就不会这么说了。”我摆摆手让他走人。

他咧开嘴露出一口被熏成黄色的牙，烟同时从他的鼻子和嘴巴往外冒。我想，没有哪个女人看到这副样子还想跟他讲话。他转身走向门口。

我朝着他的背问：“事情闹得那么热闹，结果公安局和部队都不想管。咱们的治安系统是不是要完蛋了？”

“系统在更新的时候会有那么一段时间没法运作，不是吗？”他叼着烟拉开门，寒气立刻开始往屋里灌。

“下次来的时候记得按门铃。”我说。

“说实话，”他回头看过来，“你这门铃蠢到家了。”

等他关上门以后，我把打火机收回抽屉，然后把数据芯片插入接口。

现在我的手里有两块数据芯片了，我的右眼里有两个人的3D头像。

吴志鹏，工程承包商。

李念，一级修理工。

一个四十岁，一个二十五岁。两人看起来没有任何联系，也没有任何背景上的共同点，但他们却都有一双迷茫的眼睛。我忍不住去想张楠的眼睛，她看起来只是迷了路，而这两个男人看起来像是根本就不知道自己要去哪儿。

我靠在椅背上让自己放松，感觉脑子正在被焦虑灼烤，而胃里却有一条冰冷的小蛇在蠕动。

死了一个张翰，又冒出来两个人。

一生二，二生三，三生万象。

搞不好我得把这个城市翻过来。

14

下午，我决定先去看看张翰的尸体再向林慧报告这个情况。她的新型防火墙恐怕要泡汤了。

我到了医院，带我到停尸间的是个长相怪异的医生。他三十岁出头，体形瘦高，穿着大一号的衣服；松垮的皮肤显示他在不久前曾是个重量级的人物；他光洁的脑门上皮肤像被漂白粉泡过；还有一身的药味。这些状态证明他与癌症战斗过，而且获得了胜利。

他戴着老款的全覆盖式VR镜走在前面，我能听到他耳机里传出来的摇滚乐。过道两边的电子屏放着静音的义体广告。摔伤了手肘？换一只全新的义体手臂吧，配合格斗软件，再也不怕欺负你的坏小子；扭伤了脚？来两条永不知疲倦的机械腿吧，从今往后到哪儿都可以跑着去。当然，我有些夸张。那些给医院投资的义体公司都在处心积虑地把在职医生培养成金牌销售。

到了停尸间后，那位光头医生把VR镜挪到额头上，然后点击门口的触摸面板。冰冷而凝重的空气郁结在惨白的灯光下，我站在门口发觉自己似乎很久没有来过停尸间了。过了一小会儿，墙壁上的一个舱门打开，光头医生过去把托板和尸体拉了出来。

我上前仔细查看，张翰本人的皮肤要比人偶黑一些，脸上有青春痘留下的痕迹，头发跟张楠的一样干枯发黄。他眼睛下面有很明显的黑眼袋，喉结旁边还有颗黑痣。我调出张楠的照片与他的面部轮廓相比较，右眼显示相似度很高。

光头医生一脸不耐烦地站在旁边，那副模样好像他是一个经纪人，躺在眼前的是他带的一个明星，而我是一个来买形象使用权的小影视制作人，担心我会逮到机会跟他砍价。

我翻了下他的脖子，那里烧焦的面积要比人偶的大很多，而且烧得更厉害，整个接入器都已经熔化黏在了脖子上。烧成这样我估计得找尖端实验室加班加点半个月才能提出一丁点儿残留信息来。

"确定是他本人吗？"我拨弄了一下张翰的头发，想看看头皮上有没有切痕。

光头医生冷笑了一下说："除了两条腿和部分脊椎以外都是他本人的。"

"我是说，有没有可能换过脑子？"

"没有做过开颅手术的痕迹，"他拿出平板点了两下，投影出尸体的几项数据，"身体是他自己的，这点绝对没错。现在可以实现把脑子移植给人偶，但再移植回人的脑袋里就不行了。毕竟人的身体状态不如机械装置稳定，而且不同人之间还有差异，再等个几年也许可以实现这项技术。不过前提是那帮搞医疗的人对原装的身体还有兴趣。现在，玩那些机械零件才有赚头。"

"现在玩软件才赚钱。"我说。

"那跨行跨得可有点儿大。我这年纪再去学编程是不是有点晚？"

"不一定。你可以报个班，或者看些视频，从入门到精通也只需要几个月而已。"

"然后几个月以后我的技术就又过时了？"他讪笑了一声。我没理他。

张翰的身体和脑子都是自己的，这点毋庸置疑。也许我该想想他是不是被人洗了脑，但这没什么用，就算他被人洗了脑也改变不了他已魂归西天的事实。我想我只是在抗拒这个信息而已。昨天晚上他姐姐才拜托我找到他以后让他回家，今天我就看到了他的尸体，我不愿去想明天会看到什么。

“登记的死因是什么？”我按住眉毛以预防头疼。

“电子脑软件事故。你觉得出事故的外置软件得用多大功率的电源才能把脑子烧成这样？”他语气中带着揶揄，想来也不是真想知道答案。接下来他又问我认不认识家属，我反问他想干吗。

“尸体还能卖点儿钱。送来得比较及时，又没失血、没创伤，身体器官都完整保存下来了。我看他年纪不大，年轻干净的肉件还能卖点儿钱。不过要赶快，要是等哪天义体公司把机械综合征解决了，那就只能卖给肉店了。”

“是吗？”我没来由的一阵烦躁，“这么着急，你是哪个肉件有问题要换吗？”

“我？我好得很。除了胃被切掉了半个，每天只能吃点儿青菜和粥以外好得很。”

“胃癌？”我抬眼去看他耷拉下来的下巴。

“难道还是厌食症吗？”他拉了拉下巴上那层下垂的皮肤说道。

“该向全世界推行切胃这种减肥方法，不用喝什么酵素，不用整天做运动，不用抹什么纤体乳。切掉半个胃，简单，而且立刻见效。跟抽脂手术有一拼。”

“就是得每天喝粥！为什么不换个机械胃？怕机械综合征？”我问。

“得了吧。我可不怕那烂病，我怕的是自己。要是换个机械胃，我肯定天天都去吃四川火锅，用不了两星期我就得去换条舌头，然后换食道，再过一阵子我连胰腺都得换了。”

“最重要的是，你得先换个肛门。”

“没错。”他嘴角弯了起来，“马上换，那痛苦想想都难受。”

烦躁减轻了，但我忍不住想出去买包烟。我到底在烦什么呢？烦这个癌症光头没有半点儿同情心或者敬畏之心？我以前当警察的时候也没少接触过尸体。那时，一名死者对于我来说就只是一堆麻烦的线索罢了。警察和医生都得学会习惯这种心境，你已经够难受了，不能让死人再伤害你的精神。

也许是我离职太久，也许是我看了太多老电影，积累了过剩的同情心。

“我会去通知家属的，你先把尸体保管好。”

“只要你这种没事来看看的人少一点儿，尸体就肯定没问题。”

他走回门口，在控制面板上点了两下，托板便发出一阵刺耳的摩擦声把尸体收了回去。

“哦，对了，忘记问了，你是警察吧？”

“何以见得？”

“你身上有一股警察味。”

我问他警察味是个什么味。他说是汗臭、头油外加烟臭的混合气味。我跟他说：“全世界有百分之五十的男人身上都是这个味。”

“差不多，从第一次转业潮以后我就感觉周围的人不是警察就是当过兵。”

“也许再过一年，到第二次转业潮时，你们医院前台的小护士都是以前部队的文工团演员了。”

“哈，一半是机器人，一半是士兵和警察，到时社会就太平了，不是吗？”

“也许吧。”

我走出停尸间，他把门关上以后，我们一起往医院的大厅走去。走了一会儿，我们路过了实验房，透过窗户我看到一具具残缺不全的躯体躺在半透明的维生舱里，每个维生舱旁边都摆着各种各样的外置软件接入器。有个盘着头发的护士坐在门口的显示器边百无聊赖地望着上面显示的生命状态，那模样好像是在陪男朋友看“二战”纪录片。

“怎么，你对白鼠场也有兴趣吗，要不要捐点儿钱？救人一命胜造七级浮屠。”光头医生转过头搓了搓手指。

“他们又没死。再说，他们的收入可能比我还高呢。”

医生把这种带实验功能的病房称为白鼠场。在他们看来，人一旦住进这里就变成了实验用的小白鼠。实验病房这个项目由电子脑软件公司和义体公司联合投资，有时也会接受一些个人的捐赠，算是个半公益性的项目。里面住的都是受到重伤、不义体化就无法存活而又没钱做义体化的人。他们会签一个协议，低价使用维生舱，并且有偿测试新型的电子脑软件和义体。

我打算往前走，光头医生却停下来跟护士打招呼。那护士抬了抬手，然后盯着我看了好一会儿。我猜她肯定是在看我那只白眼，于是我朝她微笑。如果距离够近也许我还能吓住她，不过隔着层玻璃我就只是个装着只白眼的好好先生而已。

“为什么人越来越多了？”

我扫视了一下，房间里有四十五个维生舱，几乎全有人住。几年前，一间实验房最多配二十个维生舱，也就有十来个人住。那时候自动驾驶刚普及，专用道路覆盖面积还不高，常出车祸。还有就是一些穷得付不起医疗费的重症患者不得不住在这里。如今重大车祸率跟谋杀率持平。难道是穷人越来越多了？

“机械综合征，有好多之前出去了的人又回来了，而且最近有很多出了事故，保险又不给赔的。还有，你没查过这几年的自杀率吗？咱们的医疗技术是越来越好了，但这没法阻止他们自己伤害自己。”他打了个哈欠，好像讲解这点儿事花去了一整天的精力。

“大概是现在人不容易死了，所以就不想好好活了。”我越过他往前走，他跟在后面不停地咀嚼着这句话，好像很喜欢。他说要把这话说给他所有的病人听。我说随便，我不收版权费。说实话，我一直以为他只管死人呢。

医院门口有一条不长的水泥阶梯，上面印了不少二维码，扫描一下就可以得到一个通信地址，然后联系到收售义体的黑商、买卖器官的贩子，还有私人问诊医生。他们会让电子脑抑制住疼痛信号，如果你感受不到痛苦，那就没有任何问题。

我踩着它们一级一级往下走，当走到最后一级时，我回头看到了一些只存在于我脑子里的东西。一摊血迹、一堆尸骨、一个女人。我不记得她的脸，但记得她面朝上、望着天，脸上的血与泪混在一起。大多数从高楼跳下的人都是面朝下摔成一摊泥，但她却躺在了医院的台阶上。她生前是个极其普通的女人，她对自己的身材不满意、与父母的关系很冷淡、跟老公之间不和睦，一切都指望能靠一个孩子维持下去。她死后成了一只染血的凤凰。

我想要逃离这个地方。但这时，我设置关注的网站推送了一条新闻过来，上面终于提到了本地官员受战车袭击而受伤的事情。我大略看了一下，没有提到张翰的名字，整篇新闻都是在谴责战车的驾驶员触犯了什么法律，会造成多么恶劣的影响。新闻的后半段倒是提了一下受袭的地点是某知名会所，有关部门会对此进行相关调查，至于要调查什么，没有明说。最后说曹向成正住院接受治疗，伤势稳定。

是哪所医院？就是我身处的这所？

皇帝在上，刺客在下。真是好极了。

我转身再次走上台阶。

特殊护理病房在住院部的第二十层，病房有全套投影系统，有冰箱和豪华卫生间，漂亮的护士就在门外的护士站，随叫随到。我一个月的房租只够在这里住一天半。整个二十层有十五间特殊护理病房，找到曹向成在哪间并不难，看哪间门口有保镖就知道了。不过，要不是我还存着昨天的视频记录，会以为昨天那两个保镖复活了。他们长得都差不多，短到扎手的平头，木讷的方脸，还有把一切都当作麻烦的眼神。现在的安保机器人都把定制外形当作卖点了，他们好像也是被统一制造成这样的，大多是第一次转业潮出来的士兵，说不定还有曾跟我在同一个连队的，但他们也不会对我网开一面。他们的工作就是不让人好过，包括雇他们的人。

我往门口走去，在距离五米的时候，其中一个保镖伸出手示意我停下并表明来意。他喊出了我的名字，想来他的义眼已经获取了我的基本资料——被开除，无业。这两条就够让我成为危险人物。我告诉他是林慧让我来的，他没有回话，应该是在跟里面的人联络。过了一会儿，他带上扫描镜对我进行了扫描。

“把右手卸掉。”他的口气不容置疑。

“假如我的右手能杀掉他，那我的左手也能杀掉他。要不要我给你找个锯子？”

“别耍什么小聪明。”他隔着扫描镜瞪着我——我能感觉到他的视线。他说完后，另外一个保镖打开了门。我走过去时，他用肩膀狠狠撞了我一下，我感觉像是撞上了一块实心的花岗岩。

要跟一块石头较劲吗？当然不。

我走进病房，门边还有一个保镖，曹向成穿着病号服半躺在一个豪华维生舱里。除了脸色有点苍白外，他看起来状态还不错。我以前只在网上看过他的影像，他总是在麦克风后面讲话，信誓旦旦地保证我们马上就会过上幸福美满的日子。不得不说，他那头利落的碎发和总是微皱的眉头起了不小的迷惑作用——好像他真的为人民操碎了心一样。

看到我进来，他露出了一个完全礼节性的笑容：“你好。”

“不好意思，没给你带花也没有果篮。”我边反手关上门，边说。

“没关系，明天那些玩意儿就可以把房间堆得无处下脚了。”现在，他脸上是真正的笑容了。

“大明星的待遇就是不一样哈。”我走到维生舱前说。他受伤的那条腿已经做了处理，稍微恢复一下就可以安装义体了，我接着问，“保险给你的一条腿赔多少钱?”

“我没买过保险，”他皱起眉头说，“别把你的命变成一张纸和一串数字，更何况咱们的保险业已经烂透了。”

“那死的那三个保镖呢？他们的家人能得多少抚恤金和赔偿金?”

他脸色变了一下，不过很快就恢复了正常，问：“你难道是卖保险的?”

“哪有得知人死了才来卖保险，你该问我是不是搞殡葬服务的。”

“没听说林慧还搞殡葬生意。”

“她管杀，我管埋。”

“哼!”他冷笑一声，随手按下按钮，一块靠垫慢慢升起来让他身体呈半坐的姿势，“那么，你是林慧的人?”

“严格来说，我是自由工作者。”

“那你怎么说是她让你来的?”

“要过那道门嘛。要跟你们这种人说上话，不都得拉关系吗!”

“你有事吗?”

“没什么事，我到处转转，试试走在时政的最前端。”

“原来如此。我还以为她对我很上心呢。”他嘴角一抽，肚子缓缓胀大，似乎有一口闷气憋在里面出不来。

想想他也是够倒霉的，被打掉了一条腿，以为林慧这个老同学有心帮忙出头，却只是我这无业游民路过闲逛。不过只要他这棵大树不倒，明天就会有一个团的猢狲把他的病房变成蟠桃园。

“你以前是警察?”他望着我，但是眼神不在我这里，我的右眼可以看到他的隐形眼镜上出现了很多数据。

“我不打扰你，你自己可以了解我。”我转头打量起了房间。

他憋住一口气，拿起身旁矮桌上的水杯喝了点儿水。当他再次看向我时，他的眼睛里有了一丝意外之色：“原来五年前把育苗工程曝光的警察就是你。”

我没有说话。他戏谑地笑了起来，好像刚刚发现我是一个著名的喜剧演员。

“这么说你是来找我报仇的？”

“君子报仇，十年不晚，我这还差了五年呢。再说我也不喜欢打落水狗。你不是那个工程的主要负责人，而且事情曝光后，是你组织的内部调查，后来他们也把你踢出来了不是？我来找你自然还是想谈你的事。”

“我不太想谈自己的事。”他把水杯放下，继续说，“他们已经抓到凶手了，还有什么可谈的？谈动机？外面每一个人都想杀我。养不起孩子，怪我！养不起义体，怪我！丢了工作，怪我！住不起大房子，怪我！连抽不起芙蓉王也怪我！”

他发了很长一段时间的牢骚。我只是听着、等着，如果一个人被打断了腿，让他发点儿牢骚也没什么不可。终于说累了，他又喝了口水，问：“你想谈什么？”

他恢复得很快，好像刚才在发牢骚的不过是个在虚拟空间里大抒己见的空间主播。我把张翰、李念和吴志鹏的3D照片拷进一个芯片里，然后递给曹向成。他端详了我片刻，接着指了指他后颈上的保护锁。

“你还怕我藏病毒？”

“规定，我也没办法。”

我耸耸肩，把芯片从手里拔出来插进维生舱的接口。他面前投影出了这三个人的照片。

我问他认不认识这三个人。他的视线划过张翰和李念两个年轻人，然后停在了吴志鹏的醉脸上。

“这个，我好像在哪个饭局上见过。”

“有什么印象吗？”

“我记得他酒量挺好。”

说完他便陷入了沉思，看起来像是在回忆。我以为他会跟我说更多关于吴志鹏的事。结果他什么都没说，只是在思考许久后才问我这三个人里面有没有战车的驾驶员。我指了下张翰，然后嘱咐他先不要声张，我还要继续往下查。

“继续往下查？是有人付你钱吗？”

“有人给了我十六万定金找个人，人我已经找到了，不过我不想让这钱赚得太容易，所以就到处闻闻，看能不能挖出来些其他的东西。”

“也许你不仅想走在时政的最前端，”曹向成缓慢地说，“你还想创造时政。我在重新组织对育苗工程的调查，也许你也想插一脚，算算旧账。”

“我有时候会关心政治，但我不会参与，你们这帮人暗地里的规矩太多，跟我老婆收拾好的衣柜似的，碰哪儿都不行。”

“就好像你的名字，对吗，陈海瑞先生？”

也许是。我一直没有问过我父亲给我起这个名字的原因，我不知道他到底是希望我进入政界立下功绩，还是以此为界碰都不要碰。

我笑了笑，把芯片取走。在我离开之时，曹向成在我背后平静地说道：“代我跟林慧问个好。希望下次能见到她本人。”

“你不知道用人偶招待就是她的一种逐客令吗？”

“干我这一行，脸皮不厚可混不下去。”

说着我开门出去。门口两个保镖不动声色地用眼睛斜着我。我问他们现在有没有对付战车和武装直升机的装备。他们面色铁青，没有说话。

我走向电梯，有个手拿一捧百合的西装男从电梯里出来。我停下来打量了他一番，他有张棱角分明的脸，眼睛温和睿智，看起来不像是会随身携带刀具的样子。他朝我点头微笑，我装作正在用右眼看资料。

在进电梯之前我的心情很愉快，但进了电梯，电梯下行时，我的心情却像在坐过山车。我要找的人已经死了，我找到了尸体，干吗还要查幕后黑手是谁？

电梯下行的坠落感让我头昏脑涨。也许我该去查查我的脑子是不是有问题。

15

随便解决了晚饭后，我去了蓝雪会所。我到那里时天色已暗，他们没有歇业，会所外墙开了个洞后，生意反倒更好了，来往的人络绎不绝。会所被撞破的地方用黑色塑料布盖了起来，远远看上去像是一个结了块痂的小伤口。秦辉带着两个手下守在那里，搞得好像有人会乘机而入一样。

我从正门进去，大厅的接待小姐看到我后，用手指了指通往洗浴区的通道。我拐进去，再次经过被战车和炮火肆虐过的两个房间，砖石的碎屑被清扫干净了，撒了一地的弹壳也不见踪影，三个保镖与一条腿和一只胳膊也消失了，它们没有留下任何可见的痕迹，只有空气中还残留着一丝火药味与血腥味。

让我感到奇怪的是，在会所特有的温软氛围里，这两种味道并不显得突兀，好像这就是暴力与性之间的一种转换，火药，鲜血，香水，精油。风又在外面鼓动着塑料布，这让我产生一种错觉，似乎马上就会有一个粗壮的棍状物体从外面捅进来。

我继续往前走，洗浴区没有开放，肖邦的《夜曲》依旧在室内回荡，蒸汽在往外冒。我在一个仿温泉式的浴室外找到了林慧，她披着未干的长发、身穿一身黑色的浴袍，正在贵妃椅上修剪指甲。

林慧是那种让人看过一眼就忘不掉的女人。她个子很高，有一米七八，全身的肌肉紧致却不壮硕，不会盖住女人的柔媚，但看起来又不柔弱。当一个普通的长发美人靠近时，你会期望将她揽入怀中一亲芳泽，而林慧那样的女人，你只能期盼她会伸出一只手臂让你挽住。

她将近四十岁了，跟所有经济情况良好的女性一样，从外表看不出实际年龄。我曾一度怀疑她是不是用一个看起来像三十岁的人偶在跟我见面，不过想来她自有魔法把容貌留在三十岁之前。我走到那把布艺贵妃椅旁边，她撩起头发、眉毛一挑，一双漆黑的眸子便盯住了我。她的眼睛总是能让我想起猞猁，那种猫科动物的眼睛看似慵懒实则充满狡猾、杀机。无论她的心情如何，她略微扬起的嘴角，看起来总是像在微笑。

“看来你找到张翰了？”

“找是找到了，不过我们还是先来谈谈报酬。”

“怎么？十几万的定金还不够吗？”她放下指甲剪抱住膝盖，摆出一副委屈的样子。

“既然说是定金了，那咱们还得有个尾款。”

“那你还想要多少？我这里可是开了个大洞，装修得花不少钱呢。”

“放心，不要钱。”我细细欣赏她丰盈的大腿，然后回头扫了眼空无一人的大厅说，“给我个吻如何？”

听完，她伸出食指点了点嘴唇似乎权衡了一下价值。

“太贵了，还是你给我一个吻吧。”

“你能不能别每次砍价都砍得那么狠，嗯？”

她伸出手嫣然不语，我上前去握住她的手指俯身亲吻手背。然后，我告诉了她张翰的死讯，以及张翰住处里可能存在的第二个人。至于那个人有没有掌握张翰的新型防火墙，我不敢保证，她得做好颗粒无收的准备。她抿起嘴巴好像在笑，我想她肯定知道我陷入了更多的麻烦之中——我已经是她推上舞台的小丑，没有任何道具，只能凭自己的身体去逗观众发笑。

真该死，刚才应该去亲她的嘴唇的。

“现在这事情的疑点多到数不清，我得一件件地问你。”

“问吧，警察大人。太晚了就在这儿过夜吧。”她整了整浴袍挺起胸说。

我走到贵妃椅的尾端坐下，问：“你知道张翰用人偶来上班吗？”

“知道，不过我还以为是哪个阔太太看上了他，给专门配的呢。人偶的形象用的是他的，登记人也是他。”

“有没有可能是两个人在操纵人偶？”

“有可能。”她想了想说，“几个对他有点儿意思的姑娘谈论过，他的脾气有点儿捉摸不定，有时候温顺伶俐，有时候又迷迷糊糊的，像得了迷乱症。不过，现在的小男生都是这副样子。”

“你有没有问他为什么不去正经软件公司上班。”

“公司嘛，不仅压榨人，还偷取员工的劳动成果。赚钱的永远是老板。还有一大堆让人受不了的同事。去公司上什么班，当然得自己创业，干自己喜欢的事嘛。”

“这话你是从二十年前的励志书里看来的吧。”我说。

“现在的励志文章也是这么讲的呀！”她掩嘴笑了起来，像是讲了个好笑话一样，“不过我觉得他的那套技术是违反现行法律的，所以他才不去正经公司找工作。”

“怎么说？”

“他那个防火墙的基础形式是迷宫型的，以修改过的记忆片段作为迷宫入口的伪装，诱使入侵者的数据链接进入防火墙中。我试过破解，但是根本就检测不到防火墙的存在，一旦试图获取电子脑的控制权就会掉进迷宫里。就目前来说呢，修改记忆是违法的。”

这倒是没错。电子脑在刚发明的时候就有一块记忆分区，不过那时记忆分区还只能记录一些强刺激留下的大脑波动。随着影像合成技术日渐成熟，几年前电子脑就已经可以从大脑中抽取信息并配合波动合成记忆影像。然而警界和司法界还没有来得及欢呼，有些黑客就攻破记忆分区的加密，发明了软件反向覆盖记忆分区。

如今擅自修改记忆分区属于违法行为，虽然管理也不严格，但如果张翰的防火墙需要修改记忆，那他的防火墙就通不过认证，只能在黑市流通。想要赚到钱就得有个好上家。

“张翰也算有胆识，”她慢慢磨着食指的指甲说，“我问他防火墙是不是真的，他就直接让我去连他的脑子。”

“他要真有这么好的技术，去哪个公司干上几年也会出人头地的。”我发了句牢骚。其实答案我知道，这可能不是几年的事，而且技术换代快，可能还没等他的下一个成果出来就被淘汰了。林慧轻笑了一下，说现在是捞一笔就去享受生活的时代，总不能强迫别人去吃苦。然后她换成躺姿把两只脚搁在了我的腿上。

“那小子一来就是一副忍辱负重的别扭样儿，不过有些来玩的女士就喜欢那个样子。他有那种弟弟相，捏一次脚能得到不少小费呢。”

“他确实有个亲姐姐。”

“我知道。你见过他姐姐了吗？她长得怎么样？”

我不知道她为什么要问这个问题，也不知道该怎么形容张楠的长相，最后只好回答说他们姐弟俩长得很像。

“我知道你为什么要往下查了，”她抬起脚戳了戳我的腰间，“又戳到你那根筋了，是不是？”

“跟那没关系，张翰我已经给你找到了，你要说不想要那防火墙了，我随时都能抽身出来。”

“我当然想要，现在钱可以少挣，但是一定要保护好自己的脑子嘛。”说完她掩嘴弱弱地打了个哈欠，脚趾还不怀好意地在我大腿上画圈。

“你也得找点儿事做做，省得整天往人家的花店跑。”

“想要我陪你就直说嘛，随时待命。”

“好啊。什么时候你也陪我坐一下午。”

“坐一下午，还是做一下午？跟你做一下午我半条命都得没了。”

她“哼”了一声，扬起脚想踢我的下巴，不过被我两手按住。我的左手感觉到了她细腻肌肤下的跃动，或许是她刚泡完澡的缘故，即使是脚这种身体最末端的部位也流通着热烈的血液。我的右手无福享受那美妙的触感，它是好几年前的老旧型号，那时的触感模拟还不够细致，我只能感觉到自己摸到了一块软东西。

之后我把手机拿过去，给她看了吴志鹏和李念的照片，她认识吴志鹏，会所墙上的洞可能要找他手下的工程队去修。

也许吴志鹏就是为了修这个洞所以策划了刺杀。

李念，她不认识。但她盯着照片看了好一会儿，只说这小男生长得挺帅。

“他长得不是跟张翰差不多嘛。”我有点儿搞不清楚她的喜好。

“气质不一样。张翰看起来总是有一肚子火，这小家伙看着挺忧伤的。”

“好吧。”

得到这些没什么用处的信息，我放下她的脚起身，准备离开，在拿回手机时我发现她正撑着脑袋笑吟吟地望着我。

“干吗?”

“你这硬骨头，每次只要一有人死你就会咬住不放，对不对?”

“死的人多了。那三个保镖死了，杀他们的张翰也死了，还是自杀的。现在每天都有人死，要是每个都咬，不得累死!”

“所以你才咬住这个世界不放啊。”

我想我一定是皱眉了，而且皱得很难看，因为那个女人的脸上笑出了一朵花。

晚上，我一直在床上辗转反侧，到半夜也没有睡着，到一点时我终于放弃睡眠，连上新闻网的评论室，企图找点儿有启发性的发言。我先去了冷清的实名区域，实名讨论室的虚拟形象类似大学的讲堂，大伙严格遵守一人发言、举手提问的制度。所以实名区没什么好看的，基本上是一个看起来像老师的家伙在讲希望曹向成早日康复、希望不要再发生这种暴力事件、大家要理性对待政策等废话。我看了一会儿，觉得继续看下去可能会帮我进入睡眠状态。我换到私人架设的匿名讨论区，匿名区的讨论室五花八门，有酒吧，有茶馆，有搞成二十世纪的初中课堂模样的。

匿名区一如既往地热闹，不使用真实形象的家伙们半夜一点还吵个不停。我设置了一下筛选条件，把关于刺杀的讨论都转换成文字。他们找出来不少嫌疑犯，我分了一下类，多数人都觉得，曹向成为了裁军而组织人调查部队的内部腐败问题。因此有人想杀他，一部分人则觉得是想上位的政敌动的手，还有一小撮人说有可能是闹分裂的恐怖分子。匿名讨论区中的这些“有理有据”的分析只能看看，那些大抒己见的家伙往往会在表面的证据上附加假设，然后歪曲事实来支持自己的假设，最后自己也被影响，对推论深信不疑。

我把这几个小时里频繁出现的几个人名摘下来保存，然后关掉右眼再次试图入睡。在一片黑暗中我闻到一股若有若无的烟味，我能感觉到那股味道吸引我回到原来的世界。我知道这是我幻想出来的，那股烟味根本不存在，但还是忍不住打开换气扇。在换气扇开始转动的时候，净化器闪出室内污染物超标的警示，它告诉我，要么活在自己的二手烟世界里，要么与外界的微粒融为一体。

16

我做了一个很奇怪的梦。我梦到自己在睡觉，在过去那个被称之为家的三室一厅的房子里。我的前妻握着我的右手甘甜熟睡，而我在半睡半醒之中。我把所有会发出声响的通信工具都关闭了，信号直接转到我的电子脑中，一旦夜班的同事们有进展，我就能第一时间接到通信而不会打扰到她。我就那样一直浅睡着等待，然而直到我真的醒来，梦中的我也没有接到通信。

那让我感觉很糟糕，仿佛自己的一部分还在沉睡之中。

起床后我去吃了早饭，煎饼老头一边问我是不是惹上了什么麻烦，一边递给我一杯烫手的豆浆，我的右手接触到杯子时甚至发出了过热警报。

“只是平常的一天而已。”我回答他。

我等豆浆变凉，顺便考虑了一下那两个要调查的人，最后决定先去见见吴志鹏，他能弄到战车，又认识林慧，那么他是主谋的可能性就要比其他人高那么几个百分点。

我用警察的权限查到他的联系方式，给他发了条信息说我想在工程队找个活儿干。在等回复的时候我又叫了辆出租车。我估计他不会回复，所以我提前查出行记录，查到他现在的位置。然而出乎我意料的是他回了信息，而且他既没有问我是谁，也没有问是谁介绍来的，直接给了我一个餐馆的地址，说中午在那里见面。

那是一家全自动化餐馆，通常自动化餐馆都是由超市承包，后厨与食品仓库连通，智能食材处理机掌刀，机器人掌勺。这么做的好处是你可以自己下单控制分量和烹饪风格，坏处就是食材可能不够新鲜也不够精致，而且也没什么高格调的享受。你绝对不会带刚认识的女朋友来这里，也不会来这里谈生意。但如果你有几个胃口大的老友，那这里是不二的选择。至于饭菜的味道，是机器人一贯的水准——不好，也不坏。

我到时，他正一个人坐在回转台边上吃火锅，四人位的大桌上已经摆了几个空盘、两瓶雪花啤酒和一瓶喝掉一半的道光廿五。他穿着件一看就是名牌但不知道哪里好看的墨绿色翻领夹克衫；他的脸有高血压般的红润，眼睛不大不小，鼻子有点儿塌；他的胖是天生的，说好听点儿可以叫作富态。他是那种饭局和聚会上的明星，只要他喊一嗓子“喝”，再冷的场也会被他调动起来。这种人吃饭通常都不会是一个人，但现在，他形单影只。

我径直走过去坐到了他的对面。那里已经摆上了一个口杯，看样子就是给我准备的。

他眼睛一大一小，他打量了我一番说：“就是你要找工作？你有干净大衣穿，不像是缺钱的样子。”

“等到衣服都没得穿再找工作就晚了。”

“这话在理。”他笑了一声，挑出块羊肉蘸满麻酱吃了下去，“谁跟你说我这里有工作的？”

我想起林慧说想找他去修会所的墙，便说是林慧让我来的。

“林慧？”他挑起几乎看不见的眉毛有些惊讶地说，“从来都是她挖人，这还是第一次见她往外介绍人啊。”

“她不喜欢我跟她手下的姑娘乱搞。”

“哈。你也胆子够大，跟着她还敢乱搞她的人。”他用喉咙发出一串笑声，然后用牙齿咬开一瓶啤酒。我接过来准备往口杯里倒，他却拦住我，给我倒上了一满杯白酒，说，“要想往下谈就两个都得喝。”

“这恐怕不太公平吧。”我笑着点了点桌子上的显示面板。

他脸色一僵，语带恼怒地说道：“我把降解功能关了行吧。”

说完，他伸出短粗的手指点了点他那头的显示面板，两个口杯中间的桌面上出现了他机械肝的数据，他确实是把降解酒精的功能关了。但我依旧笑着不说话。他瞪了我一会儿，随后低下头叹了口气说：“行吧，随便你，能喝就喝点儿吧。”

我能理解他为什么一个人喝酒。他装了个机械肝，谁还愿意跟他喝呢。就算关掉降解酒精的功能也没用，因为酒精量达到警界线，机械肝会自动启动降解功能，输赢都没有什么意义。

“以前的肝呢？喝废了？”我问。

“肝硬化。有句话怎么说的来着？哦，肝硬化和胃穿孔是成功人士的象征。”说罢他端起口杯一口气喝干，然后自豪里伴着自嘲说：“我是成功人士。”

我瞥了眼他机械肝的状态，迅速降解功能是关着的。为表敬意，我喝了一小口。我的酒量实在不行，要是让我多喝几杯，恐怕我会亲口告诉他我是来揪他的小辫子的。

放下酒杯，他问：“你的眼睛和右手，保险赔了多少钱？”

“一分都没有。”

“一分都没有？怎么搞的，你是睡了保险公司老板的老婆？”

“被人打的。我以前是警察。”

“警察？”举到他嘴边的啤酒瓶停了下来，“你被人打成这样，他们没升你当副局长？”

“他们不仅没有升我当副局长，还一脚把我踢了出来。”

他的嘴角抽动了一下，想笑又没笑出来：“娘的，我得敬你一杯。”说罢他放下啤酒瓶把口杯重新倒满，再次一口干掉，然后又问：“结婚了吗？”

“离了。”

“孩子呢？”

“女孩，五岁。没跟我。”

他没再继续往下问，而我却忍不住开始想，今年是离婚的第五年，离婚时我的女儿才刚出生。我的前妻会怎么跟她形容我呢？一个找死的白痴，还是一个抛家弃女的王八蛋？或者什么都不会说，当我这个人根本就不存在。说来奇怪，如果有人问我当初发生了什么，我多半会搪塞过去，他不问我倒是想说了。

想到这儿，我在左右两边的酒之间犹豫了一下，然后选择了啤酒。我们各自不说话，周围也没有人，食物和酒都是从回转台上过来的。餐馆的模拟环境应该是纽约的某家高档牛排餐厅，而且还是2001年之前的纽约，隔着落地窗我还能看到双子塔。我们喝了阵儿酒，他问我会做什么工作。

“我当过兵，会开蝎式战车。”

“你应该是好多年前就转业了吧，还记得怎么开吗？”

“不比开车难，学过就忘不了。不过我得学学怎么控制工程机械。”

“哎，说实话，战车这玩意儿根本就不好用。出车前还得提前通知维修厂换哪些部件，每次都耽误几个小时。毕竟不是在打仗，那帮人没那么积极。工地还是更喜欢专用的工程车，以前战车装个推土铲和破碎锤什么的还能一车多用，现在找俩装重型义体的家伙就行了。你要去开战车多半会坐冷板凳。你还会别的吗？”

“别的……”

我装出为难的样子暗中观察，他似乎是真的在为我的前途操心。

“电工、装配工，我都行，不过我擅长的还是修东西，修车最拿手，要不让我去修战车？”

“用都没人用，还修个屁。”

“修理厂那边也不是按出活儿算工资的吧。其实我也懒，坐个冷板凳也不错。”

“我跟修理厂的头儿还没熟到随便就能介绍人进去的地步。再说，修理厂工资又不高，你要再婚的话不一定养得起你老婆。”他打了个饱嗝，看看我的义眼和右手说，“能修东西还行，不过你这手得换。”

“我可以想办法搞一只鲁班手。”

“哦，这个不错。就是有点儿贵。你以前在林慧那儿是做什么的？”

“收收账，吓唬吓唬人。偶尔逼良为娼。”

“呵，真是美差，可惜我不放高利贷，也不拉皮条。”他嘴角歪向一边笑了起来。

回转台上传过来一盘牛肉片，他端起来把整盘肉片倒进了锅里。这时，旁边投影出来的墙上凭空出现了一台壁挂液晶电视，然后电视开始播放新闻。正好放的是前天的刺杀事件，吴志鹏斜眼看了一会儿。算我走运，新闻里没有提蓝雪会所，只有战车被吊在路上的画面，还有对曹向成的采访。病房里果然已经堆满了鲜花和水果。当画面又重新回到战车上时，吴志鹏暗暗地骂了一声：“他娘的，看到没，这玩意儿放那落灰都给我惹麻烦，估计很快就要有人来找我问话了，部队那边肯定也要把战车收回去，你想都别想啦。”

“收回去他们养不起呀。”

“搞不好他们会归置归置，卖到中东去。那边还在打仗，打了一百多年了。”

“也许等到哪天不烧石油了，那边才会坐下来好好谈谈。”

我们边瞎扯一通国际局势，边胡吃海喝。酒过两巡，我们感觉自己正在联合国的大厅里为世界和平出力。新闻已经播完了，现在屏幕上出现了一个画着奸臣脸的大臣，同时小锣开始敲出诙谐的节奏，他身后的荆轲和秦舞阳都是一脸肃穆，只有他一边行走在殿堂之上，一边笑唱：

> 为官，为官须有妙诀，头要尖，心要鬼，口蜜舌剑会说嘴。刮吃百姓要狠播，胁肩谄笑会献媚。拍马屁，伸牛腿，管他笑骂我先美，我先美。

“这个家伙叫什么来着？”我努力回想。

这种小配角的名字总是藏在脑海的底部，每次你想把他捞上来就会搅起一摊淤泥，本来你还记得个大概，但越想就越模糊。

“蒙嘉。嬴政的某个庶子。反正庶子不是贪污受贿，就是最后弄死老爹当了皇帝。”

“不然也没别的出路。”

我回过神来放下酒瓶，我这边已经摆了三个空啤酒瓶，他那边摆了五个，道光廿五的瓶子也早空了。

“等你把手弄到，我给你找个活儿。”

“那就多谢了。哦，对了，警察和部队那边我都有熟人，战车的事要不我帮你问问是什么情况？”

“不用。”他把不字拉得很长，搞得好像是我要抢着付账一样，“反正肯定是哪个黑客搞的鬼，他们要找我来顶多也就说我是管理不善。还能怎样。”

他拍拍肚子满足地打了个饱嗝。我点点头没再多说什么。

临走时，他跟我握了下手，他的手多肉、潮热，还有点儿无力。

我心想，不会是这家伙策划的刺杀。他可能会去骗保，但不会杀人。即使是买凶杀人也不会。

然而走了一阵儿，冷风逐渐让我的体温和脑子都恢复了正常。

我开始思索，是感情让我做了这个判断，还是线索让我做了这个判断。

17

下午还有时间，我可以去修理厂查查李念。战车修理厂位于新铁西区与于洪区的交界处。在我查地图的时候，交通系统通知有一辆符合我路线的公交车两分钟后到站。于是我预付了车费到公交车站等。两分钟后，一辆看起来随时会抛锚的公交车停在了站前。我犹豫片刻，还是在关门之前上了车。

车里虽破，但暖气倒是给得很足，有个精瘦的男人占着最后一排座位，把破旧的军大衣铺在身下睡觉。他还打呼噜，吵得另一对男女只能坐在前面。我在后面随便找了个靠窗的位置坐下，那带着一股霉味的暖风让我身上的大衣闻起来简直像在火锅里涮过后又在洗衣机里捂了一星期。我皱着鼻子，任凭身后的呼噜声灌进耳朵。

车子很快就驶入了铁西区。在我小的时候，我的父亲经常讲大萧条时期的铁西，他说他小的时候，家对面就是钢厂，他可以叫得上来钢厂一大半工人的名字。等我大后，他经常开着自己的旧卡罗拉到处闲逛讲往事。如果他还活着，再回到这里还是会不停地说那些陈年旧事，某个地方以前是什么厂，几几年繁荣，几几年倒闭，什么时候拆的，后来盖了什么。

不过，如果他真能活到现在，他肯定会在模拟旧城市的软件里流连忘返。

到达修理厂之前，前面的那一男一女已经下了车。我下车时，后面那位还在睡。他可能根本就没有目的地，没有工作，也没有目标，只是为了找一个有暖气的地方睡觉而已。

在我出生前，铁西区的老工厂大多搬到了于洪区，战争让重工业重获了生机，不过，时间很短。战争只打了不到一年，那些雨后春笋般冒出来的工业园还没有来得及大展拳脚便迅速衰败。这使得复苏看起来更像是回光返照。现在，那些现代化、干净的工业园像一个个衣冠楚楚但又英年早逝的人一样躺在地上，只有少数还从装了层层过滤器的烟囱里苟延残喘般排出缕缕废气。

在一众工业尸体里，战车修理厂是个很奇异的存在。它原本属于部队，只修理军用设备，也为演习做整备。第一次转业潮的时候，修理厂有一半转为了私营，用以修理工程车和民用车辆。因为只转了一半，还有一半依旧是军事重地，所以他们造了一堵墙隔开军用修理厂和民用修理厂。我们一向擅长造墙，我猜用不了多久，这堵墙就会像柏林墙一样被推倒。不过两边的人会不会高兴，就不得而知了。

下车后，我先在小店里买了包硬盒红塔山，拆开放到兜里，然后走进修理厂。厂房的大铁门没有重新上漆，还是军绿色，禁飞无人机的标识也没涂掉。厂房的空间很大，但只有一个装着大型机械手臂的男人正在焊接出租车门，他穿着半袖，右眼上罩着一个单眼式的分析仪。他没有戴耳机，但我怎么叫他，他都不回应。我忍住想要踢掉电源的冲动，走到焊枪旁伸手点燃一根烟。这时，他才像只发现猎物的熊一样朝我看过来。我把烟递过去，然后跟他说我找负责人。

“你不是来扯售后问题的吧？”他接过烟，一口抽掉三分之一。

“售后要找造车店和4S店。我来修车。”

“修车也没见你把车开过来，要上门服务就上网去预约机器人。”那独臂人说完就继续干起了活儿。

我等他把烟抽完，说："直说吧，我有辆旧车，想送到这里来修成会出车祸的样子。"

"然后换成新的。"

"新的可不行，得是新款，至少也要是改款。不过得证明我从来没有来你们这儿修过车。"

"那你确实得跟负责人谈谈。不过你看我像负责人吗？"

"我想你当兵的时候应该学过，如果阵地上只有你一个人了，那就该你负责了。"

他取下分析仪四处张望了一下，发现真的就他一个人后，他刀形的眉毛就垮了下来。接着，他把焊枪转到机械臂上开始打电话。他也没给负责人太多的面子，口气像在对他的秘书发命令。

"等一会儿。负责人马上来。"他放下电话说。

他也无心再工作。我又递给他一根烟，问他当年是在哪个部队。

"三十九军的混编机械营，四连，战车装配员。"他拿烟指了下我的眼睛问，"你是侦察兵？"

"嗯，四十军，电子侦察纵队。"

"电子侦察纵队。"他眼上的两把刀一挑，"你上过前线？"

"去过几次。不过眼睛是转业以后搞的。"

"哼，我听说你们这些搞电子战的后来日子都过得不错啊。你怎么搞的，打仗都没把你怎么着，过日子却让你瞎了只眼。"

"要过上好日子得打很多场仗。总有那么个操蛋的一天让人一败涂地。"

"人总有倒霉的一天。"他夹着烟的手一扬，向我致意。

我耸耸肩用大拇指指了下角落的战车，问："你怎么不干老本行？"

"要是现在还鼓捣那些玩意儿我连饭都吃不起。"

"一辆战车可得几百万吧。"

"我又不能拿出去卖。"

“以前的高精尖武器，现在就放在那儿落灰吗？”

“和平年代了嘛，他们还雇了个小孩做日常维护。”

“小孩？”我问是个什么样的小孩。

他说是个呆头呆脑的家伙，不过人还不错。“那小子有股书生气，但是整天跟隔壁那帮傻子混在一起，而且居然喜欢打牌赌钱，他要是继续跟那帮家伙赌下去，估计就要开始输身上的部件了。”

隔壁那帮人指的就是墙那边军用修理厂的士兵。任何正常人都不会跟那帮不要命的暴脾气赌，除非有人故意让他过去输钱。

“他工资很高吗？”

“修那些玩意儿？”他斜了一眼角落里蒙着塑料布的几辆战车说，“你觉得会有很多钱拿吗，几个月不见有人用？”

可是前天刚有人用过。

我的右眼扫描出那是拆掉前肢和尾部装置的战车，塑料布上落着一层灰，看起来确实有几个月没用过。战车有三辆，全部都是这个状态，不过可以看出来原本有四辆。有块塑料布被揉成一团扔在墙边，距离刺杀已经过去了两天，这里的工人都还不知道丢了辆战车。

在我观察战车的这段时间里，那男人抽了第二根烟。他小心翼翼地用焊枪把烟点着，那股认真劲比刚才焊车的时候专注多了。

“不过那小子也挺可怜的，自己一个人，活得也没什么盼头。这几天都没见着他，还真怕他在哪里想不开死掉了。”

我刚想问他这话是什么意思，一个虚胖的矮个男人就匆匆忙忙地跑了过来。那家伙有个大到惊人的啤酒肚，毫不夸张地说，他如果往前扑倒，那肚子可以把他弹起来。

“喏，负责人来了。”独臂男像看到小丑似的露出笑容。

那大肚男跑得上气不接下气，而且显然这两天他都没有睡好，两只眯眯眼周围像是画了一圈眼影。他跑到门口时停住脚步，不知道是因为我那只眼睛，还是其他的什么事，他盯着我打了个冷战，然后慢慢走过来，模样如临大敌。

他一边走，一边叫道：“大个刘，你怎么还没去吃饭？”

“没人叫我。”

“你一干活儿就装聋子，谁叫得动你。”

“那我现在去。”

独臂男说完就要去卸机械臂。大肚男把他拦住，说待会儿一起去，然后转向我问道：“你要修什么车？太老的车可不好弄。”

“要说老的话，那车是挺老的了。”我转身往里走，他跟了过来。我走到那三辆战车前，指了指地上的塑料布，说，“跟这辆是一年的。”

他耷拉下脑袋认命似的长长叹了口气，奇怪的是，这口气从肚子里出来后反倒让他的肚子又大了几分。

“我就知道你是来查战车的。”

“怎么？你闻到警察味了吗？”我朝他扇了扇风。他吸吸鼻子，显然没搞清楚我这话是什么意思。

“战车的事待会儿再说。我找李念，还有，我需要厂里监控记录的访问权限。”

在听到李念这个名字的时候，他像是给雷劈了一样当场呆住，接着他结结巴巴地说他昨天把李念辞退了。

“辞退了？我看也有可能是你把他送上了去美国的飞机。”

“不，不会的。我没参与刺杀，我只是这小厂子的负责人，每天就盯着他签到上下班而已，他的事我真的一点儿都不知道。我辞退他是因为他的迷乱症已经到重度了，根本就没法干活儿。”他抹了把头上的汗，见我没说话他马上又说道，“我知道他住在哪里，他不会跑的。”说完，他拿出平板电脑，然后抽出自己的连接线，想接上去授权访问修理厂的数据库，但接了几次都没接上去。我拍了拍他的肩膀告诉他不要紧张，我既不是警察，也不是部队的人。

“那你是哪边的人？”

“我是无业游民。”我看着他疑惑的小眼睛，拿出一根烟换过他手上接着线的平板电脑。“不过我给他们干活儿。现在是特殊时期，谁都很忙。他们只能找我这种闲人办事。”

他叼着烟半天没有动，我想他是在思考我到底是什么人，或者在等我给他点烟。

“你最好还是配合我一下，”我说，“我只有一个人，估计很难抓到什么东西。要是等他们缓过劲来，开始秋后算账，他们会把整个厂翻过来。到时候你可就不是下岗那么简单了。”

他发颤似的点点头，自己把烟点着，说：“好的，好的。”说着，他抹了把头上的汗。

“李念到厂里来是谁介绍的？”我问。

“实验康复中心。他出过车祸，妈妈和姐姐都死了，住了三个月的实验房。他爸爸在车祸之前就死了，听说是工伤。那孩子也挺可怜的，现在就他一个人了。”

我心想，一分钟前你还说一点儿事都不知道呢。

修理厂的人员登记资料有很多是实验康复中心提供的，比王宏安给我的要详细得多。我翻了翻，发现李念的工作状态那一栏依然是在职。

“你不是说把他开了吗？”我指给大肚男看。

“哦，手续还没有办，我这两天就办了。”

会办才有鬼了。康复中心有保障计划，再就业的人每个月能得到一些补助，直到收入达到贫困线以上。这份补助当然会被单位克扣一部分，而且大部分安排就业的单位就算等到移民外星的时候都不会涨工资。

在我筛查资料的时候独臂男过来问待会儿去吃什么，大肚男没多做考虑就回答去吃火锅。

“你能把这事搞定的吧？”他苦笑着问我。

“不知道，可能只有百分之一的概率，况且他们也没给我钱。”

他低下头看看自己的肚子，然后问我要不要一起去吃饭。我告诉他我已经吃过了，而且吃得很饱。我本来想让他弄两辆车给我，不过想想他这里的车恐怕都不太安全。这时，独臂男已经卸掉大型机械肢，装上了一只旧到连皮肤都没了的仿生手臂，他只裹了一件薄大衣，看样子是打算靠火锅把热量都补回来。

我把平板电脑还回去，大肚男接到手里像是捧着块烧红的炭，我嘱咐他，这几天要是有谁来问李念的情况就通知我。接着我把整盒红塔山放进了独臂男的大衣口袋，他还给了我两根，说：“也许你马上还得用。”

烟在他的金属手指间抖动，好像随时都可能被风吹走。我接过来把它们夹到了耳朵上。

临走前我去看了下军用修理厂的大门。有两个端着枪的家伙守在门口，神情紧张，一副靠近就会鸣枪示警的样子。

我想那两根烟在这里用不上。

李念住的地方离修理厂不远，走路三十分钟就能到。如果真如大肚男所说，他有重度的迷乱症，那他多半是跑不出市里的。因为他的思维执行不了多高明的逃跑计划，勉强能生活自理就不错了。不过话又说回来，如果真是这样，我找到他也没什么用。迷乱症会混淆他的思维，记忆区也会变得混乱。他会觉得自己是古代的侠客，是未来的新人类，是外星的高智能生物，是身负血债的杀手，是准备拯救世界的英雄。他会认为自己正身处一个虚拟的世界，而且对此深信不疑。他可能是任何人，唯独不会是他自己。

但我得找到他，去碰那百分之一的可能性。

我走在一片矮房下，那些外墙都开始剥落的老房子不少年纪比我还大，挂了半个世纪的招牌无人问津，几乎再不可能被钥匙打开的门静静地关着，只等被铲车推倒变成废墟。有一家彩票站的门上写着几行读起来挺顺口的字：吸烟伤肺，喝酒伤胃，桑拿太贵，歌舞厅高消费，打牌赌博干扰社会，买点彩票经济又实惠。

我的父亲曾买过很长一段时间的彩票，一次一注，一个号码买了十几年。他把那串数字当作自己的信念，可最终并没有得到什么回报。我走在这里，一种可怕的既视感把我包裹了起来，我感觉自己飘在一片虚无之中，像个废弃的塑料袋，被风吹拂着四处飘荡。

百分之一的可能性。

随着离目的地越来越近，自助洗衣房和快餐店逐渐多了起来，我也慢慢猜到了李念住的是什么地方。

当我最终站在一个如石碑一样板直的楼房前，并且闻到一股臭味时，我的猜测得到了证实。

蜂巢屋。那栋没有窗户的铁灰色楼房在几年前被称为迈进未来网络时代的象征。一栋二十米高、普通居民楼大小的蜂巢屋就可以住五百人。它的基础设施由机械排序列阵和量产型的廉价维生舱构成，那些维生舱去掉了大部分昂贵的医疗设备，只提供一些基本的生活功能，比如恒温、通风、清洁、饮水，以及模拟软件接入。每个入住的人都可以得到一套完全自定义的房屋模拟软件。你可以自己决定屋子有多大，屋里有什么家具，屋外的风景是什么样，而只需要付一些虚拟物的版权费。那点儿钱不及真货价格的百分之一。

当然，蜂巢屋也有不少缺点。首先，私人物品需要单独存放，甚至在进入维生舱之前都要换上轻便的睡衣；另外，遇灾时人群疏散也比较困难；还有，厕所总需要排队。不过这些问题对廉价高质的生活来说算是可以接受的。顺着电子脑软件飞速发展的东风，一线城市的蜂巢屋很快就遍地开花。

我猜要不是迷乱症跳出来给了所有乐观主义者当头一棒，估计所有买不起房的人都要躺到那副透明棺材里去了。蜂巢屋是迷乱症的高发地。毕竟那里面是全天候的模拟，有的人为了一起来就能看到日出甚至睡觉都不把软件退出来。为此管理部门迅速出台了法规，规定蜂巢屋内的模拟软件必须提醒住户自己身处模拟环境之中。想想看，当你在欣赏一幅名画时，而旁边写了两个大字——赝品，是一种什么样的感觉。

拜此所赐，蜂巢屋不得不退化成新一代的胶囊旅馆，靠着软件商的支持一再降低舱位的价格来吸引住户。目前为止，还是有不少人顶着迷乱症的压力入住蜂巢屋。然后，他们发现了一个新问题——迷乱症会降低人的自律性，有些症状严重的人在等厕所时会失禁，或者干脆跑到外面随地解决。这就导致蜂巢屋的周围总是有一股臭味。

该怎么说呢，如果这是未来网络时代的象征，那这象征可真是够返祖。我们有最高科技的大楼，却改不掉最原始的陋习。

我控制住自己的呼吸，小心躲开路上的“地雷”。蜂巢屋内部有灯光，白色的LED吸顶灯隔着磨砂玻璃，光芒祥和而恬静地洒在地板的污渍之上。我到访问终端那里查了一下，李念不在，他没有沉浸在自己的小世界里。我走到外面筛查了一下附近的摄像头，最终在一家面馆里找到了他。

他坐在靠窗的位置，披着件旧棉衣，里面穿的是睡衣，脚上是双破棉鞋。他嘴巴微微张开，双眼无神地望着灰墙，连我走到他对面坐下都没有任何反应。我得说，如果他是在演戏，那这个演技可以拿满分。

“吃饭了吗？”我敲敲桌子吸引他的注意。

他把脸转向我，但眼睛没有聚焦，好像我是一团会说话的空气，然后他点了点头。

“这家的面味道怎么样？”

他想了很久才回答我说，他不是在这里吃的。这是个好兆头，他还知道自己在哪儿。

“你是李念？”

他“嗯”了一声，但很难确定这一声的意思是“是”，还是表示疑问。

“你认不认识张翰？”

“认识。”这一次他没有思考太久。

“在哪儿认识的？”

“实验房。”

“他拿你做实验？”

我看到他的嘴巴张合了几下，不过最终他什么都没说。我不知道有没有引起他的反感，做实验和测试电子脑软件其实只是对一件事的两种说法。

“修理厂的工作你还想继续做吗？”

“不太想。”

“那你以后要怎么生活？”

他想了好一会儿，然后回答没想过。

“我听说你喜欢打牌赌钱，为什么要赌钱？你觉得自己会赢吗？”

“不知道。”

“那我换个说法，你赢了以后准备干吗？”

听完我的话，他像是想从宿醉中清醒过来似的开始捏眉心。趁着这会儿工夫，我启动右眼的扫描功能采集了他的面部数据。他跟张翰长得很像，一副“小鲜肉”的样子，干净的脸，白皙的下巴，把眼睛瞪到最大也不会有抬头纹。但从气质上来说，他比较偏向阴柔型，他更矮一点儿，头发长，脸更小。张翰还算有些阳刚之气。不过也难说，我只见过张翰的尸体。尸体一般难以显现一个人原本的气质。

“你是，你是哪位？”他捏了好一会儿才把魂儿找回来那么一点点。就算如此，他的语气里还是没有太多的感情，似乎对有人来拜访并不惊讶。

“我是实验康复中心的，修理厂说把你辞退了，所以我过来看看你的情况。”

“实验康复中心？你们管这么多吗？”

不，他们才不管，你饿死在那屎坑里他们也不会管。我心里说。

“保障就业嘛！”我说，“你有存工资吗？蜂巢屋还能住多久？”

他平淡地说：“不知道，大概还能住一段时间。”

我查过他的工资账户，里面只有不到三千块钱，连吃带住勉强可以过一个多月，可他还有左手和左脚两个义体要保养。他这么淡定，有可能是因为迷乱症，也有可能是他的个人账户里有几十万。

“你想不想从蜂巢屋里搬出去？”

“没想过。我手上的钱，可能也不够搬出去住。”

“要知道你的迷乱症已经到重度了，继续住蜂巢屋对你可没什么好处。”

迷乱症这个词牵动了他的神经，他把两只手放到桌子上握拳，我看到他左边的义手要比右边的手反应更快。这是迷乱症的一个现象，因为辅助电子脑的神经信号更直接，所以义体的反应比自己的身体要更快。

“我不知道该怎么办。”说话时他看着自己的左手，像是在祈求它的意见似的。

“没事，不着急，慢慢来。”

我放松地靠向椅子的靠背，看他盯着自己的手发呆。

过了一会儿，我问：“一个人感觉怎么样？”

“什么？”

“一个人生活，感觉怎么样。你会不会想你的姐姐、妈妈，还有爸爸？”

他垂下头又露出了那种苦思冥想的表情。我没等他想出结果，他肯定又是回答一句“不清楚”。

“你有没有感觉到很自在？”

“自在?”他歪着头露出疑惑的神情。

“无拘无束嘛，孑然一身。我见过不少像你这样的三无人群，无父母，无伴侣，无儿女。有的人觉得自己一个人自由自在，有的人觉得自己孤苦伶仃生活无望。你要问为什么会这样，那多半跟家庭情况有关。”

“我不知道我属于哪一种。那两种人该怎么办?”他索然无味地问。

我感觉到耳朵上的香烟在发烫，像是被点着了似的。要么把它拿起来抽掉，要么丢得远远的。

“没什么好办法。如果你是前一种就往后一种想想，如果你是后一种就往前一种想想。走吧，我带你换个地方住。”

我站起来拍拍他的肩膀，带他去蜂巢屋取回了自己的东西。其实也没什么，一个廉价的手机和一小包衣服，连备用的鞋都没有。接着我打车带他到了沈北新区，给他找了个旅馆改造的廉租房。那房子十五平方米，七天，五百块。这种廉租房没被一天二十块的蜂巢屋挤垮真是见鬼了。租房的小老太太给我唠叨了半天，说房子里有沙发，所以才要那么贵。我问她一个廉租房要沙发干什么。她给我讲了一整套理论，说躺在沙发上用模拟软件的感觉比躺在床上好。

李念一路上几乎一言不发，因为迷乱症的关系他的右腿总是跟不上左边的义腿，走起路来一瘸一拐的，好像是自己的身体拖慢了机械的速度。我问他来没来过这附近，他说有印象。对于一个有迷乱症的人来说，这个回答没有任何意义。

我们在狭长暗黑的走廊里走了一会儿，感应灯总是一盏亮起一盏熄灭。最后，我终于见到了那把电动的可以变成床的沙发，它被打扫得很干净，褐色的仿皮放着亮光，显得很高级，小老太太光看着它就一脸的自豪。

“看着就舒服吧！我跟你讲，从蜂巢屋里出来的都喜欢这种沙发。”

“我带他来就是想让他缓缓迷乱症，您搞个这沙发可让我难办啊。”

“嗨，躺着看看书也是挺好的嘛，这帅小伙一看就是读书人。”

老太太没有理会我的揶揄，收到转账后就留下两把钥匙，喜滋滋地走了。

我让李念进到房间里，问他会不会调那个沙发。他走过去很熟练地摸到了开关。

“很好。”

我走到窗户边看了一下，从这里勉强可以看到张楠的住处。接着，我嘱咐他这几天吃完饭最好回屋里呆着。他没有问为什么，也没回答自己会不会照办。我看着他坐在沙发上又进入了那种魂不附体的状态，便出去了。

假如有人要来杀他灭口的话，这样就可以拖延个几天。要是我手头有更多的资源，我就会把他关在精神病院里，找几个人二十四小时看守，直到医生把他的迷乱症治好。但现在五百块钱我都嫌多。我很有可能扑个空，如果策划刺杀的人只联络张翰，而张翰再找李念合伙，那我就是在白费力气。不过那人真有那么谨慎的话，也不会想出这么漏洞百出的刺杀计划了。

怀着这个念头，我把附近的几个关键摄像头做了标注，然后去吃晚饭，一盘麻婆豆腐盖饭吃得我满头冒汗。赌目标是个蠢货总会让人感觉很好，可往往也会让人一败涂地。我查了下战车修理厂的监控录像存档，李念改造战车的关键部分都被人修改过。修改痕迹追踪到的是张翰的ID，我再试图追踪修改痕迹，结果又绕回到了原点。让我感到奇怪的是，九月份的修改痕迹都做过很好的清理，无法追踪，而十月份开始，清理手法就变得越来越敷衍，最终露出马脚。

晚上回到家，我把积攒了几天的脏衣服和沾满火锅味的大衣一起洗了，我听着洗衣机涡轮搅动的声音，用右眼比对张翰和李念两个人的资料。他们有一些经历实在太过于相似，他们都出过车祸，张翰失去了妈妈，李念失去了妈妈和姐姐。张翰的爸爸在三年前死于机械综合征。李念的爸爸也在三年前死于工地事故。相似的经历能让人互相理解、成为好友，也能让人有共同的目标。但怎么会这么相似？

或许这些信息都是伪造的，某个我不知道的科技集团已经掌握了克隆人技术，李念就是张翰的克隆人。

我把这个想象过分的念头掐掉。如果李念是克隆人，那去搞自杀式袭击应该是他才对。

他孑然一身，他能偷到战车炮，他会驾驶战车。战车的操纵系统是由电子脑控制的，不受迷乱症的影响。事后还可以用他住蜂巢屋、有重度迷乱症的情况打掩护。

不管他是不是克隆人，他才是演荆轲的最佳人选。

18

“你找到他了？”张楠从卧室里探出头来，虽然她脸上的过滤器遮住了大部分的表情，但从眼睛里我能看出来她想听的是好消息。

“还没有。”我抬起头望着光秃秃的节能灯和简陋的天花板，尽量不让她看到我的眼睛。她租的是户毛坯房，主卧被她做了仓库，里面摆满了高仿的貂皮大衣。我来的时候是早上九点，她正在给高仿的貂皮大衣上油除虫，堆在客厅的封装设备都收拾得整整齐齐的，看样子是很久都没有生意了。

她住的地方在沈北新区的一家物流中心北边，挨着沈哈高速，是一栋六层的欧式建筑，从外面看起来相当豪华。这房子建于房地产崩盘的2039年，还没有来得及装修就被出租，屋里遍布着冷硬的直角。在这儿住绝对不会有家的感觉，不过她还是在客厅的玻璃茶几上放了个小投影器，假装有一大捧百合在那里。

“我还得弄一会儿，要不你进我的房间坐会儿吧。”

“这不太好吧！”

“反正我都已经让你进来了，”她轻笑了一声回头继续干活儿，“我昨天跟侯业伟联系过了，原来你不是警察啊。”

“他说我是干吗的？”

“他说你给别人办事。”

“差不多。”我想还好那个死脑筋没有拆我的台，“我给软件公司办事，找你弟弟就是想谈谈专利权的事。”

“不过你还没找到。”

她语气里有了一丝埋怨的意思。我打量着客厅没搭话，这房子是三室两厅一厨一卫，比较大。不过最大的主卧被她做了仓库，客厅是她封装打包的地方，现在比较整齐，如果她有货要发可能会乱成一锅粥。我站在她的房间门口往里张望了一下，里面有一把简易的躺椅，有个好像被猫抓过的旧书桌，上面放着一个同样布满划痕的平板电脑，还有一个水墨屏的电子书。桌上还有一盆盛开的水仙，想来那也是投影出来的，真水仙可不适合摆在卧室里。

“侯业伟说，如果你上门来，最好不要给你开门。”她突然在里面笑了起来。

“他肯定说我不是什么好人，对吧？”

“那你是坏人吗？”

“好像独眼龙没有好人。”

“你是故意不装虹膜和瞳孔的吧？”

“居然被你发现了。”我故作惊讶道。

“明明可以装一只正常的眼睛，这就说明你只是在演坏人。”

“在过去有很长一段时间，好人是贬义词，它代表你容易上当受骗，好糊弄，而且被女孩子说是好人也不是什么好事，对吧？”

“它代表你不会做坏事。”

“没错，所以我装一只白眼，必要的时候既能当好人，也能当坏人。”

“那，现在你想当好人，还是当坏人呢？”

“今天就当个好人吧。”

我返回客厅，在门上藏了个小无线摄像头，然后告诉她我想跟她做笔生意，有一批货想借她的网络平台卖。

她没有拒绝，问："是什么货？外置软件？我只有卖服装的平台哦。"

"一些积压的军用物资。义体服装、大衣、鞋、手套之类的东西，还有包。"

"仿的？"

"正品。"

"正品军用物资？那些东西能卖吗？"她再次探出头来，疑惑都写在了眉毛上。

"我有办法可以弄到销售执照。"

她摘掉过滤器垂下头，我可以看到苦恼在她的眉宇间聚集。"我的平台现在也没什么人关注了，再说我也没卖过那些东西，"说到这儿，她苦笑了起来，"我一直卖的都是假货，突然让卖真的我实在不知道该怎么办。"

"部队的那套编码很难伪造。你得知道，正经的军品在虚拟状态栏那里显示的是军绿色，很多人就为了那点儿绿色一掷千金。还有，同一件东西，加上'战术'二字，价格就可以翻一倍，再加上'军品'二字，可以翻两倍。一件普通T恤卖八十九块就不错了，战术军品T恤可以卖到五百块，还只有军绿和土黄两种颜色。"

我还没说完她就开始笑了。但她笑得很隐忍，好像一露出牙齿就会有人苛责她。

"好吧，只要你不怕赔本那就在我的平台上卖吧。"

"放心，这是无本的生意。我租了辆小面包车，在楼下。你什么时候能弄完？咱们先去拿点儿货。"

"这就好了。"她一边解围裙，一边从仓库里出来。她里面穿着纯棉的印花睡衣，脚下是一双看着就很舒服的毛绒拖鞋。等走到卧室时，她已经脱掉了沾满油液的围裙。她把房间的门关到一半时露出半张脸对我说："你会继续当好人的，对吧？"

我耸耸肩转过身去，那扇夹板门只能在道德上起到一些防范作用。在张楠换衣服的时候，我去看了一下另外一间卧室。那应该是张翰的房间，看样子已经很久没人住过了，床和被子都被一块布盖着，一把白色的转椅孤零零地对着门，好像在等它的主人回来。床头柜上有一盆长寿花开得很旺盛，红色的小花朵多得几乎把叶子都给盖住了。有那么一瞬间，我觉得那盆花可能是真的。一盆沾着露水盛开的花摆在一个明显空置已久的屋子里，却有一种不协调的真实感，仿佛花是真的，而那间屋子是投影出来的。我在那里驻足观赏了许久，几度想要进去摸摸那花到底是不是真的。直到张楠换好衣服出来。

"我就不整头发也不化妆了，你看看，会不会很邋遢。"

她换了件修身的牛仔裤，还有件有同样效果的高领羊毛衫，然后把头发简单地扎成一束马尾，配上一件灰色的厚风衣，这身打扮倒也显得格外精神。

"没关系，这样挺好。我认识一个开花店的。她经常不洗脸就出门了。"

"真羡慕。现在花店可不是一般人能开得起的。"

"你是羡慕有个花店，还是羡慕不洗脸？"

"都羡慕。"她做了个鬼脸然后打开大门。

我率先出去，一边下楼，一边用右眼检查摄像头的情况。视野不错，我存了张楠的识别资料，一旦摄像头扫描到其他人就会给我发信号。下楼后，我发现有辆小货车停在车道上，二楼的窗户里不断有包裹被扔出来掉进货柜。我坐进面包车时那辆货车便开走了，整个过程没有一个人出现，连那辆货车都是自动驾驶的。

"那家卖的什么，生意那么好。"

"一次性睡衣。"

"怪不得。"

“哎，当初不知道蜂巢屋会变成今天这个样子，要是早料到的话我也去卖睡衣了。”她说着叹了口气，坐进副驾驶。

我设定好目的地，心想如果早料到会这样就不会建那么多蜂巢屋了。我们俩扣上安全带，面包车便开动了起来。

“我楼上是定做人偶服装的，也是赚得不行。她自己是裁缝，衣服上的饰品都是到网上买的设计方案，然后3D打印出来。一套衣服卖得比人穿的还贵。而且生意还好得不得了。”

“有钱玩人偶的，通常也不缺钱买衣服。”

“是吧!”她双手环胸突然生起气来，“去年年底我进了那批仿皮大衣，我本来以为就算是假货，质量够好总也卖得出去。结果呢，全赔进去了，人家才不管我卖的大衣是不是比真货穿着还舒服。我是太笨，既没有什么头脑，也没有什么手艺，还没有艺术细胞。你说我是不是没救了!”

“也许是你花太多时间为你弟弟操心了。”我望向正前方，尽量不去看她。

“也没有吧。”她沉默了一会儿，再开口时语调中有了些无奈，“有时我会想是不是该多管管他，有时又会想是不是管得太多了。我们总是吵架，小时候是他跟我吵，他上午说想做软件工程师，中午说想做游戏，下午又会说想做医生。我跟他说想做什么就选一个好好干，一个人干不了那么多事。他就跟我吵。后来长大了，他就再也不跟我说他想做什么了，然后就换成了我跟他吵。不知道为什么，明明有时候他什么都没说，我就是很生气。”

“我有时候给我前妻多盛一勺饭，她也会生气。”

“如果你知道一勺饭有多少卡路里的话就会理解了。”

“会比一袋薯片多吗?”

“那是不可控的，”她煞有其事地说，“我可以选择不吃饭，但零食是不可控的因素。”

说完她就开始偷偷捏小腹上的赘肉。我忍住不让自己的嘴角上扬。随着车速越来越快，风的声音逐渐传进了车里。我们有一段时间没有说话。她身上有股淡淡的带着温暖的香味，我在脑海中搜索了一阵，觉得那应该是润肤水的味道。

“你们为什么离的？”她小声问，“不会是因为一勺饭吧。”

“因为我总不回家吃饭……”

突然间一股双重的负罪感让我没法再继续编谎话。她的弟弟已经死了，现在躺在太平间里等着认尸，我却在这里满嘴跑火车。说点儿真话吧，说点儿真话来平衡我的负罪感。

“有一件事，有件会害我坐牢也可能会害死我的事。她劝我为她和我们的女儿想一想，不要去做那件事。但我没有听，结果我丢了只眼睛，丢了只胳膊，还丢了工作。她在结婚前跟我说，跟我在一起不奢求什么，我是警察，我要保护她还有我们未来的孩子。结果我让她失望了。”

“那件事……”她犹豫了一会儿，然后用更小的声音问，“是一定要做的吗？会让生活变得更好？”

“不会。百害而无一利。”

她看着我，我可以感觉到她的视线照在我的脸上。我假装在看前面的路，其实车是自动驾驶的，根本不用我操心。

“男人总是有些事转不过弯来，对吧。你、侯业伟，还有我弟弟。”她把视线转开了，也看向前方，然后她说，“我感觉你已经找到他了。”

我缓慢地吸了口气，让心冷下来，回答：“有了点儿眉目。他制作的软件违法使用电子脑数据，他可能会坐牢，还会被罚很大一笔钱，”我停了一下，给她时间去思考，然后说，“我听说几个月前他在医院的实验房测试过软件，你知不知道是谁介绍他过去的，或者谁批准的测试？如果能找到那个人开测试证明也许就没事了。”

“实验房。”她咀嚼了一下这个词，然后说，“我听他谈过，不过他总是在讲一些技术，从没有说过谁的名字。”

“那公司的名字呢？”

“他倒是说想进迅鹰科技的安全部门，不过我想应该不是他们给批准的。他还没有进去呢。”

那可是排名前三的义体厂家，全国百分之七十的工程用义体都是他们生产的。他们的软件部门永远在招人，要说暗中资助非法测试那倒有可能，刺杀的话就算了，商人没有那么极端。

“我的右眼就是迅鹰科技的。”

“好用吗？”

“功能强大。不过用久了不把左眼闭上就会晕，官方管这叫视距不均衡引发的眩晕。而且我的左眼视力下降得很快，估计再过个两年就得去做矫正，或者也换成义眼。”

“总是换掉一个就得换掉另外一个。”接着，她说了很多事。她说了她父亲如何在工厂得的肺癌，后来换了机械肺又引发了机械综合征。还有那次车祸，她弟弟运气够好没系安全带，被抛到外面才逃过一劫，但半年住实验房的经历让他很消沉，虽然后来社保局在义体脊柱上给了笔补助，可学业还是搞得一塌糊涂。

“技术换代得太快。”她说，“学了一两年的东西转眼就没用了。花几万块买的东西用不了一年就过时了。他本来学的是网络安全，后来又转学了情绪疗法。”

这番话让我想起了一些往事。十四年前，我还在上学的时候，最想要的就是一整套AR设备。那时，各种模拟舱、操纵杆、外部触觉衣加起来一套要十几万，效果还很差劲。后来电子脑横空出世。打一针、给脖子上做个接口，然后只用几百块就可以买到全感觉模拟的软件。我想过不了几年，从小就电子脑化的人肯定会问：“为什么要花时间研发这些破烂玩意儿？”这些事让我想用一口尼古丁来麻痹神经。我摸了摸耳朵。可惜的是，不，万幸的是，昨天的那两根烟已经丢进了垃圾桶。

在我想这些事的时候，张楠闭上眼睛靠在了头枕上。我左眼看着她，右眼调出另外一个人的资料。

李念的姐姐叫李想。她资料上的照片正好也是扎的马尾，她三个月前死的，当时二十六，现在的话二十七，她没有过上最后一个生日。我把她的3D影像与眼前的张楠做比较。李想稍微胖一些，头发也比较稀疏，她眼睛半眯着，嘴唇微微噘起，显出一副刻薄的样子，想来也是个莫名其妙就会生气的女孩。

张翰与张楠，李念与李想。一家祖籍在四平，一家祖籍在锦州。他们都赶在经济迅猛发展的时候来到沈市，而且差一点儿就过上了好日子。也许是因为提前用光了运气，现在一个剩下了姐姐，一个剩下了弟弟。

部队的军备物资仓库是用复合塑料和铝皮搭建的，优点是好建好拆，一个熟练的工程兵穿上外骨骼用不了几小时就能垒出一大片来。但外观跟美感之类的词肯定搭不上边，恐怕也只有机器人能从粗糙灰白的墙面和直棱的边角上扫描出现代工艺美学。王宏安带了一个新兵在仓库等着，我们到的时候，那个愣头青正摆着一副无聊得想去上吊的样子。王宏安的样子更像是想要吊死我。他们都穿着部队的迷彩大衣，等到张楠下车他们才把那副敌意收起来。王宏安甚至勉强把嘴角抬起来，弄出了个硬到不行的笑容。

然后，那个笑容很快就僵在了脸上，他盯着张楠的脸，接着转向我，我的右眼可以扫描出他眼里的镜片，而我的左眼可以看到他眼里的怒火。

“这是我的合伙人。”我弯起嘴角向他们介绍张楠。

那个新兵摸了摸嘴巴，好像很后悔出门前没有刮胡子。张楠上去跟他握了下手，然后称赞他的手很暖和，这个刚才还想去上吊的家伙咧开嘴巴，瞬间就像重获了人生的意义。

王宏安偏了下头，叫那个小兵去把仓库门打开，然后百般不情愿地和张楠握了手。

我说："先看看有什么吧，一样少拿点儿，回去先做个目录登到平台上。"

我领着张楠走向仓库，王宏安没动。她偷偷望着我，想知道王宏安为什么那么不高兴。我撇撇嘴，小声告诉她那家伙生来就是一张不高兴的脸。等我们走到仓库门口，王宏安依旧没动，我回头望了一下，他伸手指着自己的太阳穴。我打开电子脑通信回路，通信连接建立完成的一瞬间，他恼怒的声音就出现在了我的脑子里。

"你他妈的搞什么鬼？"

"怎么，见不得受害者家属吗？"

"她算什么受害者家属！"

"别傻了，现在是理性的利己时代，谁会搞这么蠢的自杀式袭击。张翰多半被人搞坏了脑子。"

"就算如此，你带他亲姐姐过来想干什么？"

我们走进仓库，一股发酵已久的塑料味从里面冲了出来。愣头青装模作样地打了个响指，把感应灯点亮。两边的货架上装满了简单塑封的衣物。

"左边是男式的，衣服、鞋、裤子，女式的在右边，基本上只是小一号，款式看起来没太大区别。不过据说女式的做工要好一些。"

说完，愣头青殷勤地从右边的货架上拿了件女式的大衣，而张楠却刚好转到左边拿了条男式的长裤。我扫到了裤子的尺码，170/85，她弟弟穿正合适。王宏安显然也注意到了这一点。

"你把张翰的死讯告诉她了吗？"

"你说呢？也许我该告诉她正是你们烧死了她弟弟。想想，如果你们做好扫描并且发现了自杀机关，张翰可能还活着，然而你们却选择了强行破拆。”我斜眼看着王宏安，他的脸一会儿青一会儿红一会儿白，像是一块调色盘。

“她身上能有什么好查的？”

“你丢给了我一个有重度迷乱症的傻子，我当然要到处去抓线索。”

“我还以为你只靠一个名字就能把事情查清楚呢。看来你的电子脑使用效率不是很高啊。”

“李念是实验康复中心安排到修理厂去的，你有数据访问特权都没查到什么信息，我一介草民能有什么办法。你这光杆司令怕是都没派人出去查吧！”

王宏安给自己点了根香烟，然后让肚子里的烦躁跟烟气一起出来，说：“我们派人去查过……”

话说到一半，王宏安看着眼前的景象不再说了。我看到那个二十出头的小伙子忙前忙后，又是找手推车，又是找纸箱的，他用足了精神头给张楠介绍货物。我觉得他殷勤得有些滑稽，而我旁边的王宏安则是一副山雨欲来的忧愁样子。情报员最忌讳的就是善良，哪怕是伪善也不行。

“没查到什么东西，”他弹掉一截烟灰，“不过我想你最好再去查一查。”

“你派去的人呢？”

“那小子查到个女人。自己不懂分寸，搞出个行为不轨来。线索断了，他被调查处分。上面也下命令不再继续调查了。”

“李念，你们打算怎么办？”

“抓起来审一下。有线索就再说，没线索就转交给公安结案。”

“得了吧，那小子有重度迷乱症，你们要抓去审还不给审成间谍！先别抓人，还有，把那个情种查到的东西传给我一份。”

“我最多帮你拖一个星期。”

说完他传了个数据包给我。里面是铁西区实验康复中心的雇员资料，还有他们在三个月内的私人通信信息记录。我大略看了一下，这些数据没什么用，顶多让我少浪费几小时到处去排查而已。

我们跟着手推车往里走，仓库里除了寻常的衣物之外，还有不少被淘汰的装备。我看到货架上有一摞变色龙披风。十几年前，一个侦察班也只有三件配给，分给谁都当宝贝供着。现在，却有一摞被放在这里落灰。我拿起一条披风把灰尘抖掉，披风默认的颜色是灰色，或许是因为放了太久，内部的流动聚合物活化不够，我手抓的位置变色的速度很慢。

“这玩意儿也让我拿走几件吧。”

“别得寸进尺。”王宏安一把将披风夺走，“你把这带编码的登到网上去，咱们明天就去坐牢了。”

“那……”张楠小心翼翼地抬起眼睛看向王宏安，问道，“这些是不是都不能登到网上卖?”

“唉，”他转头躲开视线说，“军需品和军用装备的范畴不一样，军用装备不能卖。”

“不能大张旗鼓地卖给老百姓。”我给他补充了一下。

再往里走就是义体服装了。军用义体的质量整体都要比一般民用的好，而且出力限制也比民用放得宽，这就导致普通衣物在装有军用义体的人身上稍不注意就会破。义体服装通常牺牲大部分的舒适性和小部分的外观来弥补强度的问题，这也无可厚非，义体的感觉信号可以自行用软件更改，外面穿的舒不舒服其实无所谓。至于外观问题，义体风格还引领过一次时尚潮流呢。

我们来回搬了几趟，把面包车装满，愣头青拍着胸脯保证还有很多其他东西。张楠对此很是钦佩。我趁机问这是不是代表我们可以进行长期合作。愣头青刚想说话便被王宏安一眼制止。

“长期合作咱们就得谈谈分成的问题。”那个搞情报的精瘦男人回头望着仓库深处，感应灯在他眼前一盏一盏地熄灭。

“我们很快就又要有一大批闲置物资了。”

“粮草未动，人马先行。”我笑着说。

“自己动手，丰衣足食。”他补充道，“有些衣服里面还夹着别人的名牌，你们发货之前记得都检查一下。”

我说还以为衣服在、人没了的场景就只在老战争片里出现呢。

“以前我们跟敌人斗。后来我们跟自己人斗。”他冷笑了一声把仓库门关上，然后再度与张楠握手并郑重其事地道了个歉。张楠有些不知所措地望着他，问为什么要道歉。他垂下头想了想，说是为了刚才的态度。

张楠在那里思索了许久，最后也只能这么相信。

19

我拿了一双45码的义体用靴子，然后从张楠的住处往外走。物流中心的机器人和各种收件车川流不息，那些由电气驱动循着路径而动的无人机器只要开动起来就有一种空洞的忙碌感，就像天上的流星，无论它们承载着什么，都会迅速被大气给磨灭，而且地上的人永远看不到，不会有人觉得它们会带来好运，也不会有人向它们寄托愿望——尽管那正是它们在做的事情。

物流中心附近的路四通八达，但是绿化很少，一眼望去尽是白色和灰色，绿色和红色只出现在信号灯上。我猜这是智能化城市必要的一部分，以防止你的眼睛受太多刺激。

我走了快一个小时，越过了一个准备拆除的大楼和一片拆了一半的矮楼，才到达昨天我给李念找的廉租房。在路上的时候，我筛查了一下昨天下午标注的那几个摄像头。我的电子脑一次载入不了太多的信息，好在我有时间。走路时，我的左眼中是一片残垣断壁，右眼是各角度加速过的街景，这让我有了一种错觉，仿佛自己正在从毁灭中倒退着走向过去。

摄像头中没有李念的身影，他甚至都没有出自己的房间。我到达楼下时是下午一点，我们都没有吃午饭。我犹豫了一下要不要用李念的ID订外卖，然后蹲守看有没有来灭口的杀手。六层的旧酒店楼有两个入口，电梯只有一部，而且楼梯就在旁边。麻烦的是我没有枪，连义体也不适合战斗。虽说我可以在摄像头的链接上留病毒，也可以在门的智能锁上留陷阱，但都太被动了。这些碰上个换了脸用重型义体来踹门的家伙就一点儿用也没有了。我唯一可以主动出击的地方是电梯，我可以趁他在电梯里的时候把电梯停住，然后拦截信号入侵他的脑子。但风险也太高，万一来了个有氧运动爱好者就糟糕了。

最后，我用自己的ID要了份土豆丝盖饭。送餐机器人在十五分钟后准时出现，它把餐盒交给我，我提着餐盒上楼，走到门前把钥匙插进锁孔。在锁打开的一瞬间我觉得我会看到喉咙被割开的李念趴在地上，或者他用皮带把自己吊死在了卫生间，再或者他趴在沙发里，脑子后面一片焦煳。这些臆想在门打开后烟消云散。

他老老实实地坐在沙发上，眼望着窗外出神。我没法判断他有没有睡过觉。他还穿着昨天的衣服，床上的被子都是叠好的。我拍拍他的肩膀，他像个从待机状态恢复过来的机器人一样转过头，然后看着我手中的饭盒，半天才反应过来那是给他的。

在他吃饭的时候，我拨开了他后颈上的接入模块，里面有些汗液与头皮屑混合的污迹，还有些碎发，看样子很久没有做过清理了。我问了一些关于他家人和实验房的问题，大多数他都没有回答，就算回答的也没有超过三个字——是，不是，不知道。如果这几天我持续不断提问的话，他或许会好一点儿，这些问题可以让他的思维重组起来。但我没那个时间。

我把门关上、上锁，夹着那双靴子离开廉租房去找侯业伟。

物流中心这一片都是他的辖区，要找他不难。当然，如果他能像其他巡警一样坐在自己的办公室里，或者待在自己的家里就更好了。我走了三站路找到了他的那辆破别克车，有烟正从车里往外飘，即使他不开车也依然在制造污染。他是抵制节能减排的第一人。

我敲了敲副驾驶的窗户，他斜了一眼，然后把门锁打开。我拉开车门把他放在副驾驶座位上的枪、抑制器与警棍一股脑儿扔到后座，然后坐进车里。中控上的投影器把车子的前挡风玻璃变成了小影院。我看了下画面，居然是《洛城机密》。

“真是奇了，我还以为你只有《追捕》和《亡命天涯》呢。”

“我还有《神鞭》，要不要给你这独眼龙放放看？”他皱起眉头朝我看过来，好像我把家底输了个精光又欠他很多钱一样。

我把靴子在他眼前晃了一下，说：“义体用，军工品质。钢丝包芯缝线，软合金鞋底。走十年都不会坏。市场价得要三千多块。我想，要是送给哪个警察应该算是贿赂了吧。”

“破烂玩意儿，你送也得有人要。”他把电子烟拧灭放进车门的隔板里，然后伸手来拿靴子。

我抓住硬革的鞋帮没有放，说：“拿人手软，得替人消灾。”

“是吗？那要不要我帮你个‘忙’，往上报一下，编个故事，说你跟蓝雪会所的老板一起策划了刺杀事件，还偷走了人偶。”

“你要有本事把这故事说圆，你早有能耐开上凯迪拉克了。”

“那你想干吗？”他把手缩了回去。

我把靴子放到他腿上，接着连上投影器把李念住的位置还有照片放出来，说：“这两天帮我把这小子看住了。”

“他犯了什么事？跟张翰有关系吗？”

“小偷小摸而已。”

他把眼睛眯起来，喉咙里咕哝了一声以表达他的不屑：“怎么，他偷走了你的沙发？”

“他偷的东西前几天差点儿把我们打死。”

他反应了一下，随即明白这就是装配战车的技工，然后他盯着李念的照片端详了一阵，说：“这年纪是不是太小了点儿。”

“他比张翰还大一岁呢，今年二十五。”

“为什么现在的年轻人不是想弄死别人就是想弄死自己？”他拿起靴子，摩挲着鞋面问是不是守住这家伙就能逮着张翰。

我沉默了一会儿，没有回答这个问题，而是问：“你跟张楠一家很熟吗？”

“我早上和晚上都不会跑到人家家里去。”他语气不善地回道。

“你跟张楠有电子脑通信吗？”

“局里不是有规定，尽量不要跟不熟悉的人建立脑内连接。”

“我想一个好警察肯定心系广大人民群众，说不定你在睡觉之前会连上这附近所有没有安全感的女人的大脑呢。半夜里听听她们空虚寂寞的话，你只用说，‘没关系，有我在。’”

“你在蓝雪会所是不是就这么干的？”

“那里有个女魔头，还有一批装重型义体的保安，那里不缺安全感。”

“除非有人开着战车把墙撞破。”

他嗤笑一声，把靴子放到方向盘后面，然后双手环胸靠向椅背，摆出一副审犯人的模样。

“你问她的情况干什么？怎么着，你一边要把人家的弟弟送进去，一边还想上人家的床？”

“我想让你以后罩着她一点儿。”

“哦，你有点愧疚心了？人你不还是得抓吗。”他轻描淡写地说着，我突然感觉到一阵怒火中烧。

“知道吗，没有什么比自作聪明的警察更让人恶心了。我知道，你得把所有人当嫌疑犯看。穷人恨你，有钱有势的人把你当狗。谁都有犯罪的借口，全世界都在包庇罪犯。装义体的暴力狂不把人当人，网上的小黑客偷起东西来像在捡地上没人要的东西，玩人偶的家伙杀起人来甚至都不觉得自己是在杀人。但那又如何呢，网络和义体还是一年比一年发达。你以为你窝在这破车里看上个世纪的老电影就能让时间回到过去了？你跟那帮坐在办公室里等退休的家伙比起来只是多生产一些废气而已。”我说完，他整张脸都僵住了，两条眉毛拧成了一个疙瘩，太阳穴的青筋暴起，眼放绿光。上一次他露出这种表情的时候他两条腿都还在。

“你到底想说什么，你以为你戒了烟就高尚些？”

“张翰已经死了。”我说。

他盯了我一会儿，然后抬起右手按住额头，他整个人都缩进了座椅里，刚才的怒火好像把他身体的五脏六腑烧得一干二净，现在的他就是一具空壳。过了一会儿，他把电子烟拿起来打着塞进嘴里，烟气似乎一点一点地又把他的体内充满。在这段时间里，我把张翰在战车里的视频和我在停尸间拍的视频一起放给他看，然后跟他说了我对张翰的推测，还有现在在查的两个人。

“曹向成没死，张翰的死讯也封锁住了。不管是谁在幕后，肯定忍不住蹦出来到处打听。”我说。

“如果真是你所想的，张翰被人洗了脑，那洗脑的那个家伙应该知道他会自杀。”

“有这种可能。”我想了一下继续说，“不过张翰本身就是学网络安全的，还有自己的防火墙技术，被人强行洗脑的可能性不大。”

“所以说有可能是主动接受洗脑？”

我没有说话，按我得到的信息来看，主动和被动的可能性都不大。但开着战车搞刺杀，还烧掉自己脑子的行为也不正常。是什么造成了他的思维转变，还得继续往下查。我沉默的这一会儿，侯业伟长长吐出来一口气，烟雾在车里弥漫。

“你要问我跟张楠一家熟不熟，我只能说我认识他们的父亲，跟他们姐弟俩算不上熟，偶尔会见到面。”

“他们的父亲是个什么样的人？”

“古板得像是从老电影里走出来的，他觉得人活在这个世上要问心无愧。”

我说：“听起来你跟那穿越来的老顽固很合得来！”

“哼！”他失落地笑了一下，“是挺合得来，我们经常在一家老馆子吃饭，跟老板聊聊老电影。他以为我们警察不是吃白饭的贪污分子就是硬汉般的孤胆英雄。他老婆出车祸死后，他整个人就垮了。你应该知道，他的教育方式让这姐弟俩跟他都不是很亲热。后来他也得了机械综合征，本来还有点儿积蓄换器官，不过他把钱留给了姐弟俩，自己走了。”

回忆让他干枯紧绷的脸舒缓了一些，像是一直在忍耐病痛的绝症患者接受了命运。

我望着窗外的废墟说：“那这几年你也没好好照顾那姐弟俩啊。”

“他们也不需要另外一个老顽固教他们怎么生活。”

说到这儿，他拿起保温杯喝了口茶。这个老家伙至今都没结婚，其实他很受年轻女孩的青睐，不过他不想找个“女儿”。

“你觉得有没有可能就是张翰自己想杀曹向成？”我侧脸问道。

他张了下嘴，看样子想说不可能。但他想了想又把话咽了回去。“我觉得他有那个想法。”他抽了口烟说，“那小子虽然跟他爸关系不好，但那毕竟是他爸。他一直觉得是曹向成搞的法规让他爸没了活路。其实两者没多大关系。不过人总得找个什么理由来恨才活得有劲不是！”

他说完我们各自沉默了一阵儿，然后他指着李念的图片说：“现在怎么办？看住这小子？他是会跑，还是会有人冒出来杀他灭口？”

“都有可能。李念这个尾巴留得实在是奇怪。张翰肯定没有能力把他安排到战车修理厂。好像是有人故意把他留下来一样。”

“所以这是个幌子？”

“说不好，如果这是个幌子，那这幌子能牵扯出的事就太多了。我得想办法弄好他的迷乱症，还得去实验康复中心查查是谁做的安排。”

我把车窗打开，让烟尽量不往我的鼻子里钻。他眼神复杂地看着我，这会儿又像是看到铁公鸡在拔毛。

“你现在不是警察了，查到谁在搞事但是动不了怎么办?”

“说得好像我是警察就能去冲龙王庙似的。”

我让自己看起来在笑，然后把脸转过去露出右眼。他垂下脑袋摇摇头，然后把靴子拿起来放到了后座上。我等着看他会不会给我道歉，毕竟他又把我拖进了麻烦里。不过我想了想，就算他不找我去会所，林慧也会把这事丢给我，那就是我莫名其妙地去处理尸体，又莫名其妙地开始同样的调查。最后我还是会到这里，给他带一双靴子。

“还有什么要帮忙的就说。”他趴在方向盘上把投影器关掉然后发动车子。

“嗯，现在，我们来讨论一下怎么样才能上张楠的床。”

“去你大爷的。”

李念的车祸到底是不是真的，我得先确认一下。我在网上搜索，发现有几家个人媒体推送过李念那场车祸的文章，交警的系统里也有此次事故的存档。报告很详细：一辆自动行驶的重型货车未检测到一块湿滑路面，再加上刹车片与轮胎保养不当，车子打滑翻倒，压到了后方的一辆出租车。坐在前座的两个女性，一个当场死亡，一个死在急救车里，后座的男性被抛出车外摔到立交桥下，重伤。

我乘出租车到了当时收治李念的医院，大概我身上真的是有一股警察味，我去查监控记录的时候，技术员没有要求要看我的证件。监控记录没问题，我看到急救员操纵一个机器人破拆压扁了的出租车，坐在前面的两个人都被压得没了人形，急救员试图给副驾驶上的李念姐姐做应急脑部处理，不过等他把李想残缺不全的身体搬上急救车时，连接她的脑容器的面板已经全部亮起了红灯。

之后我又找到了给李念做手术的医生，那是个年过五十，头发刚开始发白的中年人，我问他是不是真的给李念做过手术。他看着我，好像认为我是个神经病。我跟他说了我的怀疑，他一语不发地带我去了大陵园。大陵园其实一点儿也不大，那是一间封闭的、存满骨灰盒的小房间，全息投影把小房间放大成了山脚下的广阔陵园的样子。模拟出来的虚拟陵园有两个好处，一个是节省空间，一个是支持联网扫墓。

医生领着我来到两座“墓碑”前，然后不快地问：“要不要把骨灰拿出来化验一下？”

我看着他不知道该说什么好。

他愤怒地说：“怎么？接下来你是不是该怀疑我的记忆被人改过，或者我得了老年痴呆症？”

20

李念的身世是真的，接下来我就得想办法治好他的迷乱症。这不是什么简单的事情。

虽然精神类疾病已经不像几十年前那样不好治愈，但我仍然需要心理医生和电子脑专家提供意见。李广寒是最佳人选，我给他发了消息，然后叫来出租车准备前往火车站。就在我刚坐进车里的时候，他回消息说他现在正好在沈市大剧院看戏，于是我改道前往剧院。

其实都在市里的话，可以用短波的电子脑通信，不过我没提这茬儿，李广寒非常不喜欢用电子脑通信，对他来说电子脑通信过于亲密。搞心理学的人跟搞艺术的人总会有些怪毛病，我不怪他。上一个跟他很亲近的人在身体上和心理上给他造成了难以复原的伤害，所以他不喜欢有人直接在他脑子里说话也可以理解。

我在沈市大剧院宏伟的大门前下车，然后目送载我来的无人驾驶出租车绕过广场离开。沈市大剧院的前广场有时会演露天场，但更多时候是转播剧场里面的剧目，广场的仿花岗岩地砖下面有一整套投影设备，假如你不想花钱或者喜欢站着看戏，那直接在广场上看就行。

这会儿，广场中央是漫天的水幕，而且是货真价实从喷泉中喷出来的，不是投影出来的。但如果仔细看的话可以看到虚化处理的咸阳宫在水雾中若隐若现。在如梦境般的画面里，荆轲捧着地图一步一步踏上台阶，怒面的秦王背手立于大殿之上，荆轲来到秦王身前缓缓打开地图，图穷匕首现之时喷泉猛然喷出水柱，接着手执长剑的秦王与荆轲穿出水幕，仿佛从幻境中来到现实。两人的身影在涌动的水流中交映追赶，一边生死相搏，一边虚实变幻。就在荆轲将匕首刺向秦王时，喷泉悄然关闭，透明的幕布自上而下为一切画上了突兀的休止符。

纵使荆轲刺秦的故事人人耳熟能详，仍有不少路过的人驻足观赏这一幕。

我转过头登上台阶，两旁的巨幅动态海报显示今天唱这出《荆轲传》的是马桥班。马桥班可以算得上是戏曲界的半个奇迹，它虽不是第一个用机器人唱戏的戏班子，但它是第一个做到登堂入室的——它把机器戏曲由小圈爱好者的顾影自怜变成了一次文艺复兴。据说马桥班总共只有四个人，领头的徐马桥负责编排戏剧脚本，其余三人一人负责谱曲唱词，一人负责道具、场地和服装，一人负责设计武打戏。有些研究艺术和历史的学者称这四个人堪比当年进京的四徽班，象征着机械戏曲兴起的开端。

我走进剧院时，验票的机器人没有太难为我，李广寒给我预定了座位，我没跟他争，马桥班的头五排座位开价至少一千块，本来我是打算在外面等他出来的。

台上刚刚开始唱《荆轲传》的最后一幕，我进场的时候碰巧秦王亮相，一众文武大臣在他两侧排开，他跟着慢板唱道：

看九天阊阖大开宫殿，众朝臣拜冕旒丹墀阶前。我秦邦自穆公郊天梦验，获陈宝霸西戎伯主中原。孤有心将天下一统席卷，施离间须要把六国并兼。

我背向大殿行至过道，文武大臣齐声道：

臣等见驾，大王千岁！

要是我生在古代，这会儿怕是要以大不敬之罪被拖下去砍头。我找到李广寒，然后随着秦王的一声“平身”坐下。

李广寒两边都没有人，他穿着件麻蓝色的休闲西装，双手把大衣抱着叠在膝盖上。

“只有你一个人，真是稀奇。”

“女士好像都不太喜欢这种苦大仇深的戏码。而且，我预感到有人会来陪我看这出戏。”

“怎么说？”

“那块老豆腐，”他笑着说，“我切开做了一些化验，纳米电子脑残骸分布很不均匀，按说正常的带人造脑的人偶纳米机械应该均匀分布在顶叶、颞叶和枕叶部分。但是你带来的那个人造脑纳米机械却分布在额叶、颞叶和一些边缘系统上。我猜你这次来是要问关于迷乱症和洗脑的事，对吧？”

“看来你很闲啊，还有空做化验！”我一边说，一边快速思考。他的化验结果可以证明张翰被洗了脑或者得了迷乱症，不过有这种可能性的话也代表操纵人偶的人可能是李念。让医院化验一下张翰的脑子可以把猜测落实，但有必要为了一条没什么用处的线索再给张翰开瓢吗？我想了一下，自己的头却先疼了起来。

“偶尔做做老本行算是娱乐。”他身子微微往旁边斜了一点儿说，“看来这条线索让你很纠结嘛。”

“我只是在想你怎么通过化验脑子来确认这件事的。”

“人造脑原本就是作为人脑的镜像来给电子脑做定位实验的，毕竟每个脑区的功能都不一样。后来他们发现人造脑用在人偶上可以提高信号转换的精确度，所以高档人偶也都用人造脑。既然是镜像模拟，人偶的人造脑的纳米机械分布跟操纵者的大脑纳米机械分布自然一样。当然，至少在最后断开连接的时候是一样的。”

“那你是怎么判断操纵者有迷乱症或者被洗了脑的？”

“这个可说来话长了。”他犹豫了一下，似乎在考虑要不要解释给我听。

台上，蒙嘉正向秦王禀报樊於期已伏诛。秦王听罢大笑四声，叫道：

孤安枕矣！

马上就要到刺秦的戏了，我以为他会等戏唱完再给我讲，但他却压低声音告诉我，虽然电子脑现在的主要工作是量化转换大脑神经信号以及接收外部信号并转换给大脑，但电子脑最初研发的目的其实为了刺激大脑的思维和认知。

“纳米机械均匀分布是为了更好更准确地收发信号，集中分布则是用持续的强信号来影响大脑。几年前有个治疗抑郁症的办法就是让构成电子脑的纳米机械集中在额叶和颞叶区，刺激大脑、增强主观的联系能力，同时准确定位情感的产生，在外部刺激到来的时候更多地产生积极情绪。抑郁症最大的两个问题，一是大脑难以对外部的刺激产生反应，二是产生的反应又往往是负面情绪。亲人朋友的关心对抑郁症患者要么难以产生影响，要么产生焦虑和负罪感之类的负面情绪。后者会加重患者的心理负担，最后导致……”说到这儿他停顿了一下。我示意他继续讲，不过他还是跳过了“自杀”这个词，继续说，“这个治疗方法很有效，不过很快就有人以这种方式对他人进行洗脑。毕竟洗脑的目的就是改变人的思维和认知。不过话说回来，这事说难听了才叫洗脑，说好听了叫治疗和教育。”

我忍不住冷笑了一声。

台上，面带笑容的荆轲与战栗失色的秦舞阳并肩而行。荆轲见秦舞阳的神色慌张，便唱道：

欲逞豹胆攫豹首，为探虎穴入蛟宫。

唱罢，四个穿着黑甲的卫士持钺拦住了他们的去路。大殿只允许一人上，秦舞阳下场，荆轲把樊於期的头放在地图上，孤身越过黑甲卫士。

“迷乱症呢？”我问，“既然迷乱症跟抑郁症类似，那迷乱症是不是也能用这个法子治？”

“这还没有定论，不过有件事你得知道，这个方法有时候反而会引发迷乱症。迷乱症虽然有些症状跟抑郁症类似，但两者诱因还是有根本上的不同。抑郁症是把情绪导向消极方面，迷乱症更混乱，它会无规律地把情绪导向各个方面。这么说吧……”他清了清喉咙把注意力从台上拉回来继续道，“电子脑的模拟信号不停刺激大脑，造成大脑的主观联系能力混乱。这就是迷乱症的诱因。这是一个反性的效果，算是电子脑本身的副作用。”

“是吗？”我揉着太阳穴，一边忍住头疼，一边消化他的话，再一边思索李念的情况，问，“那现在有什么好办法能治迷乱症？”

“老法子，持续微量注射葡萄糖和去甲肾上腺素，让大脑分泌多巴胺，只做激素调节，用回忆促使大脑自己把主观联系重新理清楚。这个过程有家属在旁边陪着效果会更好。”

“如果家属全去世了呢？”

“这么惨？”他转过脸来露出个带着笑意的忧伤表情。

“假设。”如果实在不行，我就得去查查李念一家有没有相熟的亲戚或者老友，这可能需要跑到锦州去找一个他多年未见的亲人。

“那就试着在患者老家的房子里做治疗，总之在激素调节的同时要让他回忆以前的真实事件。假如老房子也拆了，我看这迷乱症还是慢点儿治吧。”说着，他撇了下嘴角，“治好了还得防着他寻短见。”

李广寒虽然是在开玩笑，但确实有这么个问题。不过迷乱症这病还是得治。

“之前你说‘灵魂锚点’可以加速治愈迷乱症是怎么回事？既然这个算法已经实装了，该怎么操作？”

听完我的话他没有立刻回答，而是把头转向一边思索了一阵，然后语带揶揄地回应道：“警察的老毛病还没改啊，别人说过什么你都记那么清楚。”

“你可以等戏唱完再告诉我。我虽然赶时间，但也没那么着急。”

“这就牵扯到保密的问题了。”他斜靠在扶手上，左手的中指按住太阳穴，说，“我只能说那是个综合算法，它会从记忆、情感和整个思维活动中得出公式并记录下来。它可以完整记录人的认知状态。之前那个治抑郁症的洗脑法子带给大脑的负荷太强。‘灵魂锚点’这个技术用不着你单独进行什么额外操作，走激素调节的流程就可以，数据库里有算法后，电子脑会自己调用认知状态的记录反馈给大脑。这样也可以调整主观联系能力，而且电子脑对大脑的刺激更均匀，副作用也就更小。”

“看来以后你的工作压力会减少不少啊。”我说。

“说实话，我不喜欢这个技术。”

“怎么？听起来这才是对整个地球都有好处的东西。你干吗不喜欢它。”

“任何科学，一旦能进行准确的数据采集就会失去它原本的神秘性。我是学心理学的，这项技术应用几年后恐怕心理学也会变成无聊的大数据统计。”

“我还以为弗洛伊德早就让心理学变得无聊了。”

“弗洛伊德至少还是古典的希腊式悲剧。”他看着台上荆轲扯断秦王的衣袖苦笑了起来。

我大概能理解一些个中的滋味，过去调查犯罪现场得学刑侦学，踪迹得自己找、自己猜，后来只需用拍摄现场视频和模拟出来的影像去对比，就能得到所有的线索了。虽说这确实提高了办案效率，但也让工作变得像在无聊地走过场。我们看着秦王和荆轲绕着大殿的屏风追打，有一会儿没有说话。满朝的大臣都被荆轲打倒，而之前的四个黑甲卫士却在殿下不敢上前。我听到后面有个稚嫩的声音问那四个卫士为什么不上去帮忙，然后有个苍老的声音回答他说大殿只有官位达到一定等级的人才能上，卫兵的等级不够。那孩子肯定会想，都这种时候了干吗还要管那么多呢，抑或恍然大悟，原来在古代权限就那么重要。

我斜靠在椅子上，义眼瞥见徐马桥独自一人站在看台的角落。

“话说，长春也有全息剧院，你干吗非得跑到沈市来看戏？”

“马桥班的戏当然得在现场看才有味道。”

“不都是机器人唱戏吗？”

“有的主要角色是真人操纵人偶在唱。最重要的是细节做得好，马桥班的唱词、动作明显更有感情。你看荆轲的脸。”

我定神朝台上看，荆轲一手紧握匕首一手怒指秦王唱：

> 怒气冲长缨，冲长缨。叫你插翅难飞腾，我已拼将这性命，今朝热血溅秦庭，溅秦庭！

我得承认他说得不错，荆轲脸颊紧绷，怒目圆睁，红色的脸谱似乎真是沸腾的热血。我不禁想，如果唱《刺客列传》，荆轲画黑白脸，那就得换另外一种唱法了。

“你知道为什么现在的电影越来越糟了吗？”他问。

“用影像合成技术做电影的人越来越多了嘛。”

“这是原因之一。”说着，他跷起腿，食指开始跟着小锣打节拍，“主要原因是现在的电影都太过于追求真实和简单的情绪共鸣，忽略了电影原本应该有的戏剧张力。其实过度真实的影像和过分强调情绪共鸣本身就是一种软性的洗脑，你什么都不用想，只需要用神经接受。这种简单粗暴的娱乐方式现在已经不受欢迎了，强烈的脑部刺激太多，像用药一样，很多人产生了抗性。再说，戏剧本身应该是通过表演和各种元素的调动来让观众自己理解其中的含义。所以京剧、舞台剧、歌剧等传统剧目现在才能通过机器人和人偶重新兴起。”

我说：“是不是一有人问你当初为什么要投资戏班和剧院，你都会说这么一通道理。”

他狡猾地笑了两声：“那倒不一定。很多时候我会告诉他，机器戏曲的背后是整个机器人产业，还有政策。”

“你就不能总结一个答案？”

“你也知道，搞心理学的人从来都不会给标准答案。好了，我说了这么多，作为交换，说说蓝雪会所的事有什么内幕吧。”

“你怎么知道我在查蓝雪会所的事，也许我只是在帮哪家的阔太太找猫呢。”

“我听说事发现场有个人偶被偷走了，而你那天正好又带了个烧毁的电子脑过来。再说，林慧要私下调查的话还会找谁呢。另外，阔太太通常都养狗，养猫的少。”

台上，荆轲被夏无且投掷的药囊砸中面门，秦王趁机一剑砍断他的左手，机械臂带着衣袖“咚”的一声掉在台上。马桥班确实财大气粗，这机械手臂是与肩膀一体的仿生型，这一剑砍过来确确实实砍断了手臂，而不是说剑一到那里手臂就弹了出来。等这场戏唱完，荆轲怕是得回炉重造。

“其实内幕我还没查到太多。”我告诉他我手上有个得了迷乱症的秦武阳，得查谁是太子丹，为防止被追踪到，我也没法带秦武阳去正规医院做激素调节，如果有人能借我个带激素调节功能的诊疗器就好了。

“我记得过去有个悬壶济世的医生到哪儿都带着诊疗器，不知道那个医生还在不在。”

我摩挲着下巴上的胡楂儿，装作陷入沉思。李广寒转过头，他那双深邃的目光现在充满了无奈。

“在后备厢里，自己去拿吧。不过我那诊疗器的软件很久都没升级了，没有适配‘灵魂锚点’算法。”

“先试试吧，有总比没有好。”我本来想说我可以帮他把软件升级了，不过考虑到之前对‘灵魂锚点’的看法就没说。

他把车钥匙递给我。

这次我拿了钥匙，起身走向狭长的过道。刺杀再一次失败了，荆轲掷出匕首却被秦王闪开，匕首扎到了柱子上。台上没有秦舞阳的身影，我记得有几个版本的戏是秦舞阳想上大殿，但被卫士所杀，历史上对这个人物也没有交代。他应该跟很多大事件里的小人物一样，结局总是——大概死了吧。我走出剧院时，身后的秦王道：

快快抬出宫去，将他碎尸万段！

在停车场的众多豪车中李广寒的车并不显眼，我开启了右眼的扫描功能才找到那辆宝石蓝的捷豹。像医疗箱一样的诊疗器在后备厢里放着，上面的红色十字已经被时光褪去了光泽。我把它提出来，然后走到前面把钥匙放到了中控台上。把车子开走是个很不错的主意，我已经受够了无人驾驶出租车里的消毒液味，不过我已经打扰了李广寒看戏，还借了东西，没必要还让人家搭空铁回去。

取到诊疗器后我往外走，一辆褐色的沃尔沃轿车迎面驶来，我知道那是谁的车。交会之际，车窗缓缓降下，沈建邺从里面探出头。

“我听说你最近很忙啊，怎么还有时间来看戏!”

“到剧院来加班加点嘛。”我把诊疗器举起来给他看。

“哦，那好，我等你的好消息。”

“别着急呀，没人给我加班费，我实在没什么动力。”

“你手上可有不少权限呢，拿着权限不办事的都是当官的，你是当官的吗?”他说。

“不在其位，不谋其政嘛。”

“不谋其政，我就把那几个权限收回来了，省得你拿着到处当令箭使。”

这老财主。我在心里骂道。他的妻子坐在副驾驶上，朝我点头致意，那个看起来温良恭俭的女人未施粉黛，皱纹像是被逝去的时光所吸引似的从她的嘴角和眼角探出头来，她薄而枯的披肩发遮住了耳朵和价值不菲的耳环。我也微微颔首，向她致意。

他们的儿子老老实实坐在后面。隔着变了色的后车窗我只能勉强看到一个轮廓，但我知道他肯定在看我，于是我对着自己的车窗倒影微笑。

“你来晚啦!”我说，“最后一场都快完了。”

“我赶的是第一场。”他把头缩回去，对我这个玩笑嗤之以鼻。

21

离开大剧院，我搭车前往沙岭街，李念一家人刚到沈市的时候就住在那里。房产交易记录显示他们是卖了锦州的老房子，然后到那儿租了间八十平方米的三居室——看来李念的父母并不缺魄力。他们一家人在租来的房子里住了四年。从家具的添置记录来看，他们在到沈阳的第一年，生活就开始走上了上坡路。同年李念还进了长城网络信息安全学院的特招班，学费也是一笔不小的开销。那年，李念的父亲被一辆翻倒的渣土车压成了肉饼。

丧父之痛似乎没有让李念发奋图强，他主修的几科都只是勉强过关，也从没发过学术论文。

他跟张翰有可能在学校就认识了。两个年纪相仿的男孩可以一起讨论什么游戏又发布了新版本，什么品牌的手机和平板电脑下一代产品有了什么新功能，或者该如何搞点儿大事好捞上一大笔钱过上好日子。我想更有可能的是他们只在VR在线课堂上见过对方的影像，他们不会有兴趣去了解对方，也不会注意到彼此的面容是如此相似。

李念一家的房子目前是空置待租状态。我用右眼看着那条招租广告：精装三居室，家具齐全。里面还有全景模拟链接，如果要租房都不用那么麻烦跑过去看。现在我能指望的就是李念一家剩下的家具还没有被处理掉。不然我就得去锦州找他的陈年老房了。

在查房屋交接记录的时候，我有了一个意料之外的发现。李念一家人在出车祸的前几天就结束了租约。然后我又查了出行记录，他们一家人在出车祸的那天订了去杭州的空铁。结果当然是没走成。

我到沙岭街的时候已经是下午六点，之后我联系了中介公司说要租房，他们立刻回复说派了销售人员过来，请我耐心等候。我并不缺耐心，在等的这段时间里我绕着整个小区转了一圈，小区里有六栋二十四层的楼，靠小区门口的那一栋下面还有一个酒店式公寓，从没有任何内容的投影锚点来看，酒店的倒闭也只是个时间问题了。

大概十五分钟后，有个挂着工作证的女孩出现在了小区门口。她穿着西服套装，外面披着一件大一号的黑色羽绒服，年龄大概二十五岁，画着淡色的口红，可能是羽绒服的原因，体形显得微胖。现在房地产业不景气，但是再怎么不景气，他们也不该在这个时间让一个女孩在没有安保机器人陪同的情况下出来。

我把右眼闭上走过去。看到我她硬挤出来一个微笑。在去看房的路上，她问了很多问题，比如职业、家庭情况。我告诉她我是医院外聘的出诊医生，整天忙得要死、到处跑，还赚不到几个钱；之前一直在市里住两居室，现在女儿大了，想换换环境租个大点儿的房子。

“那这里很适合呀，小区边上就有公交车和出租车的调度站，不怕叫不到车。”

在电梯里的时候，她偷偷打量我的右眼。我猜她一定在想，作为一个医生为什么不换一个让人看着舒服点儿的眼睛。

“我还一直觉得你们都很富有呢，不是出诊越多就挣得越多吗？”

“看病的是这玩意儿，”我把手上的诊疗器提起来给她看，“我跟个送货机器人没什么两样。”

出了电梯她就开始找钥匙，黑色羽绒服的口袋里装了好几把，看来她已经做好了多看几套的准备。

“这儿有智能锁也有机械锁，嫌麻烦的话不反锁机械锁就好。”

“没事，其实我喜欢用钥匙开锁的感觉。”

她打开房门，屋里凝重的空气开始流动起来。与模拟景象相比，真实的屋子里有一层薄灰色。我四处看了一下，运气还不错，大部分的家具都还在，最妙的是客厅里有一块沾着油污的绒线地毯，还有一个看起来怎么也洗不干净的布沙发。光看着这两样东西我就能想象出他们一家人坐在一起，一边吃饭一边看电视的场景。

我的目光让中介姑娘紧张起来了。她咬着牙望着地毯，恨不得现在就一把把那块脏东西扔到窗户外面去。我把视线挪开，装出对墙上的几幅黑白城市风景画有兴趣，问道：“这屋子以前住的人没什么问题吧？”

“没问题。放心，没有传染病，而且家具都可以给您换新的。”

“我不担心病毒，那玩意儿可以被消灭，我的意思是人怎么样，如果让小孩住在罪犯住过的房子里，影响可不好。”

“真是个有远见的好父亲哈。”

我继续大抒己见，我说罪恶是可以传染的，假如上一家住户是犯罪分子，那我不仅不会租这套房，可能连这栋楼都不会住。

“在这儿住的上一家人我认识。”她看着沙发的扶手说，“他们都是好人，不会是罪犯的。”

“你跟上一家住户很熟吗？”

“还好。”她若有所思地想了想，然后又重复了一句“还好”继续说，“他们一家搬到杭州去了，现在应该过得很不错吧！”

“你们没再联系过？”

听到我的问题，她苦笑了一声，随即脸上的活力一下飞走了似的，说：“我自己觉得跟他们关系挺不错的，但他们走了以后就再也没有了消息，我发消息问候也一句都没回。大概所谓的普通朋友就是这样吧，我们有点儿交集，平时也会一起吃顿饭聊聊天。但是突然有一天他们就离开了，就像凭空消失了一样。我还以为人情这个东西会一点点消失呢。”

她愤愤不平地说了好一会儿，我在心里说，如果他们回了信息那才是有鬼了。

“也许他们是想改头换面，开始新的生活。”

“可能是吧。不过我有时候想，要是他们能跟我炫耀一下他们现在的好生活也好啊。搞得好像是我突然死掉了一样。不对，就算我死了他们也应该给我烧纸钱的。”

话说到最后她自己笑了起来，但我却感觉到了一阵烦躁，左手忍不住拿诊疗器敲自己的腿。我赶紧把那玩意儿换到了右边的义体上。

“他们一家是做什么的，做生意？”

“不是，他们家姐姐在做线上导购，就是那种买了明星形象使用权后，去扮那个明星。大明星一对一销售，其实那行赚不了几个钱，就是赠品有不少。不瞒你说，这房子里的小电器不是赠品，就是抽奖的奖品。他们家的弟弟比较厉害，长城网络信息安全学院毕业的，我想这会儿应该是在杭州的哪家大公司上班吧。”

不，他现在在一家破公寓里发痴呆呢。从中介姑娘的口气里我大概知道了她为什么对不回信息那么耿耿于怀。我想如果一定得找人帮李念治迷乱症，我会试试来找她，没准儿还能成就一段好姻缘。

“那他们的父母呢？”我问。

“父亲不在了，我听说是三年前出了事故，那时候我还没来这儿上班。母亲好像是在保险公司做兼职。”

“一个人带两个孩子挺辛苦的吧。”

“还好，那次事故应该是赔了他们不少钱，反正之后不愁钱花。”

“这一死可是让他们都过得滋润了，可惜干我这行要出事故也只能指望搭车的时候出车祸了。你觉得现在搭自动驾驶出租车出车祸的概率有多高？”

“这，别这么说嘛。”她不知道怎么接我的话，只好尴尬地去抠自己的手指甲。

我的右眼里显示着三个人出事前的资料，姐姐李想确实是有工作记录，但是他母亲的工作资料却一直是空白。我想有可能因为是兼职才没有记录，也有可能确实没有工作而又羞于启齿。

问题知道得差不多了，我跟中介姑娘说我要回去跟老婆商量一下，过几天可能再过来看看。

她有些失望，好像知道我根本不会租房子。在电梯里她做了最后一次努力，她跟我说，住在这里一定会让我更有家的感觉。我不能同意更多。

我没有急着把李念带过去治迷乱症，有些事我得先自己理清楚。现在诈保与刺杀之间似乎有了联系，但无论我怎么假设也难以将两件事搭上线。如果三个月前的车祸是为了灭口，那为什么又要留下李念这个“尾巴”呢。要是开战车的是李念，死在里面的也是李念，那就说得通了。假如某人因为诈保的事要灭口李念一家，结果剩下李念没死，他住进了实验房，然后某人又发现可以利用李念来演场“刺秦”的大戏。之后又找了张翰来洗脑。

不，不对，太多假设了。为什么我总想着死的应该是李念，难道就因为我不认识他姐姐？

回去的一路上我都在比对资料，张翰母亲的车祸发生在三年前，保险没赔太多钱，他父亲在同年死于机械综合征。如果他父亲有门道也有心去诈保的话，就应该去伪造一场意外。那样张翰姐弟俩就不会为了钱发愁了，张翰也不会把自己烧死在战车里。可惜他父亲是个不管生死都但求问心无愧的老顽固。

到家时已经是晚上八点，我把诊疗器放到屋里，然后去附近的一个小馆子吃饭。那家小馆子叫山陕面馆，开了四十五年了，老板的父亲是山西人，四十五年前跟老婆到沈市结婚、定居、开店，属于倒插门。馆子的老板在年轻的时候也浪荡过一段时间，据他自己所说，他二十岁的时候就开着一辆破国产车从内蒙古出发，跑遍了大半个中国。他写的游记还出版过。那辆破车已卖掉多年，他接手了父亲的面馆，娶了个比他能干的老婆，生了两个不听话的儿子。

虽然说这里叫面馆，但也做饭菜。老板的手艺跟他的心情挂钩，心情好时做出来的东西很美味，心情糟时就不太好说了。我要了份青椒肉丝拌面，面上来后，我从还没断生的青椒判断老板的心情不大好。我硬着头皮吃了几口，老板穿着脏成灰色的围裙坐在门口抽闷烟，我知道听他发发牢骚也不可能让这碗面变得更好吃，但我们也认识有四五年了，便问："又烦你那俩宝贝儿子呢?"

"可不是嘛，唉!"三十八岁的蓬头垢面的老板把一直憋着的气叹了出来，这让我觉得他就在等我这句话。

"有什么可烦的。你两个儿子，一个十七，一个十五，大的学建筑设计，就算以后没房子给他设计，至少还能接手饭馆嘛。小的在长城网络信息安全学院，前几天你还跟我吹说拿的奖学金够交学费了。你说，有什么可烦的啊!"

趁我喘气的工夫，他给我拿了杯水，然后说："唉，你是不知道。大小子想买个电摩托，还想把眼睛换了。我看他是想把自己摔残废，然后把全身都换了。"

"现在电摩托好像比一辆车还贵的吧。"

"可不是嘛，买那玩意儿有什么用，那是肉包铁，这小子就想在女生面前炫炫。我把我那送货机器人装个垫给他骑算了。"

"装哪儿？肩膀上?"

我说完他就大声笑了起来，那送货的三轮机器人正在外面充电，我想象他大儿子骑在那机器人肩膀上飙车的场景，是挺炫的。

"多想想你的小儿子你心里就平衡了。"我说。

“平衡什么呀！”他把声调一下抬高了几分，说，“小儿子更麻烦。整天连在网上，都已经得轻度迷乱症了，给他的接口加密码，转身他就破解了，我该去买个那种带机械锁的项圈给他锁上。”他重重叹了口气，把烟蒂都叹到了地上，继续说，“那小家伙整天扯什么宿命虚无主义，说他两句他就反驳——你有你的路，我有我的路。什么适当、正确的路和什么唯一的路并不存在。”

“你别让他那么早看尼采。”

“管不了啊，臭小子在网上有了点儿名气，开始赚钱了，你说他能服我一掂勺的吗？”

“那倒是。不过能有收入到底是好事，不用操心以后他怎么养活自己。”我把夹到嘴边的一口面条吃下去，然后习惯性地问他是做什么赚钱。

“是个叫什么分享者的网络平台，我是不太懂那是在干吗，好像就是你在那儿看书、看电影，或者玩游戏，然后让人连上你的电子脑，分享视觉和触觉之类的信息。连的人多了网站就会给分成，还会有人直接给他打钱。真搞不懂现在怎么会有人喜欢用别人的眼睛去看东西？”

他说到这儿时，我停下了夹到嘴边的另一口面，说：“这不是很容易让人入侵电子脑吗！”

“是啊，我跟他说了，你猜他说什么？”老板捏着嗓子学他小儿子的声音说，“这是相互理解所必然有的危险。”

我笑了起来，也不知道该可怜他还是该羡慕他。老板继续抱怨说两个儿子不是戴着VR镜就是连在全感觉模拟软件里，在家里头都不跟他交流。

我说：“得了吧，咱们小的时候不一样整天抱着手机和平板电脑吗？”

他又开始强调：“至少那时候咱们还听得到说话声，看得到人，现在他们不仅心不在屋里，连人好像也不在了。”

“现在的人真是都有病，前几天有俩来旅游的孩子跑这儿来吃饭，猜猜他们说了什么？”他望着墙上褪色的菜单，没等我回答就自顾自地答道：“他们说这老饭馆的投影做得真好，气氛到位，跟真的一模一样。”

“也许你以后该让你的大儿子接手，把饭馆开下去，争取开成百年老店。”

“嗨，我估计啊，再过个几年就没人出来吃饭啦。”

他抱怨得太久，要是以前我肯定会拿“男孩子都这样”“没啥好担心的”之类的话去搪塞他。但是今天我说不出口。我把面条吃到见底，然后问道：“你那俩小子，兄弟之间感情怎么样？”

“嗯？”他愣了一下，接着好好想了想说，“还不错吧，虽然俩人互相看不惯，但是碰到事，大小子还是会帮小小子出头的。”

“那不就行了，至少他们兄弟俩还能互相照顾，而且他们还在你身边，不是吗？”

他盯着我，眼睛里有了一丝复杂之色。我决定告辞离开。我知道再说下去，会说到我的女儿和前妻，然后他会问我抽不抽烟，以往我都能拒绝，今天我怕拒绝不了。

22

隔天我起床后，感觉脑袋沉得快从肩膀上掉下来了，似乎脑子里的纳米机械都变成了实心小铁砣。昨晚我找沈建邺要了工程队的伤亡人员资料，作为交换，我提供了保险公司未登记的兼职人员这条线索。他不太满意，但也没什么办法。我查那些伤亡记录一直查到后半夜也没有什么发现。唯一一点可疑的就是正如沈建邺所说的，大家都很高兴，从鉴定到定补助金，再到出险，基本上没有家属不满意，医疗机构也积极配合，而且没有大肆宣扬。这效率太高而且太低调，不太符合官僚主义的作风。

头疼时我有了一个想法。反正我手上有一个诊疗器，可以接入诊疗器让我的脑子分泌一点儿内啡肽和多巴胺，再来一针微量葡萄糖，这样不仅可以缓解头痛还能压住我的烟瘾。洗脸的时候我把这个想法“洗”出了脑袋，那样还不如去抽根烟。

我忍住烟瘾和头疼，提着诊疗器到外面快餐厅喝了杯只有苦味的黑咖啡。那灼热又苦涩的液体顺着喉咙向下，在胃里变成了几股暖流流向全身，甚至连右臂里的电路都有了丝丝暖意。

把头疼和保险通通从脑子里赶出去后，我叫了辆出租车，打算先带李念去治一下迷乱症。外面气温越来越低了，我的老旧义体没有调温系统，寒冷像条小蛇一样顺着我的右臂一直钻进肩膀连接处的骨头里。等出租车的时候我把诊疗器换到右手，然后用左手按摩右肩和义体的连接处，虽没什么用，但聊胜于无。

之后我到廉租房找到李念，他的迷乱症已经开始减轻了——他已经知道洗漱。我带他吃了早饭，然后跟侯业伟打了个招呼就前往沙岭街。李念从走进小区大门开始，脚就没有先前跛得那么厉害了。昨天看房的时候，中介姑娘没有把机械锁反锁，这省了我不少工夫，我用手上的两个警用权限套取小区的访问权，打开了智能锁。

在开门之前，我问他记不记得这里。他点点头望着灰白色的铁门，眼里有了一丝畏惧之色。我想，他的怕有两种可能，一种是门开以后里面是其乐融融的三口之家，一个单亲母亲带着一对姐弟，弟弟跟他长得一样；另外一种是门开以后，记忆中的家已经变成了落满灰尘的空屋。可惜我没那么多时间去布置投影锚点，不然的话真可以吓唬他一下。

我打开门让他先进去，而我在门口看着，他拖着腿走到地毯上，环顾四周，困惑与怀念之情在他脸上交替闪现，他活像个坐了二十年牢才刑满释放回家的老小孩。

“你们家肯定有个人吃饭漏嘴巴。”我靠在门边漫不经心地说着。他的喉咙像是要说些什么似的发出了哼哼的声音，但他的嘴巴没有张开。过了一会儿，他盯着沙发上一块浅褐色的污迹出神。

“是我。”他慢慢地说，“以前，我喝东西总是喝得很急。”

“看来你没少挨过骂。”

他又开始沉默了，我问他以前睡哪个房间，他转身走向厨房对面的房间。那间房很小，为了节省空间，床是单人的行军床，还能下降到地板里面去，衣柜是镶在墙壁里的组合柜，书桌是宜家的简约风格，如果在桌子上投影出一盆绿植效果会非常不错——一个温馨有格调的卧室。之后我又问了他姐姐和父母睡哪个房，他都一一指给我看了。他父母的房间只残留有一丝女性曾经住过的气息。

我带他回到客厅，让他坐到沙发上，然后拔出他后颈上的连接线接入诊疗器，这个过程他没有一点儿本能的抵抗反应。在试验房做过太多电子脑软件测试的人大多都这样，他们已经习惯了被别人接入软件，也习惯了用自己的电子脑决定是否同意接入。这种反应可不大好，我要是拎着电击器去接线就根本不会给他们选择确定和取消的机会。

接完了脑部接口我又给他做了静脉注射，过了一会儿，诊疗器的面板亮起来，诊断的结果一条一条显示在面板上，他体内的各项激素指标都在健康线之下。我有些纳闷儿，一日三餐不少，坐在屋里发呆居然也不健康。我按照李广寒所说的做好激素调节，然后站到沙发后开始问话。

我先跟他聊了聊关于他老家的话题，还有为什么要到沈市来，结果跟我料想的差不多，他母亲看准了未来是电子脑软件的世界，所以冲着长城网络信息安全学院来到沈市。他的成绩没有通过考核，所以全家人得花钱供他上特招班。关于家庭经济情况和他母亲的职业，他没说出个所以然来，我估计他自己也不知道，或者只是有一点点怀疑，毕竟大多从事非法行业的父母都不希望孩子走自己的老路。

让我感到奇怪的是他对于他父亲的记忆，每次单独提到关于他父亲的问题，他都会进入迷乱症的状态，头疼似的思索半天，然后给出一些模棱两可又琐碎的答复。从那些碎片里，我大概组合出了他脑子里对父亲的印象——那是一个古板严厉的男人，家里的椅子一定推到桌子下摆好，不用的电器要关掉电源，水龙头要拧紧，不准撒谎，有麻烦事尽量自己解决不要给别人添麻烦。我想，他的父亲应该有一头平整的板寸，并且已经混入了不少白发，他的脸肯定像是古老文明遗留下来的石像，眼望着现在，满目凝重。

实际上，李念的父亲却不是这副样子。我的右眼里显示着他的3D

头像，他的头发微卷，狭长的马脸让人厌恶，一双爬虫样的小眼睛一看就会给人惹麻烦。最重要的是资料显示他有四十三岁，但他看上去顶多三十岁出头。我是不太相信他也会给自己做保养。不用多猜，更符合我想象的是张翰的父亲。

李念不可能接触过张翰的父亲，张翰给他讲过的可能性也不大。我装出在思考的样子到沙发前踱步，顺便观察李念的状态。他在偷偷打量我。

“有件事我得告诉你。”我搬了把餐椅坐到他对面说，“我知道是你偷了战车炮，而且给战车做改装的也是你。”

我的右眼捕捉到他的瞳孔缩小了，除此之外，他的惊讶没有表现出来，而且继续保持沉默没有提问。

“张翰的刺杀没有成功，但他还是打死了人，而且还是三个。新闻里没有说，那三个人是保镖，都结了婚，都有小孩。想想，他们以后怎么过？”

当然是靠保险赔偿金，我在心里回答了自己的问题。有没有小孩其实我并不清楚，他们也可能根本就没有结婚。李念低头望着地毯不说话，他的眉毛垂下来了，这是一个好现象，至少他还有愧疚心理。不过我也没有急着继续提问。

李念望着脚，像是在问自己似的问张翰是不是已经死了。我等了一会儿，直到他抬起头来我才回答：“死了。”接着我问，“你知道他会死？”

“不，我不知道他真的会走这一步。他不该去的。”他捂住自己的眼睛，似乎很痛苦。我期望他能多捂一会儿，可惜他很快就把手放了下来。

“不该去什么？不该开着战车去刺杀，还是不该烧掉自己的脑子？”

他没有回话，我又问他们整个刺杀计划是哪几步，他也没有回答。

“是不知道，还是不想说？”

“你不是实验康复中心的人，对吧?”他再次抬起头，鼓起勇气反问我，但看到我的义眼后，他的视线就立刻逃开了。

“没错。”

“那你是什么人?”

“我是什么人不重要，重要的是部队那帮人也知道是你偷了战车炮，他们可不会治疗你的迷乱症，他们会把你绑在铁椅子上像抽血一样抽你的记忆。他们的手段可比张翰狠多了。而且不管你知不知道、说不说，他们都会把你的脑子搞一通，然后再丢给警察。知道警察最烦什么吗？部队丢过来的罪犯。那些警察从你身上捞不到什么好处，也不知道该关你多久。那时候他们就会走流程了，把你关到重犯区，再一点一点往外挪，最后再把你丢到外面去。他们都有一套流程要走，如果你觉得自己是但丁，想去地狱走一遍流程，那随便你。反正最后等你的不会是天堂。”我说了一大堆，但是感觉很不好。我觉得自己好像是个失败的父亲，只会用恐吓的方式教育孩子。

李念掐着手想了一小会儿，然后告诉我，车祸后他在实验房住了一个月，在那期间，张翰申请用他测试新的电子脑情绪疗法，他接受了。之后在测试疗法的同时，张翰还提议用模拟软件学习战车驾驶和修理，说康复以后能得到就业推荐。他说到这儿，直接跳到了康复后被安排到战车工厂工作的事，如何跟隔壁工厂的士兵打牌赌钱套近乎，如何偷弹药和战车炮。故事一直到四天前，张翰得到了曹向成在蓝雪会所的消息，后面的事我知道得比他清楚。

整个故事除了张翰之外，他没有说任何人的名字，也没有提他为什么要帮张翰弄战车。我想，就算是被洗了脑也该有个做事的理由，为了钱，或者为广大人民除害——总得有个理由。然而每次我一问及理由时他都会沉默，我看得出来他有所保留。开始我觉得他在整个刺杀中应该算得上是一个受害者，现在说不好了，至少他自己都觉得保留的那一部分是有罪的。

这时，外面刮起了风，呼号声从窗户渗进来，像是在说外面的世界有多残酷，而我浪费了太多的时间做好人。

我起身到诊疗器旁选择了“镇静”选项，并且调高剂量。很快，李念的上下眼皮开始打架。我调整诊疗器的脑部功能试图访问记忆分区，但是电子脑拒绝了访问。我等他睡着，然后修改诊疗器的访问权限绕过许可，但这一次被防火墙挡住了。

此时，李念已经完全进入了熟睡状态，我让他躺好，免得突然倒下来扯着线，然后拔出自己的连接线准备破解防火墙。在接入之前，我想起了林慧说过的那个陷阱，于是我给自己的电子脑加了一个三十秒的强制唤醒程序。

我自认为做好了充分的准备，所有防火墙检测程序都在运行，可就在我接入诊疗器的一瞬间，意识便被抽离了大脑，接着感觉有只大手握住了我的脑子生生把思维停了下来。我试着重新调动电子脑、断开连接，但电子脑没有任何响应。

我已经失去了对自己的控制权。我没法动，思维也停了下来，只能被动地去感受。

有微弱的雨声从远方传来，有黑影不断从两边滑过。

雨声是哪种雨声？是暴雨落在玻璃上的声音。黑影是树木，隔离栅栏、汽车，还有路灯。正前方还有两个沙发，不，是汽车的座椅，有两个人坐在前面回头在跟我说话。他们的声音很模糊，也像是从很远的地方传过来的，我可以感觉到那是两个人，是女人，不是靠相貌也不是靠声音，仅仅是靠感觉。那种感觉就像一边在做梦，一边在遗忘梦的内容，一切都在迅速发生，也在迅速被遗忘，所有的东西都没法留下任何印象。就像一支蘸了白水的毛笔在白板上画画。

我坐在那里，四面八方飘浮着喜悦、激动，还有些许忐忑不安和伤感。它们好像随着呼吸进入我的身体。我静静感受着，望着车子在雨中前行，望着前方的一辆货车开始打滑，望着前挡风玻璃变成碎块，直到唤醒程序启动，强行断开连接。

我感到自己的意识像条上钩的鱼似的被猛地拽出水面，我闭上眼睛大口呼吸，而五脏六腑依旧像是刚被解冻一样。此时，窗外的风声代替了雨声，但我的耳中还隐约回响着车子翻倒的巨响和女人的尖叫。我坐在那儿等了一会儿，重新感受自己的四肢，然后用右手拔掉连接线，可想要站起来时，身体却无力地倒向一边。我顺着沙发趴倒在地毯上，灰尘与霉味钻进鼻孔。那股味道倒不是很糟，我想起来以前家里的浴帘似乎也有这股味道。大脑还在一点点找回对身体的控制权，神经被空想出来的麻痹肆虐，只有右边的义手还能忠实地执行命令。

我扒着沙发爬起来，然后用义体按摩左手，再按摩两条腿。这时李念突然梦呓：“这场噩梦什么时候才会结束?”

我盯着李念，他躺在沙发上，嘴里反复小声咕哝着这句话：什么时候才能结束。

我蹒跚地走到卫生间，残留的绝望与惊恐一股脑儿地涌了上来。我趴在洗脸池上干呕了一阵，等我出来时心脏依旧跳得像是在打鼓。

客厅里，李念还在向某人求饶似的重复着那句话：什么时候才会结束。

很久之前，有个女人也问过我类似的问题：噩梦是不是永远都不会结束？我们是不是再也没有自己的未来了？

我怎么也想不起来她的脸。

23

林慧这下肯定很高兴，她的防火墙有着落了。我要把这消息告诉她，她多半会把李念关进小黑屋，用模拟攻击的土办法去解析防火墙。李念身上有些事我还没搞明白，过几天再把他交给她也不迟。

我带他回到沈北新区的廉租房，以他的ID要了一份听起来很有营养的豪华快餐，填地址的时候，我填了一楼的一间空房，有个摄像头正对着门前的过道，视野良好。送餐机器人来之前我已经在摄像头的线路上做好了陷阱。我想，有人上钩的概率不大，但这个饵得下。万一“太子丹”亲自来了呢。

之后，我在旁边一家没有名字的小餐馆里找到了侯业伟，他正跟人喝酒。我看着跟他喝酒的家伙忍不住诧异——居然是秦辉。那个满脸假笑的家伙这会儿拿着瓶青岛啤酒笑得很是开心。他们在一张小圆桌边面对面坐着，一大盆豆角炖排骨已经被吃掉了一半。全身脂肪过剩的老板兼大厨躺在后厨门口的躺椅上，看起来像是重病缠身、命不久矣。

我走进去上下打量了一下他们，说：“呦，你俩可真是天造一对儿、地设一双。今天第一次约会吗？”

“跟警察做朋友特别有安全感，不是吗？”秦辉朝我看过来说，特别强调了一下“警察”这个词。

我搬了把凳子坐到桌边，老板翻身下椅添了碗饭出来，我点了份锅包肉，他似乎懒得下厨，但也没说什么。接着我把陷阱的事跟侯业伟说了，秦辉在一旁听着。等我说完，他开了瓶酒放到我的饭碗旁边。

“老陈，我发现你不是在管闲事就是在到处找麻烦。”

“找麻烦是我的职业。我不用看大门，很闲，所以就喜欢到处跑去拿耗子。”

他闭上嘴巴，挺起背带着假笑瞪了我一会儿，说：“大姐让我问问情况，看看进展怎么样。你搞那么多事情，兴许哪天就死在浑河里，找不到人了。”

“林慧想问情况会自己问我。另外，放心，就算我死在浑河里也会漂起来的。”

他用喉咙挤出一串笑声以证明他确实是在笑。侯业伟厌烦地用手指敲了敲桌子，说吃饭就别谈工作的事了。

秦辉喝下口酒说：“我一直以为，除了卖货的和当官的，就属警察最喜欢在饭桌上聊工作了。”

“刑事组那些整天跟死人打交道的家伙才喜欢在饭桌上倒胃口。”侯业伟说着看向了我，说，“是不是啊，老陈！”

我的锅包肉上来了，红色的肉片确实勾起了一些回忆。

“那就且听我……”

“行了。”

“闭嘴。”

两人同时出声，我耸耸肩伸筷子吃饭。

虽然说了不谈工作，但秦辉还是三句话不离“警察”二字。到第三瓶啤酒见底的时候，警察这个职业已经被他贬得连扫地机器人都不如了。而侯业伟一会儿表示赞同，一会儿随声附和，似乎自己深陷泥潭只差一根救命稻草。秦辉觉得时机已到，打开第四瓶酒的盖子时说侯业伟以后可以帮林慧做事。

高大的警察侯业伟沉默了两秒，然后用不带感情的声音说："以后如果有事情要我帮忙，我能帮得上的话就会帮。其他的就不要说了。"

秦辉听完这话朝我看过来，似乎是想问我这人有什么毛病。我吃着肉一语不发，说他是有原则也好，是迂腐也好，侯业伟的立场要比我坚定许多，他是警察就只做警察分内的事情，像个设定好目标的机器人。我想要说动那家伙恐怕得林慧亲自来。

"你在担心什么？"秦辉把酒瓶放下说，"怕你的老婆孩子知道你在帮坏人做事？"

"我没结婚，也没小孩。"

"既然一个人，那还有什么好顾虑的呢。"秦辉毫不掩饰自己的不解，"给我们办事的警察也不少，你难道不想手里多有点儿钱？"

侯业伟摆摆手示意不想再谈这件事，秦辉大概没想到会这么直白地被拒，他咂咂嘴又喝起了闷酒。其实我觉得假如侯业伟结了婚有老婆孩子，他可能会变得机灵些，现在他一人吃饱全家不饿，所以他爱怎么做怎么做。

秦辉喝了几口酒就说起了自己的往事。他以前有个女朋友，还没有结婚就怀了孕，那时他还没有出事，脸也不是只能假笑，消防局也还是个福利待遇都不错的单位。他女朋友说等孩子出生后一定会跟孩子说爸爸是个英雄，他自豪得像是每天都打了兴奋剂。然而没等孩子生下来，她就跟别人结了婚。孩子是谁的，那个男人不在乎。后来他出了事，真的成了英雄才发现这个头衔没有用。

"当初他们给我修脸的时候问我要不要换一张好看点儿的脸，我还可以把形象使用权卖出去，说不定还能红一把。但是我一想，靠，我换张脸，再把形象使用权卖出去，那不就是别人的脸顶着我的名吗，我是英雄就得用自己的脸啊，所以就没换。结果没到一个月就没人记得什么救火英雄了。反正我是明白了，那帮搞电影拍广告的传媒公司的人一开始就是打算把我当个小丑打扮。”

一个饱嗝突然打断了秦辉的回忆，等他缓过劲来似乎忘记讲到了哪里，他举着半瓶啤酒愣了半天，最后喃喃自语道：“哦，我懂你是怎么想的了。”

侯业伟“哼”了一声拿起酒瓶问：“之后呢？你是怎么跟了林慧的？”

“说来话长，消防局把我扫地出门后，我去打了一段时间的黑工，工作的钱和补助金勉强够维护两只手，可我还有两条腿和脊柱要养。”

“还有你的脸。”我给他补充了一下，他没理我。

“后来我去打机械搏击。”

“机械搏击？”侯业伟的声音因为惊讶而提高了几分，“你这家伙居然没死，而且内脏都还好好的？”

“胃和肝都修过几次，不过没换。”秦辉垂下眼，不知道他到底笑没笑。

机械搏击的兴起要比机械戏曲还要早。人们在被拳击和机械竞技死板的规则搞烦以后，就很喜欢看两个不知道做了什么改装的义体人互相厮杀。有很多匪夷所思的义体改装都是在那时兴起的，飞铁拳是小儿科，脑力劳动者和体力劳动者都在机械搏击上找到了发泄剩余精力的途径。当然，因为高危险性，自由机械搏击很快就遭到了取缔，但是转入地下以后，机械搏击才算是真正配上了“自由”两个字。跟很多原本不温不火的灰色产业一样，一旦被划入黑色，反倒越“烧”越旺。

“我打了一年多，一开始还好，有人帮我调义体，后来碰到的都是一帮怪物，而且谁能保证一直赢呢。新来的家伙总是带着更好的装备和更好的软件。那也是个吃青春饭的行当。”他冷笑了一声，然后喝下一大口酒，继续说，“总之，最后我输得很惨，就剩一条腿勉强还能动，要不是林慧帮了我，估计我这会儿就在火车站讨饭呢。”

“听起来她似乎总喜欢捡落水狗。”侯业伟一边斜眼看着我说，一边夹起一大块肉塞进嘴里。

“没错。她是个有善心的人。其实我觉得我现在做的事跟以前做的事没什么区别。以前我用水和灭火器灭火，现在我用这张脸和拳头帮一些管不住自己下半身的家伙灭火。区别就在于以前别人说我干活儿是应该的，现在有一群小姑娘每天给我做饭，陪我喝酒，晚上让我搂着她睡觉。你呢，你的工作给了你什么?”秦辉说。

“一把手枪，一根警棍，一辆破车，还有老电影。”侯业伟说。

侯业伟拿出了电子烟。秦辉掏出了铁盒的中华烟，他抽出来三根，一根给自己，一根给对面的侯业伟，一根放到了我的面前，又说：“哦，我忘了，你戒了。”然后他讪笑着把那根烟放回了烟盒里。这狗日的记性好着呢。

这时，老板打开了投影器，我身后的那面墙变成了戏台。又是《荆轲传》。高渐离跟着一阵西皮摇板唱道：

这十年犹如尺蠖屈，英雄不下穷途泪。

跃动的光影照在桌上，我的耳朵和眼睛都不得清闲。

“其实我们俩现在做的事也没什么区别，”秦辉说，“我们都走在火坑边上，在别人想往里跳的时候拉上一把。”

“是啊，不过你有时候也会踹上那么一脚吧。”侯业伟笑着吐出个烟圈。

“不，不，虽然咱们都有两条铁腿，但还是老陈比较擅长把人踹进火坑。”

我听到戏里高渐离和荆轲在互相敬酒，我面前的两人也装模作样地朝我举起酒瓶说：“火坑英雄!”

说完，两人就扯开嗓子笑了起来。我一边忍着他们聒噪的笑声一边忍着身后荆轲的牢骚：

慷慨长嚎，叹潦倒，愤愁难扫。吐霓虹，昆吾剑，枉在腰。这满腔的热血，无处倾抛。非是我，心骄傲，只为那，鲲鹏志，竟付鸿毛。倒叫那，小蟭蟟，将我藐。

后来发生了什么我知道。荆轲开始舞剑，然后太子丹的使者田光过来套了番近乎就让他去刺秦王。荆轲答应后，田光为防消息走漏当场自刎。我只能希望张翰的上面不要也有个“田光”，尸体要比活人难找得多。

秦辉与侯业伟一直喝到桌上再也放不下酒瓶，他们抽了烟，喝了酒，而我吃饱了饭。然后会所的领班秦辉问老警察侯业伟以后的日子要怎么过。

“过一天是一天，剃头的说我是大富大贵之相，搞不好哪天会有一笔巨款打错到我账号上。”侯业伟说。

“理发机还有看相功能了？”

“什么理发机，我这儿有理发的老师傅，祖传的手艺。”

“你还敢让别人在你头上动刀子？我现在理发都关掉理发机的网络，说不好谁就想把我的脑袋削平。”

“我跟你不一样。”侯业伟把烟屁股丢进空酒瓶里，用半是自豪半是自嘲的语气说，“我是警察。”

我喝的酒不算多，不至于走路不稳，但酒精还是影响到大脑的功能，让左眼变得有些模糊，而右边的义眼不受影响。这一下我眼中的世界就变成了三块，模糊，清晰，以及在模糊与清晰中间的状态，梦境和现实交叠在一起，寸步不让、相互侵蚀。

从餐馆里出来，我盘算着要么闭上左眼，要么关掉右眼，否则我会被撕成两半。这时秦辉突然从后面叫了起来。他的第一声我没有太注意，第二声我隐约听到他喊的是“躲开”。我一回头，只看到一大一小两辆车正向我冲过来。

大的那辆是厢型货车，小的是辆白色两厢出租车，两辆车怪异地重合在一起冲上了人行道。我听到底盘刮擦马路牙子的刺耳声响时已经来不及了，车头距离我只有不到十米远，我才看明白原来大的那辆也是出租车，货车根本就不存在。

等我反应过来时车子的方向突然变了，有什么东西对着车尾狠狠来了一下——是一只奥康鞋。车轮开始打滑侧着向我扫来。我试图往旁边跳，但车头还是撞到我的腰上，将我掀倒。轮胎还在尖叫着冒出青烟，那辆无人驾驶出租车像是有意要置我于死地。我的背后是墙，只要它一开上来就会挤碎我的头。

然而此时，一只手抓住前保险杠就把它给抬了起来。那是辆北汽的旧款EV，近一吨重的车身对秦辉的义体来说没有太大的力压。他用一只手把车头抬起，前轮一离地车子便失去动力，只有轮胎在我眼前疯狂空转。橡胶的焦煳味让我意识到一个问题，那辆货车，是来自李念记忆里的。

“我说老陈，你的反应是不是越来越慢了？”秦辉用两只手把车子整个翻过去，然后低头看他那只开了口的奥康鞋，见我没有说话便戳了戳我的肩膀，问，“没事吧，你？”

“嗯，没事，我只是没想到你这么关心我。”

“去你的，你答应的模拟软件还没给我呢，东西给我了你爱死哪儿去死哪儿去。”

我站起来揉了揉刚才被撞到的地方，现在还没什么问题，估计待会儿就开始疼了。侯业伟跟在秦辉身后也出来了，他眯着蒙眬的眼睛看看我，又看看车，然后问我要不要报警。

“不用了，”我说，“车借我，我得去趟总局。”

侯业伟的警车在路过公安总局时速度慢了下来，慢到可以好好打量那敞亮的大门和像堡垒一样的大楼。

车子驶过公安总局继续往前开，最后拐了个弯，在一个小咖啡馆前停下来。我走进那间充满浓郁香味的小屋，里面是巴黎的街头景象，之所以能这么判断是因为我看到了埃菲尔铁塔，立体式的投影装置把小店带到了法国巴黎的塞纳河边，他们做得很真实，不光是景象，连人的喧嚣和流水的声音都做得惟妙惟肖，不过，他们应该更细致一点儿，把通风系统也打开。

我找了个从门外看不到我的位置坐下，给自己点了杯最便宜的黑咖啡，然后给即将到来的人点了杯摩卡和一块芝士蛋糕。我要找的是公安总局的某个有很多权限的主任，我想见到她本人但是又不太想进去，光是我的名字出现在来访列表里就够让里面的一些人精神紧张。我可不想像走T台的模特一样被全程注视。

我给她发了消息，而她发来了一个虚拟空间的连线邀请，我拒绝邀请，告诉她我在总局附近的一家咖啡馆。过了大概半个小时，就在我开始厌烦巴黎街景的时候，有个一脸不高兴的小丫头推开了玻璃门。她扎着个短马尾，个子刚一米六出头，还穿了件明显是男式的大号黑色风衣，那副样子看起来活像一个高中生穿了她爸爸的衣服。如果我说这位刚满二十四岁的小丫头就是电子警察的头儿肯定没人相信，但她确实就是电子警察部门的主任。

电子警察的前身叫电子刑警。六年前，一份在网上曝光的沈市十大重犯名单促使部队和公安部门联手成立了这个部门。我还记得当初的宣传是多么漂亮：部队与公安通力合作，集结最优秀的刑侦警察和侦察作战部队成立了电子刑警，电子脑黑客和义体罪犯将无所遁形。虽说电子刑警成立后也破了不少大案子，十大重犯大多数也都落网，但受夹板气导致人员流失得太快，到前年为止要不是长城网络信息安全学院插了一脚，估计整个部门就关门大吉了。

如今电子刑警改名叫电子警察，办公地点也搬进了公安总局。现在的电子警察都是一腔热血想要伸张正义的学院毕业生，但他们做些数据筛查的杂活儿，连警察的编制都没有。我想，如果他们忍得够久也许能当上真正的警察。但如果你能忍，又有什么事是做不成的呢。

成佳已经忍了三年，连我都不得不佩服她的毅力。一个有技术有耐心的小女孩，干什么不好，偏偏要当警察。

她扫了一眼“塞纳河”，然后把目光转向我这边，大步走来。她手里提着个外置处理器，脚上穿了一双红色的球鞋，两条细眉紧锁，走路的时候两肩僵住不动。我猜她是想让自己看起来有气势，可实际看起来却像是个在怄气的小丫头。

放下处理器后，她坐到椅子上就开始瞪我，问：“有事不能网上说？”

“我还以为你想吃个午后甜点。”

“我很忙的，好吗？你知不知道今年有多少没破的案子？”

“说说看，有多少案子被你归档保存了？”

“平均两天一起，你自己算吧。”

“那还可以嘛，几年前我当班的时候平均一天两起。”

被归档保存的案子通常是没有线索或者没人力继续查下去，电子警察把这些案子归档存进数据库，假如某天有嫌疑人被摄像头拍到或者记录在案的设备联网上线，案子就会被重新分配。说是这么说，新入档的案子和优先级别高的案子会逐渐把老案子挤出搜索排序，最终被归档的案子百分之八十还是石沉大海。

我等她把蛋糕吃完，然后告诉她要查什么，貌似甜食让她的心情变得很好，她麻利地接上了外置处理器。

我让她帮我查了李念在实验房的实验内容记录，还有张翰的工作记录。不出所料，记录被删除了。虽然她想办法查到了一部分身份登录记录，但最重要的实验内容却被删得一干二净。最后也不是完全没有收获，她查到一个铁西区的实验康复中心有过资料的拷贝记录，而且把李念安排到修理厂工作的也是那个实验康复中心。我得到了一个名字，更幸运的是那家伙既没消失，也没死，还在老老实实地上班。

成佳没花多少时间就查到了这些记录，甚至她的摩卡都还没喝完。我已经得到了预期之外的线索，但我又让她帮我查了李念的父母在来沈市之前的情况，这花了她不少时间，收获也不小——李念的母亲在李念一岁的时候离过一次婚，到了沈市以后才找了马脸男再婚。至于马脸男，他的信息就更有趣了。

“这个猪腰脸的家伙到底是怎么回事。”她望着眼前的3D影像皱起眉头说。

“我觉得应该说是马脸。”

“有什么区别嘛。”成佳的小眉毛皱得更紧了，她连着外置处理器，桌子上的投影装置则飞快地显示着各种数据。马脸男的资料有很多矛盾的地方，成佳正在调取他的工作记录、医疗记录、教育记录等，多方比对来判断真伪。我告诉她不用这么麻烦，知道基础信息是从实验康复中心登入的就够了。

“就这些就够了？”她问。

我点了杯奶茶以作感谢。在她把线收好的时候，服务生把奶茶端了上来。她双手捧住纸杯小小地抿了一口，然后一边舔嘴唇一边闪着眼睛看我。现在她成了一个天真烂漫的小姑娘，她要听故事。在满足了胃以后还要满足好奇心。“你在查什么？又有没登记的大案啦？”

“我在查婚外情。”

“少骗人，那猪腰脸男都死了三年了。”

“有些事即使人死了也不能放过，对不？还有，那是马脸男。”

她没继续跟我争那张脸到底是像猪腰还是像马脸，我相信她根本就没有亲眼见过猪腰子，可能也没见过真的马。

“那是个诈尸盗用身份的连环杀人犯？他是不是除了盗用身份以外还盗用别人的脸？”

“你电影看多了吧。不过是关于保险的经济纠纷罢了。”我把沈建邺让我查的事说了一部分，并且刻意强调了诈骗和经济纠纷。她脸上很快就现出了感到无聊的表情。我适时止住话头，问她最近有没有应用“灵魂锚点”的防火墙上线。

“没，‘灵魂锚点’倒是经常被用来鉴别虚假记忆和模拟感觉信号，没听说有用它做防火墙的。要是用它来破解迷宫型防火墙，效率倒是很高。”

我心想，李念的那个防火墙我压根儿就没检测出来。

“鉴别的准确率很高吗？”

“很高，不过也有失败案例，新技术嘛。再说，现在应用的都还是基础型，没有深度应用。”她喝了一口奶茶说“你问这个干吗？”

“钻研新技术，保护好我宝贵的脑子和思想。”

“是啊，每个人都想知道你看过多少老电影呢。”

“那每个人里也包括你吗？要不要我给你讲讲洛丽塔。”

她朝我皱了一下鼻子，看样子是不想听，“闲话就少说了，我也有事想拜托你。”说完，她望了眼埃菲尔铁塔，嘴角一撇。巴黎街景闪烁着开始变淡，街道的喧嚣戛然而止。恍然间，一条窄渠和一座用纯白色大理石建成的宫殿由虚化实矗立在了成佳的背后。现在我们又来到了泰姬陵，或者说泰姬陵来到了我们身边。我回头瞄了一眼，我的背后有一座与泰姬陵形状一样但却是纯黑色的建筑。这总算是了却了沙贾汗的遗憾，造了一座纯黑色的泰姬陵，虽然它只是模拟出来的影像。

“看不出来啊，小小年纪就这么形式主义还以权谋私。”

柜台后的服务生好像见惯了这种模拟景象的突然变化，没有什么反应。大概成佳也不是第一次在这里用警用权限变更模拟景象。

“是啊，不然怎么当上主任的。”

“那你要我帮你做什么？帮你找个沙贾汗出来？你成佳终于想成家了吗？”

“你怎么跟总部的那帮老家伙一样喜欢操这种闲心。”她横了我一眼说，“我想让你帮我招几个人。”

“我又不是人才市场的。”

“不是经常有搞技术的黑客会让你去资料馆偷资料吗，以后碰到了你可以让他到我这里来，不仅有资料的查看权，还有工资拿。”

“哦，人家想偷东西，我去跟人家说：‘哎，你想不想当警察？’”

“电子警察不是没有编制嘛，再说，搞技术的事能算偷吗？”她挠了挠鼻子，有些窘迫地说，“要不你可以把联系方式给我，我自己去谈。”

“别闹，前脚刚跟我做完生意，后脚电子警察的主任就来找我谈话了，这要是传开了以后我还怎么接生意。”

也许是终于意识到了自己的要求多么荒唐，她叹了口气，整个人缩小了一圈。我心里有些不忍，于是告诉她，以后会帮她留意合适的人选。听到这话，她缩得更小了。

“其实我也不是特别想招只会搞技术的家伙，我想招会调查会破案的侦探。”说着，她可怜兮兮的眼神开始变得狡猾。

“反正你也没工作，就来帮帮我的忙呗。”

“哎，你想招我啊！”我笑着叹了口气，说，“你把我招进去，不出半年，你的整个部门就要被撤了。”

“挂个匿名线人都不行吗？”她一下垮了下来，趴在桌子上手指不停地按投影菜单。我没去思考这个办法可不可行，即使我的名字不进入系统，以我现在查事情的方式她也担不起责任。倘若是打得一手好“太极”的沈建邺倒还有可能，但我相信，出了事他宁愿让我自己背黑锅。

“你这么想查案的话，”我说，“倒是有件事你可以帮我查查。”

我让她帮我查刚才的车祸，还有三个月前李念的那场车祸。她连接到出租车调度中心去查刚才的车祸，结果反馈过来的数据只有车辆异常。她对结果不太满意。

“可能是还没上报成事故。”我说。

“还没有上报，你是怎么知道的?”她瞪大眼睛问。

我揉了揉腰说：“看到的。”

她调出详细的车辆数据，发现确实有入侵的痕迹后，她便跃跃欲试地要开始追踪，半个小时后她就陷入了苦战，显然入侵无人驾驶出租车系统的也是个老手，况且从事发到现在已经过去了将近一小时，痕迹多半都被清理掉了。我让她停一停，先查三个月前的车祸，李念的那场车祸涉及两个系统，出租车调度中心和货运车调度中心，两边都把事故定为意外，毕竟货车打滑的证据无懈可击。我让她把两边的车辆行驶数据都调出来。

“伪造意外入侵一家系统不就好了吗？入侵两家系统留下的痕迹不是多些吗?”她看着数据撇撇嘴说，“虽然，痕迹也都被覆盖掉了，要查三个月前的事故，很难。”

我本就不指望入侵痕迹能有什么线索，我想确认的是李念那场车祸到底是不是意外，便问：“你知道十大重犯排第七、外号叫活阎王的那个家伙吗?”

“知道。”她像是听到怪声的猫一样抬起头说，“那个入侵智能机械伪装意外杀人的黑客。2043年5月被捕，现查明受害人十四名，十二名死亡，两名重伤，11月被判处死刑。我知道，你审讯过他。”

“看来你做了不少功课。”

“我知道他的一句名言：当你能控制的东西足够多，你就能把握住命运。”她得意扬扬地说。

活阎王是我的一个同事抓到的，他的案件曝光后，有段时间只要发生事故死人就都算到他头上，其实他的黑客技术并不厉害，高明的是他伪造意外的功夫。他的手法启发了一大批黑客，甚至我自己也用过。

这话我倒是没听过。他伪装意外一直信奉一条准则，用多个意外来构成事故才不会被发现。

我把她的外置处理器拖过来接到我这边，然后输入数据开始环境模拟。李念一家是上午七点十分从沙岭街出发，赶八点二十开往杭州的空铁。最优路线统计，乘出租车只需要半个小时就能到达沈市北站，当天有小雨，所以预估时间另加了十分钟。而货车是从新绕城高速上下来准备往城里送货的，两车在迎宾高架上相遇，那一段路恰好是自动驾驶优先路段。

在环境模拟中，李念一家人所乘的出租车要比货车快几秒。相遇时他们走在前面，两车相安无事地抵达目的地。我望着画面中的出租车停在北站广场的下客位上，没有人从里面出来。这场模拟具备当天的所有条件——天气、路面、温度、湿度，还有车辆磨损程度，唯独缺的就是人为因素。如果当天李念的母亲全程手动驾驶，情况会不会不一样？这已无从得知。

我把模拟重启，这一次输入成佳调出来的车辆数据，并与之前的模拟数据相比对。我没有使用快进功能，而是静静地等两辆车子在地图上缓慢移动，等到十四分钟时，数据开始产生差异，出租车开上高架时速度慢了八迈，等到上了高架后速度恢复正常，但车辆已经比上一次模拟慢了将近两秒。到十七分钟时，货车的数据也出现了差异，它的速度快了一些，从高速路到高架桥的路上，速度已经达到限速的临界点。所以当两车相遇时货车走到了前面。

此时，系统已经判断两车距离过近，出租车采取的方案是加速向左并入快速车道，而货车是加速向右进入货车专用道。也就是在这时，货车因转向时速度过快开始打滑，系统做出判断向左打方向，企图稳住车身，但车厢内货物发生倾斜最终导致翻车。两辆车在地图上变成了两个重叠的大红叉。

成佳一直沉默地看着，等到模拟结束后，她站起来说要回去查入侵痕迹。

我告诉她有更快的办法：“回去查一下全市有多少摄像头有我的面部资料，用你的特权把数据顶掉，然后看谁会出来补。”

24

“你确定不需要人支援?”成佳在我脑中问。

“有你电子警察整个部门还不够?”我给她打了打气，其实心里没底。

成佳把黑客的位置锁定在了英达街的一个小区里，那片小区是旁边软件孵化园的一部分，绿化做得到位，安保设施齐全，摄像头布成的网，三百六十度无死角，前后门都有保安和机械犬。要悄无声息地潜进去几乎不太可能，不过潜进去也不是我的计划。我检查了一下侯业伟的电击枪，确认没问题就在街角下了车。

成佳还没有找到黑客的具体位置，这小区有九栋楼，要进行全面清查会打草惊蛇。其实他要是够聪明谨慎，中午那场飞车失败后就应该转移阵地了，但我总得来碰碰运气，万一我运气好呢。

计划是我从大门进去，成佳把小区周边所有联网摄像头的信号都放进一个拟真的模拟空间里，同时她将使用我的形象同样从大门进去。摄像头扫描到我的面部信息会给那个黑客发警报，他自然会操纵自动机械来杀我，而成佳的同事会尽全力监控周围所有的自动机械，一旦他连进去，不仅会曝光自己的位置，他们还能锁死他的电子脑。当然，这是最好的情况。

那个没法检测到的防火墙先不提，那黑客会不会藏有暗哨谁也不知道。如果是我的话，我就会在小区门禁上和自己那栋楼门口藏下单独的摄像头。虽然成佳手下的那帮小子技术都不错，但那也只限于技术，碰到突发情况，他们那帮办公室宅男的神经够不够敏捷还犹未可知。一旦暴露，他就有无数次杀我的机会，这一次可没有老练的义体人打手来帮我。

该叫支援的。

“准备好了？”我把右眼的视觉共享给成佳，然后把电击枪揣进后腰。

“等一等，我得换点儿装备。”她把模拟空间的画面反馈到我的义眼中，我看到她把电击枪换成了一把改装成内置消音器的二九式军用手枪，还抽出弹夹把平头弹换成了穿甲弹。她把枪插进了腋下的枪套，我提醒她我并没有戴那种东西，她只得悻悻地把枪套消除然后把枪揣进后腰。

现在我的视野一半是真的一半是假的，现实与虚拟混合在一起。成佳的那把枪让我很不舒服，感觉像是那个小丫头钻进了我的身体里。

“好了，走吧。”她的声音很短，我感觉她应该是做了个深呼吸，电子脑通信总会让人有这种奇怪的想象，不知道她能不能感觉到我心里在打鼓。

我从街角走过人行道，沿着路径直走到门口，两只披着仿皮的机械犬看到我靠近立刻竖着耳朵抬起头，门后一个装着鹤型义腿的保安隔着锈迹斑斑的栅栏门问我找谁，我胡编了一个楼号和姓名，然后侧身面对做登记的摄像头。等扫描记录完成，保安按下开关，栅栏门便响起刺耳的刮擦声，打开了。进门时我想，他们有钱养义体人和机械狗，却不保养自己的大门。

短暂的对话让右边的模拟空间有了将近一秒的延迟，模拟空间、模拟机械反应是小意思，但模拟人就得靠成佳用我的义眼捕捉到的画面来逆向合成了。

“有情况吗?”我问。

“还没有，继续往前。”

我活动了下手脚往前走，小区里的草坪已干枯，冷风吹起一片沙土，我右眼看到的世界时不时会像未解析完成的影片一样出现短暂的放慢与快进，这种时间的错乱仿佛让凄凉的冬日陷入了死循环。从前是这样，以后还会是这样，永远都逃不了。

我继续往前，走过第一栋楼时，一只哈士奇外形的机械巡逻犬慢慢向我走来，没有任何光泽的眼睛让它看起来颇像只狼。我本能地感觉到了危险，身子紧绷起来，所以当它扑上来时我有足够的反应时间，我后退一步挥起义手把它打到一边。

成佳做得更好，她不仅打开了机械狗，还用左手掏出枪准确地打烂了它的头。

好吧，实际上我面前的狗并没有跳起来。他们成功拦住了信号，跳起来的是模拟空间里的狗。

之后我的视野割裂成了两个部分，我站着没动，但右眼中我回头一枪一个解决掉了从门口进来的两条机械犬，保安没有任何反应，像是给吓呆了，但我知道保安是真的没有任何反应。

这时我听到那保安在叫我，于是我转过身。

“知道怎么走吗?”那个满脸严肃的男人语气倒是友善。

我看着他，看着我的右手拿起枪瞄准他的头扣下扳机，看着子弹钻进他的额头带出鲜血和脑浆飞溅一墙。

“有了。”成佳发来电子通信说，“3号楼，2103。”

“知道，没事。”我转过头，尽力不去看那个保安和他的尸体。他好心想给我指路，我却给他的脑袋开了个洞。虽然那并不是真的我，甚至那都没有真的发生，但共享视觉的冲击还是让我很不快。电击枪在后面硌得我腰疼，上一次用枪是一年前还是两年前我已经不太记得了，可那些个尸横遍野的夜晚依旧还在我的脑海里浮现。

“我在你眼里就这么暴力?”我问。

“闭嘴，快走。”

模拟空间里的事态已经失控，一大批自动机械都开始向我靠近，等人的无人驾驶出租车，送货的货车，甚至放置久了落了一层灰的割草机都想上来割开我的脖子。

我加快速度，不过依旧让自己保持在走的状态。刚才的枪击已经让我与模拟空间产生了一些疏离感，如果那一切都是真的，我大概也不会紧张。因为我死定了，灵魂先飞出身体，自己跟自己有了疏离感。

成佳用我的形象左蹦右跳，像是动作电影里的男主角一样在毫厘之间躲开袭击。我尽量跟上她的速度，不超前也不落后，等到达3号楼门前，铝合金的大门自己开了。

一个穿着绒制家居服的女人提着袋垃圾推开门，这一刻所有围上来的自动机械都停了下来。我的右眼中门没有开，成佳终究还是慢了一步。我一边侧身闪进门里，一边叫成佳关掉模拟空间去控制电梯。当我踏入电梯轿厢后，她告诉我两个去入侵电子脑的同事都掉进了迷宫防火墙。

“我说过让你们小心的。”

“我知道，”她恼怒地嘟囔道，“我们总得试试。”

我心想，搞技术的人总是这样，总得试试，总得试试，可转念一想我干的事好像也差不多，总得碰碰运气。我再次检查了一遍电击枪，打开保险，确认随时可以开枪。

2103就在电梯旁边，我不指望很容易就能进去。成佳打开了智能锁，我拉了拉门把手觉得里面至少还装了一道机械锁。现在怎么办?隔着门喊话?她让我在门口守着等待支援。

我靠墙站在门边，楼梯间的门在对面虚掩着，楼梯间里并没有人，至少我没听到声音。跑二十一层下去也不太现实，况且成佳已经控制了外围系统，逃也逃不出去，等支援是上策。问题在于我并不太想让警方介入，逮捕的一系列流程很烦琐，成佳没有什么实权，如果让沈建邺发现，他就会把这个黑客攥在自己手里，把我踢出局。

我向上到了二十二层，2203没有人住，物业只锁了智能锁。成佳一边问我要干什么，一边帮我打开门。我走过客厅，一个采光很好的半开放式阳台在等我，与之配套的还有铁质的护栏和智能开启的窗户。

“告诉我，你已经控制了那家伙的家庭系统。”

“你疯了吗？那是二十二楼。你又不是义体人，掉下去救都救不回来。”

“没事，我在部队学过速降。”

但那是十几年前了，我在心里对自己说，然后从义手的手腕处拔出尼龙线和挂扣，穿过腰带扣在护栏上。这个小把戏救过我很多次，今天有可能会反过来要我的命，毕竟还没从二十二楼的高度用过这招。我先试了试挂扣牢不牢，接着又推了推护栏，感觉都没什么问题，有些全身轻量义体的人可以用一根尼龙线从楼顶急降到任何位置，可我不行，我只有一只右臂，倘若我掉下去，拉力会把胳膊从接口上扯下来。

我一翻出护栏，外面的风就让我打起了退堂鼓，大风吹起领子抽打我的脸。我左手抓住护栏，右手握住线，身体慢慢向后倒，直到确认尼龙线和右臂能拉住整个身体的重量才松开左手。现在我是以倒退的姿势站在楼外墙上，棕色的墙体像条路一样通往灰白的天空，路上除了玻璃陷阱还有风，而我只能靠一条细细的线才能站在这条路上。

当意识到这个问题后我的恐惧突然消失了。那个女人从楼顶跳下去时是什么感觉？是我剪断了她的线，还是她自己放了手？是不是放手轻松些呢？

我强压下脑中的思绪，一点点走下去。成佳打开了窗户，我扫了一遍客厅，里面空荡荡的，除了一台冰箱和门口的几袋垃圾外，跟楼上的没什么区别。我握着枪小心地翻进阳台，卫生间传来的冲水声让我心底一沉，有人。

“出来吧，我们谈谈。”没人作声。我思索了一下，觉得他大概不会有枪跟我对射，便迅速转到卫生间门口。有个男人，不，有个男孩正佝偻在马桶边上，他二十岁不到，脸发黄，脸颊和下巴上的肉不健康地向外突着，油乎乎的头发束在脑后，他穿着一身发黄的白色棉质家居服，手里抓着一个黑色的电击器。

“我不觉得那有什么用。”我动了下枪头，示意他把电击器放下来。

他看看我手中的枪，视线缓慢地扫向我。他的眼神很疲倦，像是无可奈何又像是如释重负。

“啊，终于来了。”他弯起嘴角说，“终于该结束了，是吗？”

“什么该结束了？”

“这场梦，这场噩梦！”他突然大笑着抬起电击器，几乎在同时，我扣下扳机。两根电击针扎进他的肚子，他立刻浑身打战软倒在地，可是他手中的电击器却没有掉下来。那玩意儿已经插进了他的后颈。

电流引起的痉挛还在继续，他歪倒在地上像是突发癫痫。马桶旁边放着一个拆开的外置处理器，我蹲下来检查了一下，存储器、网卡、CPU阵列，几乎所有重要部件都被拆除了。

我叹了口气无力地靠在门上。真是多亏了最新的纳米科技，现在什么玩意儿都能被扔到马桶里冲走了。

杨晨，十八岁，外置软件预备质检员，预备的意思是他年满二十岁才能上岗。而他是什么时候进入预备状态的呢，十六岁。成佳查出来了很多信息，其中最吸引我的一条是，杨晨从六岁开始就在育苗工程的自闭组接受实验性的治疗和教育。资料显示，他的治疗有三个阶段，六岁，十二岁，十八岁，但第二阶段刚刚开始就被迫中断了。那年我曝光了育苗工程买婴儿以及进行非法实验，他们被迫关闭了小组。

我盯着他的脸，抽搐已经停止了，但他的眼和嘴巴都极不自然地张着。如果我没开那一枪，他走得会不会安详一点儿？用电击器接后颈接口是最方便快捷的自杀方法，有些人甚至还说用这种方式自杀，死后会进入无拘无束的网络世界。起初这是一句反讽，后来不知道怎么就真的有人信了。

我清理掉了他身上的电击针。成佳叫来的民警到了后，我让他搜集屋内所有设备的存储数据。他大概把我当成了便衣刑警之类的人物，所以没问我是谁、凭什么指挥。

一路上，成佳都在问我杨晨为什么会自杀。她一直不停地问，好像坚信我知道答案。不过我还不太能确定。

走出小区时，保安朝我点了点头。我差点儿找他要烟抽。

25

我找到吴志鹏时，他正在自己家附近的自助餐馆喝酒。依旧是一个人，桌子上依旧有两套餐具。不过我可以肯定他等的不是我，也不是他的老婆和孩子。餐馆的环境投影系统似乎出了故障，收银台那里显示当前的环境是厦门海滨公园，蓝天、白云和大海确实都有，但时间却是固定住的。飞翔在空中的鸟和湛蓝的海水都纹丝不动，像是一张照片。只有吃饭的人和回转台看起来是动的。

我走进餐馆里面找了个靠里的位置坐下，吴志鹏发现了我，但他没有说话。我表现出对这番异景很有兴趣的样子四处打量，假装一不小心看到了他。

“呦，鹏哥，真巧啊。等人吃饭呢?”我过去跟他握了下手。

他面前的烤盘里已经摆满了五花肉。桌上没有啤酒，只有白酒，他说：“是啊。等个人。”

“男的女的? 女的我就不掺和了。”

“男的。”他乏力地笑起来问，“你有事吗?”

我想他这句话的潜台词是“男的你也别掺和”，但我假装听成了他在问我有没有时间。我说：“嗯，有点儿事。我打听到了一点儿关于那个开战车想杀曹向成的家伙的消息。”

我把椅子拉出来坐到方桌的一边。他“哦”了一声望向对面的位置，似乎对我的消息没有任何兴趣，不过好歹他还是问了我到底打听到了什么。

“部队那边抓住了一个人，好像叫什么……李念。”

他的脸一瞬间僵住了，就跟那片被定住的大海一样。

“你认识那家伙吗？”我装作随口一问。

“嗯？哦，是姓李，叫李念，不是那个什么理想之类的理念，我是说那玩意儿怎么还能被抓起来呢。”说完他就像讲了个很好笑的笑话似的大声笑了起来。他的笑声确实很有感染力，他一笑起来显得这种扯淡的借口还真就挺像那么回事。

“什么事情那么好笑？”一个温柔得像是妇科医生的声音插了进来。我转头看去，那个男人看上去不是医生就是老师，他一头碎发，一看就是精心打理过，个子不到一米八，脸干净但又不缺乏男人味，他的大衣像面盾牌一样在左手臂上挂着，身上是套讲究的灰色休闲西装。

我觉得他很眼熟，于是启动右眼的扫描程序去搜索前几日的记录，但扫描程序一启动就显示那个男人的面部轮廓跟吴志鹏匹配度很高。有那么一瞬间，我怀疑我的电子脑被黑了，要么就是义眼出了故障。因为我的左眼看那两个人是完全不同的两个人。怎么个不同法？简单点儿说，吴志鹏是圆的，不管是他的脑袋还是那身被脂肪撑得胀起来的夹克，都有一个弧度。而那个“妇科医生”无论是他得体的西装还是衣架一样的双肩，都是规整的直线。

他打量了我一会儿，然后问了我脑子里的问题：“我们是不是在哪儿见过？”

这么一说我倒是想起来了，说：“在医院，你带了花去看曹向成。”

“啊，对了，我记得你从病房里出来。”他把大衣搭在椅背上，接着看看酒杯又看看我，问，“你是曹向成的朋友？”

“我觉得他应该很不想认识我。”

“噢，这么说你是纪检委的?”说完，他笑着坐到了吴志鹏的对面位置上。吴志鹏脸上的笑容消失了。我偷偷打量，装作什么都没发现。

“我倒是很想查查他，可惜我只是个没工作的游民，去医院找他是去商量保险赔偿的事。你说倒不倒霉，有人要杀他，正主没死，死了三个保镖。那仨保镖中有一个是我老战友，被打得都没个人样了。家里剩下三口子人以后怎么办!”

这个谎言在我跟李念对话的时候就准备好了，所以这会儿说得很顺。“妇科医生”还是一脸波澜不惊。我猜他一定是听过足够多的谎言，而且也很清楚再热情寒暄的背后都是狡猾的把戏。

“商量得怎么样?”

“还不是让我去找保险公司呗，他们的老一套，肥的拖瘦，瘦的拖死。”我往椅背上一靠，期望自己的演技还没有退化，“您是在政府大楼高就?”

“怎么看出来的?”

“我不觉得医生和老师会第一个赶去给曹向成送花。”

他若有所思地点点头，把手朝我伸了过来。也许是刚从外面进来的缘故，他的手很凉。

“吴卫民。在社保局干活儿。”他做了自我介绍，然后指了指对面的吴志鹏说，“你能看出来我们是双胞胎吗?”

双胞胎?我说看不出来。

他露出洁白的牙齿笑道:“你肯定觉得我们俩有一个整过容。”

“我想应该是有人优化了一下自己不喜欢的部分，我就想去修下我的鼻子，弄小一点儿，免得有人看着不爽就想拿车撞我。”我说。

“你的鼻子挺好的。”他镇定自若，好像我中了圈套似的说，“我从来没整过容，修也没修过，虽然医生说我们是双胞胎，双胞胎也不是一定长得一样。”

“是啊，你从小往脸上抹的东西比我老婆现在抹的都多，如果还是这个德行那得多浪费啊。”吴志鹏的声音满是不悦。而我则心想，难道这么多年就没有一个人说过他们的面部匹配度很高吗。

“你们谁是哥哥，谁是弟弟？”我问。

吴卫民偏了下头指向对面。

“我面相比较老，所以我是哥哥。”吴志鹏一边说，一边把酒瓶伸过来倒酒。

吴卫民把手一横，挡住了瓶口，说：“别喝了，你想把我的肝也喝坏吗？”

“一杯，死不了人的。”

“那就说好了，一杯啊。”

他放开酒瓶转向我问该怎么称呼我。我说完自己名字后，他们同时笑了起来。

吴志鹏说：“你应该跟他混，比去工程队强多了。”

我陪笑道：“我不擅长搞政治，也不适合当官，我太喜欢自己动手了。”

“这才是当好官的材料啊。”吴卫民给我敬酒道。

说话这一会儿，回转台上转过来一套餐具，吴志鹏把碗碟和口杯放到了我跟前。他脸色有些发黑，情绪是强打起来的高涨。我们天南地北地聊了一阵，我能看出来他们的多次沉默都很刻意，这是在进行脑内通信的反应。我想要是有个监听器事情就会简单许多，不过回头一想，要锁定他们的频率并破解，估计这顿饭也早就吃完了。我在右眼里显示出了吴卫民的资料，他在社保局主管义体补助，是个油水很足的位置。

我想方设法聊到关于职位的问题，问曹向成限制义体的计划会不会降低他的生活质量。

“不会，如果限制义体的条规一通过，那赚得就更多了。以前也就能捞一点儿上面来的拨款。等一开始制定限制义体的规格，哪些义体能拿到补助就是我们说了算，那时候就该是义体厂家来给好处了。他们一个月赚的肯定是要比一年的拨款还多。”

“那可真是前途无量啊！”我看着他的酒杯说，“我要是不叫这个名字，就跟你混了。”

他礼节性地一笑，并没有直说我的笑话有什么不妥。

“这么过活不是长久之计，况且未来工作岗位会越来越少，需要补助的人会越来越多。但补助的条件呢，会越来越严格。到时候过不下去的人要找谁？找学校？找培训班？还是找义体公司？他们肯定会去找不给他们发钱的人。到时候我要是运气好还能下马走人，运气不好就得被拿去开刀了。”他抿了口酒，脸上的官相岿然不动。要怎么样让他现出原形呢？

“要是曹向成死了，你觉得谁会接班？”

“大概会从人大代表里选一个，要么从法院里抽个人出来。”他撇撇嘴表示自己也不知道。

“你不打算争取一下？”

吴卫民很克制地笑了起来。我很确信比起幽默来说，无知给他的乐趣更多，不过他也没有向我解释从科长到委员要爬多少楼梯。

“其实我打算过两个月就辞职自己去开公司。”他把筷子拿在手里说，“时代变化得很快，留在那老旧的系统里没有什么未来。”

“听听，”吴志鹏冷笑一声，喝掉半杯酒说，“知识分子说的话就是不一样，张口闭口就是未来、时代、系统，像我这种没文化的人就只会说以后怎么样，过两天怎么样。”说完他一仰头喝掉了剩下半杯。

“哼，未来，什么未来，我们不就已经在未来了吗？”听到这话，吴卫民正气的眉毛拧了起来。

我想听听他能讲出个什么高论来说服自己的哥哥，结果他嘴巴刚刚张开，四周的光芒突然开始闪烁，定住的时间随着闪烁像卡顿的老电影似的开始流逝，投影系统终于开始崩溃了。海滨公园的景象闪了三秒便消失了，餐馆显出了原貌，一间不到三十平方米的小屋，灰白仿瓷墙面，天花板泛黄、没有吊顶，投影锚点整齐地排列在墙面上。由强化玻璃罩着的应急灯洒下了惨白的光芒。

或许是这突然的变化打乱了他的思维，他欲言又止了一阵，最后叹息说："我还有点儿事，先告辞了。"

他站起来取下自己的大衣，再次与我握手。"陈先生，很高兴认识你，我相信以你的能力日后大有作为，有机会希望你能为我工作。"

"那真是太好了，就是不知道你的公司以后打算做哪方面的事。"

"电子脑教育。"

"你觉得我能做什么？我好像能教的也就只有失业心得。"

"一个当过兵、当过警察，还懂技术的人做什么不行！"

他要是不那么打官腔，我倒还有可能信这话。现在我觉得他根本就不想再看到我的脸。他毫无留恋地走了出去，到门口时，他回头望了一眼自己的哥哥，他眼里的孤独与哀伤一点儿也不像是要去创业的样子。吴志鹏低头看着烤盘中的五花肉，自始至终都没看他一眼。我等了一会儿，顺手把肉片都翻了面，然后问吴志鹏是不是跟自己的弟弟关系不太好。

"我们有代沟。"说这话时，吴志鹏的脸上并没有笑容。他把自己的杯子重新倒满，接着又把我的小半杯添满，说，"从小他就比我聪明，所以他上学的时候我上班，他考试的时候我跟人喝酒吃饭，他在考虑未来的时候我在想结婚买房。当年打起仗来的时候我还想搬到南方去，人家一句话'这仗打不了多久的'，结果还真就不到一年就打完了。我估计我是没等脑子长完就急着从娘肚子里爬出来了。"

他的声音被酒精拉得很长，嗓门也越来越大。我不知道该不该劝他别再喝了，他有个机械肝，所以不可能喝醉。但就算他身上是原来那个有肝硬化的肝我大概也不会多说什么。我还有很多事要知道。

"也许只是性格问题。"我说。

"你不用说这些好话。我承认，我是靠着他才混到今天的。你要找工作的话应该跟着他。"

"如果我是一个会做长远考虑的人就不会落得今天这步田地了。"我喝下一口酒，让那柔绵的液体带着暖流化进全身。

"上次我没有问你的手和眼睛是怎么搞成这样的。"他按了按眉心，脸上因酒精而起的红潮迅速消退，"那时候我觉得你在唬我，你就是想从我这里捞笔钱。"

"我怎么捞你的钱？难道你身上带现金，我要敲你的脑袋？"

"我还以为你是知道那点儿事才来找我的。"

"哪点儿事？"

"保险。你没听说过我的工程队死的人特别多吗？"

"知道点儿，我听说他们都在别的地方过上了好日子。"

"也不是所有人。"他叹了口气瘫在椅子上，眼睛无神地盯着烤盘里几片已经发黑的培根，说，"有些人是真死了，而且不是意外。"然后他拿起酒杯打量着杯底剩下的几滴酒，我等着他给我答案。他接着说，"你以前当过警察，除了抓罪犯，你见过那些自杀的人吗？"

"见过不少。"我说。而且有一个改变了我的一生。

"你觉得自杀好还是谋杀好？"说完他闭上眼睛笑了起来，"好像这两件事都配不上'好'这个字。"

我叹了口气说："你想说什么我知道。谋杀有时候对别人来说是个意外，你的朋友、哥哥姐姐、弟弟妹妹、老婆或者孩子在错误的时间、错误的地点干了错误的事，结果惹上杀身之祸。刚开始的时候你会觉得自己有责任，认为如果自己做了什么事就能避免，但久而久之你就会接受，你会认为是命中注定。但自杀不一样。"我突然感觉一阵胸闷，不过酒精帮了我的忙，把它化开了，接着说，"自杀会一直让你有责任。被谋杀的人会被缅怀、被原谅。就算你恨那个人，他死了，一切都是过眼云烟。但自杀的人总是会成一种忌讳。这种忌讳会引起连锁反应，让周围的人觉得自己有罪。我宁愿去追捕全副武装的杀人犯也不想面对一个想自杀的人。”

“连锁反应。这词真是不错。”他抽冷子似的笑了一声，说，“我的工程队里有不少都是十年前为了住公租房而假结婚的，十年了，他们都觉得有了小孩以后就假戏成了真，但假的就是假的，成不了真。把两个为了钻空子的人关在一个笼子里会发生什么？

“他们会互相残杀。”我把他想说的答案说了出来。

“没错，有的家伙杀了自己，有的杀了老婆孩子。”他缓慢地说，“我手下都是帮尿蛋，谁都不敢杀。但是想想看，他们在工地上瞎忙活一天，回到家老婆和孩子却问，‘你为什么不去死？’第二天他们不是忘戴了安全帽就是跑到房顶上去散步。然后真就有那么一两个人掉下来变成了一笔保险金。接着就是你说的连锁反应，人人都开始模仿，好像跳楼成了潮流。他们有的住进了实验房，有的销声匿迹，有的干脆就真死了。无论如何，他们都从那种生活里摆脱了出来，提前实现自己的价值，透支了未来。”

他给自己倒满酒，顺手关掉电烤盘，上面的几片培根已经成了黑炭。他继续说：“透支了未来。这话我弟老早就说过。打仗那会儿我在工厂管一条造机械手臂的流水线。那时他就知道了，我们在透支自己的未来。我想很少有人能掌握自己的未来，是不是？只有足够聪明才能把握趋势。他是聪明人，他知道跟那帮做软件的学生搞好关系，说辞职开公司就能辞职开公司。你我都是念旧的小人物，被时代牵着鼻子走。要注射电子脑就注射电子脑，要装义体就装义体，没有太多选择的余地。”

渐渐地，他的话里醉意越来越浓。但这没有持续太久，机械肝检测到酒精浓度到达警戒线就会自动开始降解。他能享受的醉酒时间很短。

“你看，我只是个酒囊饭袋，但现在却连喝醉的权利都没有了。”他放下空瓶拉开夹克的拉链，一个圆滚滚的肚子凸了出来。然后他点了几下桌子上的菜单，转台上传过来了一瓶青岛啤酒和一瓶二锅头。

“我知道你是来干什么的。”他把啤酒给我，白酒给自己，然后说，“其实在我看来，喝酒跟打什么电子战是一样的。反正都是搞到对方分不清真假。”

冲他这句话，我把白酒拿过来给自己倒上了一满杯。

我不知道喝了多长时间，总之我在意识还清醒的时候起身告辞。外面天色微暗，即使冷风不住地往脖颈里灌，我依旧感觉全身都在发热，酒精甚至让我的右臂都染上了些许暖意。我的脑子里有很多事情都串起来了，这让我感觉很好，我不仅没有喝醉，还找出了真相。但等我走了一会儿就感觉头昏脑涨，像是被人兜头打了一记闷棍——喝醉的人不都这样吗？觉得自己无比清醒，觉得自己掌握了宇宙的真理。

我站直身子试着走直线，试着回想很多年前军训时走的正步。我做得应该还不错。如果我走歪了，走到两边的机器人专用道和无人行车道上，会有机器提醒我。机器总会提醒你做得对还是不对。

有很多事情我需要去实验康复中心证实，不过今天时间已晚，估计他们都已经下班回家吃完晚饭，然后在“马尔代夫”冲浪了。我想不出来今晚该干什么，就这么一直往前走。路过一座天桥时，有个穿着破烂棉袄、胸前挂着张二维码图片的老头过来作揖，扫一下就能帮他几块钱的忙，给五十就能听段状元媒。我给了他五块钱现金，挥手让他走开。他对金额很不满意，于是他在我身后唱起了《千忠戮·惨睹》：

收拾起大地山河一担装，四大皆空相。历尽了渺渺程途，漠漠平林，垒垒高山，滚滚长江。

我没等他唱到“受不尽苦雨凄风带怨长”就拐过了街角。我敢说他不是自己在唱，他只不过在电子脑里拷了音频然后用嘴里的小音响做做样子而已。

或许是酒劲上来了的原因，越走我的脑袋越晕，最后不得不扶着一棵开始掉叶子的水杉停下休息。那些串起来的线索也被糅合成了一团。我努力想把那团乱麻再理出个头绪来，但却越扯越乱，刺杀、保险，还有育苗工程全部缠在了一起。我抬起头想把脑子清空，这时义眼捕捉到一公里外一栋没建好的大楼上有个人正在往下坠落。我把义眼的倍数放大到足够看清那个人的脸，他在笑，双臂像是要拥抱新生活一样大张着。我的视线随着他直坠地面，没法判断他是人还是类人机械。

他摔在地上的声音不太响，就像一把羸弱的鼓槌落在大鼓上，回响空洞而短促。

我一时没有反应过来，脑子里空空如也，坠楼的地方离我很远，但感觉起来又好像那人就摔在旁边。很快，义眼焦距的迅速变化引起了反应，一阵眩晕从脑子一路卷进胃里。我弯下腰把胃里的东西吐了个干净。

接下来，我的意识开始变得模糊不清。我继续往前走，酒精在身体里发酵，暖洋洋的。我仿佛回到了警察时代，半醉回家会有一顿数落和一杯热茶等我。我有一个目标，走回去，走回到过去。但又该往哪儿走呢，往前还是往后？

我不知道自己走了多久，当我感到脚底开始疼时天已经全黑了，我看到前面有个散发着淡白色光芒的招牌——九号花坊。看清楚那几个字后我突然停住不再往前走。我的目的地不是这里。为什么会到这里来？我想转身离开，但为时已晚。单明丽正隔着橱窗朝我打招呼：“你就不能白天来吗？大忙人。”

她打开门让我进去。我站在门口看着那身棕色围裙半天没有动。她歪着脑袋很是疑惑，不过很快她就用鼻子发现了问题，问：“喝酒了？”

“嗯。”

“不要发酒疯弄坏我的花就好啦。”

她居然只担心自己的花？我愣在门口，开始担心自己是不是已经开始发酒疯了。在我被警队开除以后，有段时间我给林慧做事，干的当然不是什么干净活儿，那段时间我常喝到醉酒的边缘，有一次我想从一个人口中打听一些消息，但又不想费太多脑子，于是就用酒瓶套住他的手指一根一根地掰断，当时我的神志不算太清楚，掰大拇指时差点儿把他的手掌整个劈开。我想起过去醉酒的种种丑态，回过神时她正用湿纸巾擦我嘴边的污迹。

“你这是出去找工作了？”

“唔，嗯，差不多。”从某方面来说她说得不错。

“还没正式上班就开始有饭局了啊。”她抿起嘴笑着，“先进来坐吧，我去泡杯茶。”说完她转身回到小折叠桌旁开始烧水。

我走进店里坐到她经常坐的吊椅上，对于男人来说这椅子太小，而且下方悬空，我不得不难受地用脚撑住身体，吊篮还是在不停打转。我玩了一会儿杂耍，然后发现她嘴角抿成一条线正望着我，看起来像是在强忍笑意。一瞬间我像第一次到女朋友家一样，窘迫得只能挠后脑勺。

她用一个黑马克杯给我泡了绿茶。我在她的卫生间里洗了把脸顺便漱了口，出来时她已经捧着一个白陶瓷杯重新占领了自己的位置。她仅仅用脚尖就能让自己稳如泰山。

“你是怎么坐在那儿还不担心会翻过去的？”

“习惯就好，我练过瑜伽。再说，我可比你轻多了。”

“好吧。”

我坐到她准备好的折凳上，让思绪从过去赶回来。它给我带了一些东西，一些画面，我想起我的前妻在怀孕的时候就喜欢捧着陶瓷杯窝在沙发上看我叫不上名字的明星演真人秀。她比单明丽矮十厘米，但头发长一些，她怀孕期间，那头长发总是像海藻一样贴在她的后背上。那时她总会说——我好想死。

“看来某些人是喝多了以后就成了不说话的类型。”

“我受过抗审讯训练，喝得越多，话就越少。”

“嗯，看来我判断失误。你的胡话还是挺多的。”她把腿抬起来让自己跟着椅子旋转，说，“你最好老实交代，不然我就要用刑了。”

“求你了，千万不要用色诱。”

“哈，色诱，你会讲点儿真心话吗？”

真心话？难道你想听我讲前妻怀孕时的那点儿鸡毛蒜皮的事？我盯着茶包半晌不语。

“有个困扰我很久的问题。”我望向她的手问，“你喜欢现在的生活吗？”

“现在的生活？”

“你有自己的店，你干自己喜欢的事，你不用为钱发愁。”

“如果你一定要这么问的话……”她停止旋转抬起头，天花板上是投影出来的湛蓝天空，说，“其实我也不知道。我有自己以前想要的一切。但说实话，开花店什么的，以前我只是在脑子里想，并没有真的想去做。结果突然有一天他出事了，我有了一笔钱，又不知道自己该做些什么，想来想去，发现脑子里就只剩下了开花店这件事。”

“如果让你选，你想过以前的日子，还是现在的日子？”我问。

“如果一定要选的话，”她低下头看着自己的鞋子说，“我还是希望他能好好地跟我在一起。”

“嗯。”我脑袋一热，站起来走了。

26

第二天，我从自己的床上醒来，感觉非常糟糕，仿佛四周飘浮着毁灭的气息，我一动就会发生爆炸。我没有宿醉得头疼欲裂，不过依旧浑身不适，身体里所有的部件似乎都慢半拍，腰间还起了一大片瘀青。疼痛我可以忍，但胃里咣当得难受，让人崩溃，好像还有一半东西没吐出来。昨晚我裹着大衣就睡了，浑身上下满是酒和烤肉的味儿。洗澡之前我把衣服全部丢进洗衣机。

冲澡时我把头低在喷头下，左手撑住淋浴房的玻璃，右手拿一块毛巾敷在瘀青的位置。我把昨天打散的线索一个个重新串起来，连成一张网，而在中间的，正是铁西区的那家实验康复中心。我肯定会碰到麻烦，可能是一具尸体，可能是另一个被洗脑的人，也可能是个套了身份的人偶。什么都有可能。

我关掉水阀，把发散的思维收束起来，集中思考实验康复中心这个地方所代表的含义。实验康复中心的前身叫综合维护中心，在电子脑和义体刚开始普及的时候，如果身上的机械部件出现异常就得上那儿去。一旦碰上电子病毒爆发，那里就会排上长龙，然后我们就会被派去维持秩序。义体失控的人常会引起骚乱，似乎失控的义体也会让人的精神失控。有人会自残，有人会大肆杀戮。有时真的很难分辨到底是人先崩溃的还是义体先失控的。

后来防火墙和安全限制逐渐完善，义体公司规范市场，统一了规格，维护的工作就转交给了公司自己的维护部门，而电子脑检测则交给了医院。维护中心大部分被改建私营，剩下一小部分改名叫实验康复中心，负责接收从实验房康复的病人。政府自然不会放着设备这么齐全的地方去搞福利，所以它又被安排负责义体登记和职业技能认证。然而互联网与电子脑接驳以后这些事又都可以直接在网上办了。如今，实验康复中心面临跟医院整合的境况。我猜政府大楼里的那帮人应对科技爆炸的标准策略就是：搞出一个新部门来，然后再一点一点把它整合、关停。

我坐上出租车前往实验康复中心，脑子里不停回想着吴志鹏的话：我们在透支自己的未来。类似的话信贷公司是这样说的：提前享受你的未来。车窗外，未来虚影在阴沉的天空下放出薄薄的光晕，表情呆滞、穿着廉价睡衣的人在蜂巢屋旁游荡，好像是跌落舞台的木偶。这是一个虚实难分的时代，这是一个痛苦与幸福都被无限放大的时代。狄更斯如果活在这个时代肯定还会写出那句话——这是最好的时代，也是最坏的时代。

车子停下后，我把脑中这些多余的情感扫走，还有麻烦要解决。我知道要找谁，成佳给过我一个名字，王宏安也给过我那个名字。我一边推开康复中心的玻璃门，一边在右眼里放出那个人的资料。

付红云，三十二岁，离异，有个儿子，不过判给了丈夫。她的图像资料是离婚那段时间更新的，图像里的她眼眶发黑，刘海儿软绵绵地趴在额头上，虚弱得毫无生气。现在她好多了，虽然眼睛周围还是黑的，但那是眼影。我隔着钢化玻璃小心观察，她有一张伶俐的瓜子脸，披肩发烫过，暗黄的皮肤有粉底遮盖，丹凤眼和狭窄的眉让她有一种特别的气质。这种气质让她看起来很烦躁，但对于一个在事业单位上班的人来说，这种气质实在是再适合不过了。你要查东西？不会去那边的自助查询机上查吗？你要办业务？不会自己在网上申报吗？她只要往那里一坐，你好像呼吸都会给她添麻烦。一个受虐狂可以从她身上得到极大的满足，但要娶她回家过日子，迟早都会把人逼疯。

我坐在空无一人的大厅里四处打量，她和另外一个圆脸的双下巴女人坐在柜台里面，两个人连看都没有看我一眼。墙壁有点儿发灰，没有投影装置，大门口和消防通道的门口各有一个身着黑色制服的保安机器人，它们的手上缠着一圈软橡胶，那种型号我很熟悉，弱点也一清二楚。

我等了一会儿，一直等到双下巴女士去卫生间，我才到柜台前敲了敲钢化玻璃。

"什么事？"她的声音低沉而且没有半点儿客气的意思。

"我想查一个人在实验房的测试记录。"

"他从哪个实验房出来的你去哪儿查。"

真是标准的回答。

我慢腾腾地敲着硬邦邦的前台说："问题是实验房那边告诉我记录已经删除了。"

"是吗？"她终于朝我看了过来，说，"那你来告诉我，既然都删除了，我怎么帮你查？"

"那个人是在实验房用模拟软件学的修理技术，技能认证是你们这里认证的，我想，在进行技能认证的时候你们这里会留一份备份。"

"给我名字。"

我贴着窗户上的传声筒给了她名字。她拔出连接线接到面前的显示器上，过了一会儿，她告诉我没有备份。我问是没有还是被删除了。她说不知道。

"你知道是谁把他分配到战车修理厂的吗？"

"调查内部记录可不在我的职责范围内。再说我也没有权限。"

"我可以给你授权。不过你真敢把结果告诉我吗？"

她轻咬住嘴唇，神情开始变得警觉。我赌她不会跟我要身份证明，到她开始偷偷瞄四周的探头还有门边的机器人时，我知道赌中了。她让我等一下，然后收回连接线从柜台后面出来。

“我们能不能换个地方谈这件事。”

我点点头跟着她来到了消防通道。这里没有摄像头，同时空调的暖风也吹不到这里。她没有拿大衣，身上只穿件衬衫和一套灰色的职业西装。我关上铁门，她抱着双臂转过身。

我说：“你拿了多少钱？”

“什么？”她皱起眉头望向我。

一开始我觉得她在装傻，想了想大概是我跳过了太多的提问步骤，我问：“把李念分配到修理厂你拿了多少钱。”

“这个很重要吗？”

“我得掂量掂量你的胃口。”

“你是打算把我喂饱？”她松开眉头，粉红的舌尖伸出来舔了舔嘴唇。我闻到了一股薰衣草和烟草混合的味道，这味道算不上好闻，但我却发现自己连做了两次深呼吸。

“我能给你的钱恐怕不够你买副手套。”

“现在的警察有这么穷吗。还是说，你是个真正的好警察？”

“是啊，我想也许你能补贴给我一点儿。”

她冷笑了一声，从兜里掏出包红塔山。她把烟含在自己的嘴里点着，然后用两只修长的手指夹住烟朝我示意。

“戒了。”

“你老婆可真是厉害，管得住你抽烟。她是不是挣得比你多多了？”

“我离了。”我盯着她的眼睛说，“你在带儿子的时候也抽烟吗？你是不是因为这个离的？”

她咬紧牙关，一瞬间愤怒之情都写在了脸上。不过她没有立即发作。

“你到底想问什么。”

“谁给你钱让你把李念分配到修理厂去的？”

“你会害死我的。”

“除了你的收入会降低以外，我觉得对你没什么坏处。”

“这就会害死我。”

“怎么，你不用牛奶洗澡就会死吗？”

“你个自以为是的王八蛋。”

她解开西服的扣子，接着解开衬衫的扣子露出文胸。我可以看到她胸腔有一个拉链一样的长伤疤，而她的左胸上方有一小片皮肤发青并且塌陷了下去。

“机械综合征？”我嘴巴有些发干，我问。

“不然呢？还能是文身？”她看向一边，说，“先是肺癌，后是机械综合征。当初我就该把两个肺叶都换掉，但我连做无疤手术的钱都没有。你想让我怎么办？去住实验房那透明棺材吗？”

她狠吸一口烟，丰满的胸脯挺立了起来，说：“我需要很多钱。”

“也许你该先戒烟。”

“那你不如直接把我杀了算了。”

“那个安排李念去修理厂的人给过你很多次钱吗？”

她冷冷地盯着我没有说话。我就当是默认。我告诉她刺杀失败的事情，告诉她如果那家伙还有点儿脑子，以后就不会再跟她搭上半点儿关系。她对此没有太大的反应，似乎早有预料。这让我了解到了一些事。

她想了好一会儿，或者说，她表现出自己经历了很长的心理斗争的样子。

“好吧，我告诉你。”说着她把烟丢到地上踩灭，“你过来一点儿，我怕被人听到。”

“需要多近？也许我们可以建立脑内通信。”

“一小步就好。不用那么麻烦。”

我们之间只有三步的距离，她站在墙边，脚上的低跟短靴很漂亮。

“这一小步可是文明的一大步。”

我上前两步，伸手帮她把衬衫的扣子扣上，等我扣到胸口那一颗时，她猛地挡开我的手向后退。我看着她脸上的惊愕，摊手微笑说：“我想，你最好还是不要把希望都寄托在那种老式机器人身上，它们经常会出故障。就算不出故障，它们的信号频率也很容易破解。”

“你到底……”

“你会呼叫那个机器人对吧，我离你那么近，你又衣冠不整。我会落得一个行为不轨的罪名，搞不好还会是强奸未遂。机器人可不会卖面子，对吧？我要是警察，这条记录可会让我下半辈子都很难过。问题就在于，我不是警察，也不是当兵的。而那个机器人也不会进来。”

她终于意识到了危险，呼吸变得急促而沉重，身体开始微微颤抖。我盯着她站住不动，而她死死地盯住我的右眼。无言的对视让气氛变得很奇妙。渐渐地，我在她的眼里发现了一丝狂野的光芒，这让她的颤抖看起来像是极度的兴奋。等她再开口时，她整个人都散发出了一种奇异的魅力。

“你就会干这些事？恐吓得了绝症的小女人？”

“我在帮你。我知道你在想什么。你很聪明，自己拷贝了一份实验记录，是准备勒索那个人，对吧？你以为只是一次普通的保险诈骗，没想到却扯上了刺杀。你害怕了，不知道该不该去勒索一个会搞刺杀的家伙。幸运的是你还没有去，搞刺杀的人最喜欢灭口，他杀掉一个就会想杀第二个，杀到最后他会连自己养的狗都不放过。”

她低下头，抬起眼，睫毛下无助的眼神探了过来，说：“我得说，你真的很擅长吓唬小女人。”

“如果你是小女人的话，我也不会吓唬你了。”

“怎么，你还指望我扑到你怀里求你保护我吗。”她长长地叹了口气，把衣服扣好，然后又给自己点上了一根烟。

“你不是警察，也不是当兵的。那你为什么要来查这件事。有人给你钱吗？”

这个问题真是问倒我了。沈建邺没给我半毛钱，王宏安给了一批货，不过我也不是受益者。让我有收入的只有林慧，而她要的东西已经有了着落。为什么我大费周章地到处乱跑，还来恐吓一个小女人呢？

“我只是比较无聊罢了。”

“跟你的那只眼睛有关系？”

“眼睛？”我有些诧异她为什么会这么问，“也许我只是得了白内障，而我的钱只够换一只眼睛。”

“少来了，你有三十五岁吗？再说白内障又不是不能治，很少有人会换掉自己的眼睛，就算必须得换也不会换个这么丑的白眼。”

我不得不在心里承认，她真的很聪明，而且胆子也不小。更要命的是，我发现她已经开始打动我了。

“有个家伙因为这件事自杀了。”为躲开烟味，我往后退了一步，继续说，“我不喜欢自杀，这个理由可以吗。”

“为什么？是因为那个人跟你……不，我不该问的。抱歉。”

“没关系。”

我想抽烟想得要死。烟瘾打开了我的话头，我告诉了她很多她没问的事。五年前，我调岗到刑警队没多久，有一个女人拜托我帮她找被偷走的儿子，那时我正好在追查一个私卖新生儿的案子。我没想到那是块烫手的山芋，孩子的父亲还有医院都不跟我合作。不过巧的是我妻子当时刚好生下女儿，售卖新生儿的中间人正好找到了我妻子。于是我顺着这条线挖出了一个经营教育业的集团，还有一个精英培养工程。

走到那一步的时候，所有人都在给我压力，劝我放手。我在走投无路下只好偷偷潜入那个集团去偷他们买新生儿和进行非法实验的证据。在那次潜入中我丢掉了自己的右眼，还有右胳膊。因为那次潜入，我被警队开除，帮我传输资料在网上曝光的同事被降职并调到了南方。同时我的妻子也看出我并不是一个把家庭放在第一位的男人，跟我离了婚。

付红云没有插嘴，只是静静地听。等我讲完时，她已经给自己点上了第四根烟。

“这么说，五年前曝光育苗工程的警察就是你？”

“看不出来你还关注这种新闻。”我苦笑道。

她垂下眼帘看着地上的几个烟头，身体为了抵御寒冷缩成一团，这一刻她倒是真有些小女人的样子了。

“那年，我也刚把儿子生下来。育苗计划的人也来找过我。”她停了一会儿继续说，“说实话，我当初差点儿就把儿子卖给他们了。”

“我理解。有很多人就是主动把孩子卖掉的。收买人说那个计划是个福利项的教育计划，不仅不用花钱养孩子，还能得到一笔补助。”

“我觉得不只是钱的问题，很多人自己都还是个孩子，还没有做好准备去养另外一个孩子。”

我说：“这种事情是永远都不会准备好的。”

她没有说话，叹息随着烟气缓缓飘散。沉默让我有一种很舒服的感觉，就跟刚做完爱时的拥抱一样，不必有太多感慨。她抽完第四根烟，抬起眼，视线紧逼着我，好像在说要开始第二回合。

“有些新闻说你跟那个女人产生了感情，这是真的吗？还是说，这就是你追查下去的理由，你爱上了她，所以放弃自己的家庭一追到底？”

“你觉得是就是吧。”我闭上眼睛不准备作答，但不知是什么让我改变了主意，“她在知道孩子是被她丈夫卖掉的之后就跳楼自杀了。我不知道这能不能算是理由，也不知道我到底哪里出了问题。从看到她从天上落下来的那一刻，我就没法再继续原来的生活了。”

她抽出第五根烟，不过犹豫了一下没点，问我："戒烟的诀窍是什么?"

"多给生活找点儿乐趣。"

"你现在算是在给自己找乐趣吗?"

我耸耸肩，她这根本就不算是问题。之后她把烟塞回盒子里，告诉我给她钱的人是吴志鹏。他在三年前就经常带一笔钱来让她帮忙补登记身份信息和进行额外的技能认证以提高保险金额，有时他也会安排人到一些特定的工作岗位上。

"我估计实验房和保险销售那边他都有回扣可以拿。他在其他的康复中心肯定也有人。"她说。

"李念那一次有什么特别的吗?"

她回忆了一下说："我在调取资料认证技能的时候，他特别嘱咐我完事以后要把从实验房调来的资料删除。那一次他给的钱很多。"

"给了多少?"

"够我把胸前的疤去掉，但不够换另外一个肺。"说着她撩开头发，从后颈的存储器里取出一个数据芯片。"把这个给你以后我是不是得买张机票出国躲一段时间?"

"不用，你只要照常坐在那里摆出一副公务员的样子，不要让人靠近就好了。他们今天又损失了一个杀手，应该会收敛一段时间。不过晚上还是不要乱跑，事情结束了我会告诉你的。"

她走到我面前抬起头问："我要是死了你会帮我报仇的，对吧?"

"我希望你好好地活着。"我伸手去取芯片，但她却把手又藏回了脑后。

"这话可不能乱说，是个男人都会给女人报仇。好好活着可不简单。"她盯住我的眼睛说，"你能给我些乐趣，帮我戒烟吗?"

"我还以为我讲的笑话已经够多了。"

"是啊，我都听烦了。你长着张嘴好像就只会说话。"

“那你还想我做什么？”

“一定要我说出来吗。我还以为你是很主动的类型呢。”

她抬着头靠近我，温热的呼吸吹在我的脸上。她没有闭眼睛，我想她应该是不闭眼类型的。但等我搂住她的腰吻上那片深红的嘴唇时，她还是把眼睛闭上了。她用力地回应我的吻，好像要把我的嘴唇咬下来。我品尝着她嘴唇上的烟草味，她似乎很不甘心，双手像套上索似的搂住我的脖子，而舌头如劫匪一般顶住我的牙关。我的舌头与她柔软的舌尖缠斗在一起。她的气息也带着烟草的味道倾入我的五脏六腑。我感觉在抽一根上好的香烟。

我们在寒冷的通道里斗到忘乎所以，直到双下巴女士过来找她。

27

诈保的事，该知道的我都知道了，虽然有些细节还很模糊。关于刺杀，我只需要再跟吴志鹏吃顿饭、逼他摊牌，这次我想地点可以由我来选，不吃味道太重的东西，也不喝酒。当然，做这些的前提是他没有跑。我从实验康复中心出来五分钟后，警方的系统提示我吴志鹏订了一张机票，三小时后起飞去日本，而他的出行权限已经被警方加了暗锁。于是我立刻前往他家，无论如何，在机场摊牌都不是个好选择。得先把他的心思从国外拉回来。

我企图整理思路，想清楚吴志鹏在刺杀中所扮演的角色，但口中的烟草味却总是分散我的注意力。我忍不住去回味那个美妙的麻烦。付红云说了很多自己的事情，她说生下儿子以后才发现自己并不想老老实实地当一位妈妈，于是哺乳期还没有结束就疯狂了好一阵，后来倒霉地患上了肺癌。她不怪丈夫带着儿子离开。然后她问我有没有怨恨过。我告诉她没有，从我打定主意去潜入的时候就已经失去自己的家庭了。

我调整了下呼吸，开始查看她给我的资料。一开始我以为实验记录里会有很完整的洗脑操作，比如大量读写记忆分区和大剂量的激素调节。可惜实验记录表明，张翰只做过基本的情绪治疗。我拿了一些其他的治疗记录反复做对比，也是一无所获。重复的对比工作让我很烦躁，我总是忍不住去想付红云的嘴唇，还有她在我耳边说的一句话："我们都是抛弃家庭的混蛋！"

突然间，我的脑子里出现了一个推测。我马上给李广寒发信息，问他"灵魂锚点"能不能用作洗脑，他破天荒地用脑内通信做了回复："严格来说，只要是与电子脑相关的技术都可以用作洗脑。"

"这么说，脑内通信也行？"我问。

"当然。"他很少会表现出不耐烦，但在脑内通信时我能感觉得到，他继续说，"还记不记得以前那个审问的小把戏。天外之音。"

我记得那个把戏，不给提示建立单向通信链接，然后把输出的声线调得跟嫌犯差不多，在嫌犯的脑子里告诉他坦白为好，或者重复犯罪细节激起他的反应。简单点儿说，就是假装成他自己脑子里的声音。

"我还以为那只是个骗术而已。"

"这种直接的语言信号比耳朵听到的要更容易影响意识，美国都开始准备立法限制使用脑内通信了，你不知道吗？"

"我已经很久没关注法律之类的事了，这玩意儿变得比网络电影的节目单的更新还快。还是说说'灵魂锚点'用作洗脑该怎么操作吧。"

"技术方面的事我得保密，不过你要问操作方式的话，我得告诉你，现在的'灵魂锚点'和早期的记忆分区一样，能读出数据来，但是要写进人脑里还需要非常复杂的操作，而且最重要的是，'灵魂锚点'是人的思维公式，现在要人工合成特定的思维公式并反植入大脑还实现不了。毕竟人脑也有一个排异反应，如果植入的思维与原本的思维差异过大就会引起意识混乱。"

"那假如是把一个人的'灵魂锚点'复写进另外一个人的脑子里呢？"

"理论上是可行，但肯定会产生排异反应，除非……"

"除非两个人的各方面情况都非常相似。"我说。

"这……有点儿太理想化了吧。"他语速慢了下来，这是大脑在飞速计算各种假设的信号，“而且，如果两个人的情况非常相似，你怎么能判断‘灵魂锚点’的写入是否成功了呢？”

“只是一个假设。”

其实我没必要知道成功与否。我道了谢，关闭通信网络。车子驶进了棋盘山下的一个别墅区。一个小块头保安拦下了车子，我降下车窗告诉他我是来执行公务的。他没多说什么，过一会儿我就知道了原因。

吴志鹏位于棋盘山下的别墅算不上豪华，但也不是普通人能住得起的。那房子上下两层，第三层露天，是经济型的。他有两辆车，一辆奥迪轿跑，一辆吉普。还有一辆哈雷电摩托。停在门口的崭新警车肯定不是他的。我从车上下来时，他正从家里往外走，后面跟着两个黑白无常似的警察。看到我他疲惫地朝我打了招呼。

“呦，陈老弟。不好意思，工作的事恐怕你得另谋出路了。”

“怎么回事？”我朝他们三个人问。皮肤比较黑的那个警察反问我是什么人，白皮肤的那个斜眼看了他一下，示意他不要说话。我猜白皮肤的那个大概是认识我，但我想不起来在哪儿见过他。

片刻后，白皮肤的那个问我：“沈副局长没告诉你吗？”我盯着他们既不点头也不摇头。

“保险诈骗。”说完，白皮肤警察到车边打开了后座的门。

吴志鹏走到车前停下来望着我，脸上露出了一个无奈的微笑，说：“听说你们在查一个叫李念的小子，如果你们还没查到是谁把他弄到战车修理厂去工作的，那就不用查了，是我。”

两位警察站定互相看了一下，脸上没出现太多的表情，其中一个说：“回局里再说。”

黑皮肤警察坐进驾驶座，吴志鹏坐到了后面。

白皮肤的那个在上车之前，回头远望了下别墅和后面的棋盘山，说：“啧啧，瞧瞧，我就是因公殉职了，我老婆孩子也住不进这种房子。为什么不好好珍惜自己的生活呢。”说完，他瞥了我一眼，仿佛我只是一个投影出来的影像，根本不值得重视。

我目送着警车越走越远。吴志鹏的小儿子躲在二楼的窗户后面，他的老婆满脸不耐烦地站在门口，从她的表情来看，好像是早料到会有今天。我把载我过来的出租车又叫了回来。

现在我的牌都烂在了手里。

两小时后，我已坐在一家小剧院里等沈建邺。他穿着警服就来了，我等他坐稳，问他是在哪儿找到吴志鹏诈骗的证据的。

“有个用假身份打黑工的家伙，出事故死了。她老婆把还能用的器官卖给了医院，结果他的机械胃登录的ID是之前做了假死的老身份。医院告诉了我们，我们顺着去查了做假身份的登记处，找到了于洪区的实验康复中心，就有人把他供出来了。”说着，他活动了一下脖子，搞得像是连续奋战了半个月。

“似乎你没帮上什么忙啊。我听说他还承认刺杀也是他搞的。”

“他只承认了李念是他安排到修理厂的，刺杀是他搞的你信吗？”

“他要是这么说了，我就这么信。反正不是我的案子。还可以给部队送个顺水人情。”

“你把他送过去，部队把他审一番，发现他根本不认识张翰，你要怎么办？”

他混浊的眼睛眯起来，半晌没有说话。我相信他有办法，不过他要让我觉得自己占了上风，好一口气把话都说出来。我也沉默下来，过了一会儿他慢悠悠地说道：“我不怎么办，他只要承认李念是他弄到修理厂去的，部队就有足够的理由查他，况且诈保的案子他跑不了。”

“你要不要猜猜会怎么样？他肯定会咬定对刺杀的事一无所知，我估计他也确实不知道，部队那边没空查这事，所以不会下大力气去审。至于诈保，你知道有多少人等着去拍他弟弟的马屁吗？就算判刑，你觉得能判他多久？”

“所以呢？”他吃下一颗润喉糖继续道，“你想说真正策划刺杀的人是他弟弟？可是你要有足够的证据证明是吴卫民搞的刺杀，那你也就不会在这儿估计了。”

“没错。你说的没错。我该省点儿脑筋歇着去。”我靠上满是霉味的椅背等着好戏开场。

“不过有件事我想不太明白，保险公司可给不了你什么太大的好处。为什么你逮住吴志鹏以后不卖个面子给他弟弟呢？”

“也许是我没那么腐败。”

“嗯，也许你是廉洁斗士，也许你那肚子是喝西北风胀起来的，也或许你想搞掉吴卫民，自己掌握住自己的命门。你抓了吴志鹏把诈保的事情牵出来就能让纪检去查吴卫民，他脱不了干系，迟早会受到牵连。只是纪检的动作也许没那么快，而且万一吴志鹏把所有的事都担下来了呢，他们两兄弟骗了好几年了，谁知道打通了多少关节。你抓了他哥哥，还能指望他在拨款上给你好果子吃吗。”

但愿他不知道吴卫民准备辞职去创业的事。我看着台上，咸阳宫的牌匾一亮相我就知道又是《荆轲传》的最后一幕。贪官蒙嘉再次领着荆轲和秦舞阳上场。沈建邺突然咧开嘴笑了起来，一股乌梅味飘到了我的鼻子里。我忍不住想，他到底是怎么靠这玩意儿戒烟的，我越闻就越想抽。

“看来你是有法子让吴卫民立刻完蛋喽。”我反问他们现在是不是在审吴志鹏。他点点头，把手机放在扶手上。我拔出连接线连上去，右眼中出现了审讯室的画面。吴志鹏坐在一把带软垫的折叠椅上，他没戴手铐，面前的桌子上有一个纸杯，里面是冒着热气的清茶。我眼中的画面不是来自于监控，而是来自于那位白皮肤警察的视觉直播。我能听到他们像老友一样聊着天，吴志鹏对诈保的事供认不讳。他说，这是人尽皆知的事，这是人人都会干的事，没什么大惊小怪的。

“那，这些家伙算怎么回事？”白警察点了点桌子，几张真实事故现场的图片出现在桌面上，有人身首异处，有人血肉模糊。

对此，吴志鹏漠然地吸了下鼻子，然后双手端起茶喝了一小口，说：“警察同志，你喜欢自己的工作吗？”

“还好。”

“我觉得你们的工作不错，你们保护老百姓，你们抓坏人。不管你们有没有真的抓到，回家总可以摆出一副英明神武的样子。”

白警察没说话。

“我手下那批人的工作就不怎么样了，体力活儿靠机器人和义体来做，设计靠软件来做，方案从网上下载，反正都是些在年轻人看来不值得一提的工作。他们回到家，老婆烦他们，小孩不尊重他们。所以有些人就想拿笔钱，开始新的生活。而有些人呢，他们不想要什么新生活，他们只求走得问心无愧。”说完，吴志鹏放下茶杯，对着血淋淋的事故图片双手一摊，“所以我能有什么办法呢。难道让他们都去看心理医生？他们也没那个闲心和钱啊。”

白警察依旧没说话，他的视线偏到一边还垂了下去，于是我以沈建邺的名义给他发了消息，让他接下来照我的话说。

“实验康复中心那边，你弟弟应该帮了你不少忙吧。”他说。

吴志鹏的眼神一瞬间锐利起来，不过下一秒他就扬起眉毛露出了一副不屑的神情，“想跟我弟弟搭关系的人可不少，这要算帮忙的话，那算是帮了不少。”

“修理厂的那个李念呢？你说是你把他安排到那里去的，那里出事故的概率可不高。”

“这个嘛！”吴志鹏眼神飘向了天花板，“本来是打算让他给战车换破碎锤的时候掉下来压断腿的，弄点儿钱出来。谁知道那小子住蜂巢屋发了疯呢。”

“你弟弟没有告诉你他的计划，对吧？这个黑锅不觉得背得很冤枉吗？”

“什么计划，兄弟，话可不能乱讲。”

“据我所知，你弟弟没有结婚。你呢，你有老婆，有两个儿子。如果吴卫民不帮你，你要怎么办，他们要怎么办？”

吴志鹏脸颊上的线条绷直了，他憋着口气，眼睛里射出愤怒之光，但他什么都没说。他知道，说了也没用。命运早已不在他自己的手上。

我断开连接，沈建邺把手机收了回去。

“到底是血浓于水哈。”他阴阳怪气地笑着说，“你还有别的法子吗？”

“有。不过你得授权我使用张翰的身份。”

“你想干什么？”

“潜入政府大楼，跟吴卫民本人谈谈。”

“你想都别想。”他嘴里的糖“嘎嘣”一声碎了，“你是嫌自己毁得还不够彻底，想再来一次？”

“政府大楼的安保没那么严，吴卫民不知道张翰已死，我手上有张翰的人偶，我只需要他的身份信息，假扮成张翰去套吴卫民的话，好让他全部交代。”

沈建邺思索了半晌，台上的荆轲唱道：

小燕国怀悚惧畏威无量，特命臣捧地图恐惶请降。跪丹墀叩金阶再拜稽颡，望大王息天怒感恩无疆。

“用张翰的人偶去套话，不一定非要潜到政府大楼里去吧，去吴卫民家里或者别的地方不行吗？”

“政府大楼是一定要验证身份才能进去。别的地方他会起疑。”

“你为什么不试试黑进他们的系统伪造身份？”

“你当我是什么？黑客天才？我怎么一边控制人偶一边黑他们的系统？再说，我要黑他们的系统被发现了是要坐牢的。”

“那要是他们发现是我授权你潜入的，你觉得他们会怎么想？”

“这个嘛，”我说，“我想他们会发现你反腐倡廉的决心。”

“别扯淡了，他们会把我赶到内蒙古去放羊。我不能帮你进去。”说到这儿他语速慢了下来，“但如果你进了牢里，我可以把你捞出来。”

“免了吧。”我一秒钟都不想待在那里面。

“说实话，我觉得你在里面住着就挺好，我给你找一个十平方米的单间，包一套模拟软件，包水电三餐，还包两套衣服，每天有人提醒你锻炼身体。还有别的地方更适合你这种无业单身汉吗？”

有那么一瞬间，我还真被说动了，不过我还是谢过他的好意，说：“我很注重邻里关系，那里的邻居都不太好。”

说到这里，我们都沉默了下来。其实我也不指望他会给我授权。五年前我就知道他是一棵坚定的墙头草，只会随风而动，他不会做任何伤及根基的事情，要请他帮忙，除非能改变风向。

戏台上，荆轲亮出了匕首。小戏班子用的是低配机器人，面部皮肤没有传感器，一番慷慨激昂的刺秦豪语就只有嘴巴在一张一合。不过这样看起来倒也别有风味，好似一个灼热的灵魂灌进了冰冷的机械里。挣脱不得，唯有孤声呐喊。

我正走神，他突然问道：“你有没有想过回局里？”

“怎么，局长和内务部的都已经把我的事忘啦？”

“你是甩了他们的女神，他们这辈子都忘不了你。”他叹出来一口乌梅味说，“不一定非得穿警服、带警徽。成佳那个小丫头想自己接案子，手头又没有跑现场的人，你可以去她那里挂个匿名职位。”

“算了，我闲散惯了。”

“是吗？昨天你们不是还玩了场大戏吗，可惜那小子把自己烧死了。你要早通知我，说不定我们能抓到活的，还不用派人去搜他娘的下水道。”

我无话可说。他微微叹息，手开始往衣服口袋里掏。

“看来还是林慧把你吃得紧啊。是不是她那双腿夹住你的腰你根本就动不了？”

“我只是偶尔拿钱办事而已。”

“你不当警察真是可惜了。”他无声地笑了起来，“当初转岗来的那一批愣头青也就你比较上道。你懂得怎么养线人，也懂该吃的吃、该拿的拿。最重要的是，你懂怎么把小坏蛋养肥控制住，去吃大坏蛋。我当时想，嘿，这小子不错，不出五六年肯定就能当上队长。再过个几年我的位置就是你的。但是呢，那个跳楼的女人把你毁了，你变得不会松手。有些事不能挖得太深，谁家没点儿脏东西呢。育苗工程在当时可被称作未来的希望，可你非要揪住那几个被卖掉的小孩不放。我知道，他们会做一些有副作用的电子脑实验，谁不知道？现在什么东西没点副作用呢，我吃块糖还会得糖尿病。那些孩子是被他们自己的父母卖掉的。你告诉那些家伙，孩子是他们的未来，可他们只想过把瘾就死，根本就不想要什么未来。”

“你老了，开始怀旧了。再吃颗糖吧。”

“哎，我是老了，居然都开始瞎操心了。”他把装糖的铁盒拿出来，来回拨弄盖子当节拍打，咔嗒咔嗒，一下两下。台上的荆轲先是被斩掉手臂，再是被拔掉舌头，然后被拉了出去碎尸万段。

大戏落幕，我们一起出了剧院，他用一身灰色的大衣遮住警服。

“话说，假如我的推测都错了，吴卫民真是清白的，是个执政为民的好官，怎么办？”

“他是不是好官对我来说重要吗？”

沈建邺走向自己的沃尔沃，上车之前回头朝我说：“有什么好消息告诉我一声，你知道的，我有个老同学在纪检。”

我摆摆手让他安心。临走时，戏院外墙上的几句诗吸引了我的注意。

世有傀儡棚，帐幙深遮围。
衣冠巧装饰，观者迷是非。
自谓真好手，不知若为归。

我正想搜索一下是哪朝哪代的诗，成佳突然发来了消息。

她找到马脸男了，那家伙还活着。

28

成佳追踪的是保险金的流向，她查到三年前李念的母亲拿到一百五十万保险赔偿金后，把钱分批次汇给了两个账号，自己只留下了五十万。她通过其中一个账号查到了一个男人，多方对比资料后，她百分之百确定那人就是马脸男。那家伙还活着，并且还成了个小有名气的娱乐评论家。

她能那么上心我感激不尽，不过从银行追查资金流向显然在她的权限之外。我拿到马脸男现在的资料，然后告诉她不要再往下查了。资金流向是个大葡萄藤，永远不知道会牵出多少东西。沈建邺有一点说得对，该放手的时候要放手。

我乘出租车到达胡台新城，下车以后我看到一大片一模一样的高楼像堆叠的镜像一样矗立着。我小的时候也住在这种地方，父亲常跟我说他们那时候有地方住就不错了，谁管房子从外面看是什么样子。但在这儿没有地图定位，要找到自己住的地方可真得花不少时间。

现在那些镜像大楼多是公租房，房地产崩盘以后政府接了手。我走过迷魂阵，乘电梯上到十一层，清洁机器人刚打扫过楼道，空气里有清洁液的刺鼻味道。马脸男现在住的是一套精装两室一厅。他没有残废，没有结婚，没有孩子，鬼知道他是怎么住进去的。房子的大门是老式的防盗门，虽说也有后来加装的智能锁，但没有钥匙门从外面打不开。我没有带开锁工具来，成佳给我开了一个窗口监视马脸男的状态，他现在正沉浸在联了网的模拟软件里头。

这一次我不想再玩速降了，于是我让成佳给物业发信息，让他们配合警方调查。在等物业派人来的时候我不禁为成佳的仕途担心，她办事效率太高而又索求太少，没有一点儿主任的样子。过去我要让沈建邺帮忙办这点儿事，他起码让我免费加班一星期。

半个小时后，绑着马尾辫子的物业小姑娘从电梯里走了出来。如果她脸上的不耐烦可以净化空气，那我想现在楼道里早就已经进入了无菌状态。

“你是警察？”

我模棱两可地“嗯”了一声，反正她也只是习惯性地问一下，并不是真的关心我的身份。得到答复以后，她走到门前从厚厚的白色羽绒服里掏出钥匙，在准备开门时她突然停住不动，然后转头望着我。

“等等，里面有人，你敲了门，智能锁也发了消息，但他不来开门。”

“没错。”

“那……这是不是代表他可能已经被杀了？”

我看着她，尽量不让自己皱眉，问：“你是不是很喜欢看老刑侦片？”

“嗯？是啊。你不觉得开车跟踪、用纸袋信封交易，还有卧底，比现在整天对着屏幕查记录帅多了吗？”

“是，帅是帅，不过帅是要命的啊。”

她显然还有什么想说的，但很快就把我的这句话跟她之前的担心搭上了线：“你能隔着门闻到血腥味吗？是不是厉害的警察没开门就能知道门里面发生了什么？”

“厉害的警察能怎么样我不知道，我敢说福尔摩斯抬头看看云的形状就能破案。你要是害怕的话就把钥匙给我，我来开。”

她抓着钥匙在门口犹豫了好一阵，好像门后是全息鬼屋似的，她得在恐惧和刺激之间做个选择。

“还是你来吧。”她退到一旁把钥匙递了过来。

我把钥匙插进锁孔，听到“咔嗒”一声响，然后我告诉她，我们一般是不准普通人进入现场的。我打开门，确实有一股臭味扑面而来，不过那不是血腥与腐烂的味道，而是一股温热的腥臭。我看到一个男人穿着夏季短袖斜躺在沙发上，外置模拟软件在一旁闪烁，几团黏糊糊的卫生纸团在他脚下，他的短裤上湿着一大片。臭味正源于此，不是死亡的臭味，而是生生不息的臭味。

物业姑娘躲在门后问情况怎么样，我跟她说最好不要进来。或许这句话反而激起了她的好奇心，几秒后她厌烦的声音就从门口传了过来：“看来你的朋友活得很快活嘛。”

她皱着鼻子进来打开了门边的开关，圆筒状的清洁机器人嗡嗡启动开始工作。我把钥匙还到她的手上，这时我发现她手上的皮肤要比脸上的黑不少，准备识别马脸男的右眼扫到了她脸上。扫描显示她的五官都微调过，皮肤也进行了染白，不过轮廓没有太大的改变。她只是想让自己变得更好看，而不是成为另外一个人。

“你演了哪些网络电影？”我问。

“没多少。都是些小角色。我只卖了脸。”

“赚的多吗？”

“不比工资高，做合成电影的好导演没几个，再说，盗版那么厉害，用了我的脸不给版权费的倒是不少。有几个家伙就在我的眼睛上点了颗痣，然后就说用的不是我的形象。我又没钱去跟他们打官司。”

其实她眼睛边上加颗泪痣确实漂亮不少。我跟她说要想演女警，最好弄一个短发的造型，皮肤黑一点儿也无所谓，那样才写实。她轻笑一声告诉我说，哪个看网络电影的会追求写实呢，追求写实的都去看视觉直播了。说完，她毫无留恋地走出去关上了门。

普通人出售自己的形象使用权可不是条致富捷径，碰上好影视制作人的概率跟中彩票相比不会高多少。而且既然开了头，用不了多久她就会做全身微调，然后从形象开始，一点点卖掉自己其他东西的使用权。我想，再过不久出卖灵魂大概也不会只是一个象征性的比喻了。

我四处查看了一下，屋里还算干净，不过很明显是清洁机器人的功劳，一些边角和缝隙中都是陈年老垢。他的厨房里堆满了速食食品，餐具也都是可回收的一次性纸制餐具。卧室里除了床和衣柜以外就没其他东西了，我还以为他当上娱乐评论家以后会有格调一点儿，至少该有几本能拿出来炫耀的名著类实体书。

回到客厅时，清洁机器人已经把纸团全部吸进了肚子里。我搬把椅子坐到他对面，模拟软件没有设置什么机关，强行断线会让他神志不清好一阵，这对我没什么好处，我得把他叫出来，还得让他知道他在我的掌控之中。保险起见，我给自己设了个三分钟唤醒的程序，然后连进了他的虚拟世界。

那家伙正躺在巴厘岛的沙滩上，有三个穿比基尼的女人围在旁边，他在大谈表现艺术和娱乐价值。我没有设定自己的形象，程序默认套用了我现在的穿着，所以我穿着大衣和厚登山鞋走在了热带的木板路上。阳光和温度让我很不爽，于是我把她们一个一个踢下线，再关闭网络锁死他的登出权限，把温度调到零下二十度。我顺着沙滩走到他面前时，他牙关已经颤得像是发了羊痫风。

“谁雇你来的?”他缩在地上问，“是因为那篇武侠电影的评论吗?我可以把那篇评论删除，或者改成明贬暗褒的形式。别冲动。”

我想了想才明白他是把我当成了从网络入侵进来的黑客。我告诉他我只是想听一些他知道的事情，他的评论和思想对我没有任何价值。

“我想我们最好面谈。”

“面谈?”他困惑地重复了一下，“你的意思是约个地方见面?”

“去你家里。”

我低头看着他像只蚯蚓一样在沙滩上蜷成一团，等他差不多理解了我的意思，我便解开了他的登出权限。

“好，好的，给我点儿时间，我准备下。”

“不用那么客气。我已经到了。”

说完，我率先登出软件回到了臭味还没有散去的房间，大概三十秒后马脸男也从“巴厘岛”回来了。尽管预先提过醒，但他睁开眼看到我的时候还是被吓了一跳。我抬手示意他放松。“不好意思，我先让你掉在地上的孩子们回避了。它们都在门口的机器人那里，很安全。”

他愣了一下，看看地面又看看我，直到他看到自己的短裤才尴尬地反应过来，说：“那个，我这个……”

“没事，没事，郁积于内，不利于健康。我知道。”

“我能不能先去下厕所？”

“请便。”

他窘迫地站起身，结果把连着线的外置软件拉到了地上。我看着他奔进厕所又跑出来到卧室拿了身干净衣服。厕所只有一扇小通气窗，我不担心他会钻出去，也不担心他会拿什么东西把自己吊死。一个前几分钟还在左拥右抱、大谈表现艺术的家伙是不会走这个极端的。

我等他冲澡换衣服，出来后他不太想坐回原先的位置，但又毫无选择。

“请问，您是……”

“我提问，你回答。”

他脸抽了一下，点点头，像接受升职考核一样正襟危坐。我问了他关于上一个身份和保险的问题。他没有任何抵抗就全盘托出。他说自己是在四年前跟李念的母亲认识的，结婚是为了提高保险金的额度，而保险手续与伪造意外，还有办理假身份也是由李念的母亲一手包办。我用那只白眼盯着他没有说话，然后他便改口说伪造意外是工程队里的人做的，办理假身份是实验康复中心的人负责。

“你跟他们一家人一起住过吗？”我问。

“什么？”他的表情在说，“问这些做什么？”

“我问，你答。”

“没，没有。”他垂下头看自己的手说，“我们结婚只是一个形式，只做了登记，她可以减免一些房租。我那时住在东陵区的一个蜂巢屋里。没跟他们一家人住。”

“你跟她的儿子李念熟吗？”

“什……呃，她的小孩我都没见过几次，她不太愿意我跟他们接触。”他抬头望着我，想搞清楚状况。为什么一个独眼煞星不声不响地进到了他屋子里，打断了他的好事，还问一些莫名其妙的陈年旧事。我不打算告诉他我在找什么，扯淡是他的生活常态，一旦我给他一个明确的目标，他就能虚构出各种各样我难以查证的事情。

“你换了身份以后还跟他们联系过吗？”

“很少。你也想给自己套一笔保险金？我可以帮你联系她。”

看来他给自己找了个目标。我没有回话，他自顾自地去找来了手机和平板电脑。在他正准备把号码给我的时候，我说他们死了。

“啊？”他再一次愣住，那表情好像我在说什么笑话。

“他们死了。”我重复了一遍。

“死了？这……怎么会……怎么死的？”

“车祸。”

“你确定……”他犹豫了一下然后小心地问，“确定是真的？也许只是她又需要用钱了。”

“我确定。”

车祸是真的，尸体也是真的。我想就算没有这些证据也可以确定，因为她不会把自己的儿子扔到实验房里不管。他是一个挂名丈夫，他所了解的李念一家的生活就只有——他们很需要钱。聊了这一会儿，让我颇感意外的是他一直没法接受他们的死，搞得他像是个离家不离婚的深情男人似的。

“你真的确定他们是真死了？”他第三次问起这个问题。

“这很奇怪吗？”

“不，我的意思是，现在车祸率这么低，怎么会，怎么正好会是他们！”

我犹豫了下要不要把黑客灭口的事告诉他，但想想把他吓到屁滚尿流并没有什么好处。

“车祸这事谁都说不好。他们跟别人也没什么区别。”我说。

“我只是，呃，我也不知道说什么好……”

他手握手机语无伦次，半晌也没说出个所以然。他看起来也不是在害怕被灭口，我搞不清楚他为什么无法接受。

“你们结婚是假的，没有同居，甚至都没见过几面，他们对你来说很重要吗？”

“我也不知道。我只是感觉很不真实。不是对他们的死。而是一些其他的东西。”他扶住额头突然变得伤感了起来。“以前我是个惹人厌的小人物，干这这不行，干那那不行。我上大学的时候学的是园林设计，我自己都不知道为什么要学那玩意儿。现在随便找个小屁孩用模拟软件就能弄出好几套方案来。后来我家里人花了好大力气才把我弄进工程队当个小统计员。但那有什么用呢？再混个几年别说统计员，说不定连整个工程队都只有智能机器人了。”说着，他喘了口气靠在沙发上，回忆往事让他放松到忘了眼前还有我这个威胁。

“我憎恨以前的生活。所以换了身份以后，我没有告诉任何人我还活着。我的父母，我的两个哥哥，都以为我是真死了。除了李家他们家的三个人以外，没人知道我还活着。我完全适应了假身份，活得很自在。但时不时还会回想起一些过去的事，回想起以前那个真正的自己。现在你突然冒出来，说他们死了。我感觉……感觉……总之感觉很奇怪。”

“大概是你把他们当成了分界点，真实身份和虚假身份，过去和现在。你断了两者之间的联系。”

“也许吧。”他扶着额头喃喃地说，“我有点儿不知道以后该怎么办。”

“那就是你自己的事了。”

这个问题不是我能回答的。他该去老电影里找答案。我起身走向门口，清洁机器人也正好打扫完了房间自动归位充电。他在我身后喊道：“你到底是什么人？”

“跟你以前一样，是个惹人厌的小人物。”

我打开门离开这间暖气太足的房间，他追到了门口，问他们埋在哪里了。

“你想干什么？”我在门口回过身问。

“我想……”他把脸转开然后又转回来面对我说，“我想给他们的墓地添几束花。”

刺杀和保险这两块拼图我已经拼得差不多，接下来就是要验证我拼得对不对。我乘车前往闫小兴的小店，张翰人偶的脑袋还在那里，我需要拿来搞点儿事情。出租车飞驰着向前，我在脑中把两块拼图叠在一起，再把各个人物摆上合适的位置上，一遍又一遍地编排那场失败的刺杀。我逐渐找到了李念的角色。

《荆轲传》里击败荆轲的是一个药囊。击败张翰的又是什么呢，如果他能更熟练地使用火控软件，或者更清醒地控制战车，也许事情就成了。现在他成了一具无名尸体躺在太平间里，大概除了我之外不会有别的人拿他编排戏曲。

我正梳理头绪，顺便计划明天的潜入，突然右眼里弹出了一个红色的通知框，侯业伟发来了紧急通信。

“有人上钩了？”我纳闷儿地用脑内通信问。

“上钩个屁，那小子正在往张楠的家里去，已经到楼下了。”

我感觉他急切的声音从我脑子里往外震动耳膜。我呼吸一窒，打了个冷战。其实我有心理准备，把李念安排到张楠附近的目的就在于此。侯业伟把视觉信息传过来，或许是他的紧张感染了我，李念瘦弱又有点儿跛的背影此时有一股杀人犯的味道。

我激活张楠门上的摄像头，把两个画面缩放在一只眼睛里。她正坐在乱糟糟的客厅里吃方便面，并没有准备招待客人的意思。侯业伟准备好了手枪和抑制器，我叫他等等，先让他们见面。

“没门儿。她弟弟已经死了，难道还要看着她出事？”

“她不会有事的。”

“事到如今你还让我怎么相信你的话？”

我无言以对。上次说完这话转头就看到了人偶的尸体。我不指望他还能相信我。我告诉他李念身上没有高性能义体，也没有什么致命武器。他可以守在门口，屋里有情况就冲进去。

“你这狗日的从来都是坏事预料得特别准，好事没一件准过。不如你来预测一下他们见面以后最坏会发生什么。好让我有点儿准备。”

“最坏情况是张楠会知道他弟弟的死讯。反正我们俩早晚有一天得把这消息告诉她，也省了点儿麻烦不是。”

“你知不知道，”他恶狠狠地说，“自打你不当警察以后就越来越不是个东西了。”

他悄悄跟上了楼。声音信号传了过来，我听到李念按响门铃，张楠放下面条，拿手机看了眼门口的监控，然后问是谁。李念犹豫了几秒回答是张翰的同学，想看看他在不在这里。我同时看着门里和门外，他们都在犹豫，张楠在犹豫要不要开门，李念则好像在纠结自己到底是谁。

半分钟后，李念转身想走，但门打开了。李念望着门后的人，嘴巴因为惊讶微微张开。在这种目光的注视下，张楠有些莫名其妙又有些不好意思。她邀请他进来，两个人在一片狼藉中尴尬地站着。气氛一直维持到李念问她有没有吃饭才有所好转。她轻笑着把沙发收拾出两个人的位置，然后端起方便面聊起了她弟弟。

他们聊了很久，不过大多数时候是张楠在讲。讲她弟弟以前多么讨厌，多么烦，整天只顾忙自己的事，生活一点儿也不管。李念只是在一旁微笑，带着迷离还有困惑，像是在神游太虚。侯业伟也收得到里面的画面，我敢说同样的话他肯定听过很多遍。只是我们都笑不出来。

李念的笑勾起了我的怒火。为什么不说话呢？我想，为什么不告诉她张翰已经死了？为什么不说你就是张翰？为什么不说话？

张楠讲到面条变凉才意识到还有工作要做，她意犹未尽地站起来说她有点儿事要忙一下，她没有下逐客令，想来言外之意是希望他能待在那里。李念做得更好，他说他没什么事，可以帮她的忙。

接下来的两个小时侯业伟一直守在外面。

我没法说服他离开。

29

我花了三万块钱买回了张翰人偶的头。闫小兴乐坏了，因为我不买这颗脑袋他就只能把它当垃圾处理掉。尽管如此，让他在那个空脑壳里帮我装了个基础型的电子脑还是几乎磨破了我的嘴皮子。

“话说，陈哥，你要这脑袋干吗？”他坐在老位置上，把装好电子脑的脑袋用一个黑塑料袋套住递给我说。

“去演戏。”

“是要……倒卖给演舞台剧的？”

我接过袋子笑着问：“你真想知道？”

他用那双小眼睛看了我一会儿，然后说他不想知道：“我只是习惯性地问一问。你看，当了那么久线人，已经成习惯了。碰到什么事总想问个所以然。”

“我还以为八卦是人类的天性。”

我掂量着塑料袋，那颗脑袋不比一个西瓜重。准备离开时我想起了一个问题，转头朝闫小兴问道：“你觉得我跟林慧是什么关系？”

他小眼睛一转，嘴角咧出一个促狭的笑容。

“你真想知道？”

“最近总是有人说我是她的手下，我觉得我跟她站得还挺开的。到底是什么情况？”

“嘿嘿。”他笑得更深了，好像掌握到了某个笑话的笑点。

“林慧是谁呀，远近闻名的女魔头啊。被她看上的不是成了她的手下，就是被干掉了。您不干警察以后跟她打了五年交道。到现在为止您还没有缺胳膊少……呃……”他顿了一下视线瞟到我的右手上，继续说，“总之，你现在过得还不错。时不时还会去她的会所潇洒一下，所以说你是她的手下，谁都会这么认为的。”

“我还以为我们的关系看起来会更平等一点儿。”

“平等？你的意思是想做她的男朋友？我可以帮你把消息放出去。”

男朋友？我忍不住想他是怎么把思维从平等转到男朋友那个方向去的。

“那我以后睡觉都得在枕头底下藏着枪了。”

“你可以搬进会所里住嘛。”他的笑容咧得更开了，“说不定真能得手呢。”

“得手？得什么手。”

“不是你的一贯作风吗，不入虎穴焉得虎女！”

我踏出去一半的脚停了下来，问：“我的作风？你们这些娱乐圈的人都传了些什么玩意儿。”

“哎，您老一直都没听说吗？退休刑警陈海瑞，只要是穿高跟鞋的一概都不放过。”

“有那么夸张？”

他耸耸肩，一副“就是如此，我也没办法”的样子。

在去蓝雪会所的路上有则新闻吸引了我，曹向成出院了，并且除了表示身体没有大碍以外他还宣布将与育苗工程合作，展开义体人再教育计划，解决就业问题。我想集中精神去思考他这唱的到底是哪出戏，但脑子总忍不住去想自己离婚五年以来的作风问题。两件事在脑子里互不相让，结果却是哪边都想不出个所以然来。我既不知道曹向成到底打的是什么算盘，也不知道过去他跟多少女人发生过关系。无论是工作，还是生活，我都没有一点儿头绪，跟所有中年危机的男人一个德行。

十分钟后我索性把所有思绪都止住，望向车窗外，浑河边上是会所集聚的重灾区，黑夜被各式光怪陆离的虚像所点缀，要不是有投影管制法，他们肯定要像半夜打飞机一样把半边天给照亮。在一众大光柱中蓝雪会所可以说是最低调的，虽然它的大门阔气得很，但灯光和虚像大多都在里面，只有大门的上方淡淡地浮现着它的名字。从上空俯瞰就像一个未施粉黛的女人沉静地立在舞台中央。

我走进大堂时，秦辉正在门口跟一个工头儿模样的人交谈，他叫住我打了个招呼，顺便仔细看了一眼我手上的袋子。越过他们以后我连上林慧的通信回路，跟她说有事要找她帮忙。

她满是讥讽地回道："哎呀，那个喜欢独来独往的男人哪儿去了？"

"年纪大了嘛，就得互相帮助。"

我沿着楼梯往上拐进她存人偶的房间，门一打开，一个穿小黑裙的女人双手环胸气势非凡地拦住了我的去路。

"哦？你年纪大啦，要不要我给你买个轮椅？"林慧说。

"在养老院给我包一个维生舱吧，我躺进去就不出来了。"

我把袋子递过去，她看了一眼里面是什么东西便转身往里面走，问："说说你要干什么？也许我有空。"

"潜入政府大楼。"

她偏头瞥了我一眼，脚步不停，问："我有什么好处？"

"你要的防火墙。"

我跟着走进了房间。这间储藏室空间不小，但四周摆满了金属色的人偶储藏柜。地上的一块暗红色吉卜赛风格地毯试图给房间增添一丝活力，不过收效甚微。她转过身单手叉腰、面色不善。

"我记得我已经付过你防火墙的钱了。"

“我不打算骗你说防火墙藏在那栋大楼里。想要东西，就帮我这个忙。”

“如果我不帮呢？”

“大概会让我们的友情变得纯洁无瑕。你看，我也帮你做过不少黑活儿不是？”

她眯起眼睛上下打量了我一番，脸上逐渐出现了不符合年龄的阴狠笑容，说：“有时候我真想把你绑起来，折磨你，看看你求饶时是个什么样子。”

“不好意思，我不好这一口。”

“是吗？我还一直以为你喜欢被压在下面呢。”

“那不代表我喜欢被绑起来。”我顺着储藏柜踱步，欣赏各种年龄、各种肤色、各种人种的美女人偶。林慧把她们打理得很好，一个个都像是在等王子的吻的睡美人似的。

“也许你求我一下我也就答应了，”她双手环胸调笑道，“何必弄那么复杂呢。”

“你现在喜欢软绵绵的家伙啦？”

“哎，我可真是烦死你了。”

房间中央的黑裙美人盯着我伸手解开马尾，一头乌黑的长发散开压住她的肩膀，顷刻间她就从一个干练的女人变成了一个妩媚的女孩。她把袋子丢到地毯上，转身背对我走向一个空的储藏柜。在路上，她踢掉蝴蝶结装饰的皮革高跟鞋，又拉开背后的拉链，缩起肩膀让肩带落下。她跳舞似的从身外之物中挣脱出来，最后赤条条的，她扶住储藏柜的舱门，转身抿嘴一笑，像是在与游乐场道别。

“帮我把衣服和鞋子收好。”

我看着舱门合上，走过去捡起裙子和高跟鞋。纯黑的丝绒在我的指尖滑动，残香和余温都是真实的，我心想这应该算是答应了。

潜入政府大楼说难也难，说简单也简单，问题在于你想走多深，或者说走多高。政府大楼跟资料中心一样，用的也是逐级增加的安全协议。如果你只需要一些无关痛痒的数据，那你只需要一个底层员工的账号就好。但假如你想知道足够让某人倒台的信息，就得先跟无数的权限打交道。政府就算网络化了也依旧还是政府，这点改不了。

黑客与溜门的盗窃犯在行动步骤上几乎一样，都是如何进去，如何找到东西，如何出来。进去讲究的是隐秘安静，找东西要迅速准确，出来得不留痕迹。三样都要做好可不简单。幸运的是我要做的只是进去。社保部门在大楼的第五层，吴卫民肯定会在他的办公室里为劳苦大众操心，我也不用把他带出来。所以我的计划并不复杂。

首先，林慧手下的饭店会给大楼里面的人推送五折优惠信息，这样就能派出送餐队伍进入一楼的食堂和派送区域。然后我们给一个带皮肤的高档送餐机器人装上人偶的脑袋，由林慧亲自操纵。我负责在确认收件的扫描件里设陷阱，只要一登记收件，就能获取访客登录系统的权限。整个过程的难点就在于我得登录张翰本人的信息，以伪造出是张翰本人亲自来了的假象。而林慧的人偶通不过检测，我可以定点拦截某一个扫描器的信号，写入假信息，但她还是得尽力避开扫描机和每一个有扫描目镜的安保人员。

如果沈建邺能授权我使用张翰的身份信息，事情会简单很多。我大可改掉警方的数据库，用那个假人偶一路爬上五楼。可惜，这是一次不能被任何人承认的行动。

隔天中午，我又坐上了那辆雷克萨斯，开车的是秦辉，那个爱听戏话不多的司机没有来。车子停在了政府大楼附近的一个停车场里，送餐的队伍还有十分钟就将通过。我坐在副驾驶上瞟了眼后视镜，上一次在睡觉的“男孩”这次醒着，他手肘靠在车门上，拳头顶着嘴巴望向窗外，活脱脱一个在思考未来的忧郁青年。林慧进入角色很快，即使只跟张翰接触过几次她也能模仿他的细微肢体动作。

秦辉给自己点了根烟，然后问了一个估计他一路上都想问的问题："如果五年前你有这个阵容潜入育苗工程的数据中心，大概也不会落得今天这个样子了吧？"

我笑了一下转头朝后面反问："是吗？"

"谁知道呢。"林慧淡然地说，"我大概会让你别去。不过你老婆肯定也劝过你，既然你老婆和你女儿都没法让你放手，我的话你会听吗？"她放下手，用那双真诚而又带有些许轻蔑的眼睛看着我。

"再说，你真觉得把育苗工程的几个污点曝光就能让他们倒台？"接着她用涉世未深的青年所特有的狂妄口吻笑道，"你不过是想跳进火坑，好摆脱自己的生活罢了。"

"这么说的话你还真是喜欢从火坑里捞人出来。"我饶有兴致地看着她说，把印象中的张翰与眼前的人偶重叠。假如张翰还活着，他说话的语气会不会就是这样呢。

"人总得有点儿小嗜好。我就喜欢那些被整得灰头土脸的男人，你说是不是很奇怪，嗯？"

她自己的语调逐渐显现出来了。我转回头去看着前面的一排廉价车，没说话。秦辉的笑脸在烟雾中显得有些落寞。

"我突然发现了一个问题，"我笑着说，"好像被你捞出来的男人不是离了婚，就是分了手，而且至今单身，是什么原因？你的气场太强大？"

"那是你们自己的事。我又没逼你们。"说完，她下车走向路边，一个西装革履的四人送餐队伍经过，她毫不突兀地就成了第五个，手中餐盒是何时出现的我都没看清楚。

我调了下座椅往后躺倒，然后连上外置处理器，闭上左眼，开始用右眼同步人偶的视觉。林慧走过空荡荡的前广场，一步步上了干净的石灰岩台阶，灰白的政府大楼慢慢向我逼近。坦白点儿说，如果不是来办事，我会很喜欢这个地方。够大，够空，够有气势，没有人的话就是一座保存完好的城堡。

现在正值午餐时间，不少踩着平衡车的人已经率先到达了食堂。他们都是有效率的人，每天把不必要的活动减到最低，然后挤出两个小时来健身。送餐的队伍走进大厅的时候吸引了一些人的目光，送餐机器人的档次往往决定餐馆的档次，想来会有不少人开始盘算是谁定了奢华大餐好去蹭两口。

大厅里的石制立柱让我想起了咸阳殿。保安，正好也是四个。两个机器人守在门口，两个装着重型义体的人在百无聊赖地闲逛。他们也都穿着黑色制服，区别就在于他们不是拿着青铜的钺，而是在腰间挂着电击枪和抑制器。

负责签收外卖的食堂工作人员用手机一个个扫描订餐信息并通知订餐人来取餐，我的陷阱设在一个接待科秘书的寿司餐盒上，她接到信息出门的时候，我已经获取了访客登记的权限。登记系统会反馈信息到公安部的数据库，还好张翰的死讯封锁得严。

在我黑系统的三分钟里，林慧从食堂的员工通道绕到了卫生间，往上的楼梯就在通往卫生间那条路的旁边，不过有一个保安正守在门口。接待科的权限可以查看普通员工的资料，所以我知道这个每个月工资不到五千块的家伙有两只高性能义眼。

“要不要赌他没有开扫描功能？”我开玩笑说，然后把资料传送到林慧的眼前。同时开始调取保安全身义体的实时状态。林慧没有等资料同步完成便跟在一个上完厕所的中年男人后面走了出来。

等她走上楼梯的时候，资料显示那个保安不仅没有开扫描，而且连正常视觉功能都没有开。那家伙正在用义眼同步体验真人秀呢。

“我都记不清你欠我多少赌债了。”她在我的脑子里嘲笑道。然后继续往上走。等上到第三层的时候，一个躲在楼梯口抽烟的保安进入了视野。我打开一个窗口准备拦截他的扫描结果，然而保安只是对她点头一笑，屁事都没有。

“看来那是个喜欢小鲜肉的男人。”我说。

“如果你思想能健康一点儿，大概也会活得轻松一点儿。”

“会所老板谈思想健康？”

“来会所的不都是为了健康吗？”

说话间她到达五楼敲响了保障科的门。在我登录访客信息的时候专门给吴卫民发了信息。所以这会儿他知道门外是谁。我不知道他在里面会做什么，他可能会呼叫保安，也可能会打开窗户跳下去。

他把门锁打开了，林慧把人偶的控制权交给我。我活动了一下身体，然后推开门进去。吴卫民已经回到了办公桌后面。他的办公室不大，东西也不多，除去一个U形的玻璃办公桌和一个大型服务器之外就只剩下一个装满档案夹的书柜了。这间办公室能装的东西也就只限于这些，不过能远望城市的落地窗让人的视野不再局限于一个小房间。对于一个从政的人来说，这扇窗户不赖。

“有什么事吗？”他温文尔雅的脸上没有任何波澜。

他很聪明。他要是再聪明一点儿就该问你是谁，你怎么上来的。

“有些事还没有办完，想找你谈谈。”

“为什么之前不发信息跟我联系？”

“我觉得当面谈比较好。”

“没什么好谈的，我给过你补助了。”他手搁在桌子上冷冷地看着“我”。

“补助”这个词用得真是好。是补助了义体，还是补助了刺杀呢。

“我没想到会有人出来搅局，要不是……”

“好了，别说了。”他烦躁地挥了下手，然后转过身去不让“我”看他的表情。“我记得你要带你姐姐去杭州的，怎么没去？”

“有一些后事我得告诉你，另外，我还需要钱。”

“你还要钱？”他把愤怒藏起来说，“李念可还活得好好的，你要说这是后事的话，那可是大麻烦。有个被开除的警察在到处查，我不知道他查到多少了，你最好把他处理一下。”

“说实话，如果你不是急着想把他除掉，杨晨不至于会死，你也不至于这么被动。”猜测得到印证让我有些得意忘形，一不小心露出了点儿自己的语调。他皱着眉头转过身来，眼里是藏不住的警惕。事到如今也没什么好藏了，我索性踱步到他的办公桌前去摸了摸上面的一盆文竹，是真的。不过人偶的触觉分辨率并不高，也可能是塑料的。

“事情没办好是我不对，”“我”捏着片小叶子说，“不过我还是需要一笔钱，要在杭州生活可不便宜。”

“我凭什么要给你钱？”

“你找了我帮你杀曹向成，如果我被逮住，猜猜我会说什么！”

“你会说不少没人信的疯话。”

“有没有人信那可难说。三年前我出车祸后住实验房的时候你找到了我，你以为这三年里我没留一点儿通信记录和视频记录？”

他的眉头紧紧挤在了一起，脸上的冷静逐渐剥落，想必他是觉得张翰那种小孩不会有这种心机，也或者觉得自己的友情遭到了背叛。哪个都无所谓。突然之间我很想把文竹的叶子揪下来，好确定是不是真的。

“你想勒索我！你以为我很有钱吗？之前给你的钱、给你配的人偶已经花掉了我大半的积蓄。”

“哦，我可觉得你是富得流油啊。你和你哥哥手下的工程队这几年诈出来的保险金可不少，手上没本钱你怎么出去创业！”

我说完，他的嘴巴因为惊讶而微微张开：“你是怎么……”话到一半，他便伸手抚住鼻翼把惊讶压了下去，“你到底是谁？”

“是个不适合当官的家伙。”

他瞪了我好一会儿才琢磨出我这话是什么意思。“陈先生。”他强作镇定道，“看来你工作做得不错。你是在给公安局办事，还是在给部队办事？”

“我只是跑跑腿，给谁办事看心情。”

听到我的话他略微松了口气，现在他开始用那双睿智的眼睛来衡量我的价码。

“你还在找更好的工作？”

“当然。不过我不太喜欢固定职业。”

“你的意思是想一次把钱要够？”

“不，我的意思是我对现在的生活没什么不满。”

“那……”他眼神一飘，语速变得急促激动，“你的家人呢，不为未来考虑一下吗？”

“我一人吃饱全家不饿。不过既然你说到了未来，那来说说你想象的未来是什么样的，你还能有什么工作可以给我做！”

“也许你根本就不用工作。”他肩膀绷直双手撑住桌子说，“迷乱症迟早是会被解决掉的，未来大部分人都会在模拟世界中生活，只有少部分人需要在现实中做实业。用模拟软件来构造虚拟世界是未来的趋势。你有没有想过，人只需要思考和娱乐。”

“嗯，也许那在上帝看来并没有什么区别。”

大概是没想到我会突然戗这么一句话，他像是被人打了脑袋似的愣了半晌。接着他低下头眉头紧锁，很快就再组织起了语言，为我描述一个宏大的未来景象。毫无疑问，他的每一句话都有道理，都有前瞻性，只要跟随他就可以站在时代的最前端。但那又如何呢，未来会怎么样与我何干！

“有一句话我觉得你说得不错。我们在透支自己的未来。”我注视着他，心里莫名希望人偶的眼眶里是我那只丑陋的白眼，“你也在透支自己的未来。从你教唆一个年轻人去杀人的那一刻开始，你透支的就不只是你自己的未来了。”

他没有推脱说是张翰自己谋划的刺杀，这可能是尊严的问题。也可能是因为正对着张翰的脸，他开不了口。

“你知不知曹向成的改革会让多少人下岗失业，会让多少人无路可走！”

“得了吧，别跟我说你杀他是为了深明大义，你杀他只不过是因为他在着手调查保险的事，仅此而已。”

他的额头上冒出了一层薄汗，事到如今他还想把擦汗掩饰成头疼，说：“你到底想怎样？”

“去自首吧，兴许你还能跟你哥哥当个牢房邻居。”

“你费了那么大力气来调查我只是为了让我去自首？”

“不，你别把自己看得太重要了。你只不过是个附赠品，调查你根本就没花我多少力气。”

“附赠品”这个词刺激到了他，他涨红了脸，双拳紧握。这副样子跟醉酒的吴志鹏有不少相似之处。

“你没有直接的证据指控我。”

“我有跟你对话的视频记录。”

“我可以说是你合成的。”

“随便。你以为你的刺杀很高明吗？你以为你的诈保流程滴水不漏吗？你以为让你哥哥顶罪你就能逃？你只不过碰到了一个好时机而已，公安局和部队都在忙着应付第二次转业潮，等他们缓过劲来开始挖你的旧事你就没戏唱了。他们会把你灭的口一个个全挖出来。”

“你到底想要什么呢？”他颓然地垂下眼帘，耸立的双肩也像高塔似的塌了下去，“从小到大我只不过想让我和我哥哥过得更好而已，我们都不想做被时代抛弃的人。你到这里来又是为了什么？把我们都毁掉吗？”

“张翰死了。出了事故，他自己坐进战车在里面自杀了。杨晨的自杀也是你们设定好的程序。我敢说你从育苗工程那里接收了不少人帮你做黑活儿。”我停顿了片刻，好让他理解我到底在说什么，“自杀者身边的每一个人都有责任。你让他们走上了歪路，你就得付出代价。”

“那你呢?”他突然冷静下来握紧拳头说，“他们在育苗工程里本可以有一个不错的未来，你在网上曝光以后他们就被抛弃，自生自灭，要不是我给他们一口饭吃，他们不是死在街头就是死在蜂巢屋和实验房里。如果你所谓的正路就是要他们忍受那些毫无意义的折磨，那这正路又有何意义呢?”

“你说得没错，我只是一个古板的警察，守着不合时宜的原则。”我说。

我看着他考究的西装，期待他能从内袋里拿出根烟来点燃，哪怕让我能闻闻味也很好。

“我早就把自己的未来给透支掉了，你我都不过是被人推上台的小丑，只是在演自己最擅长的戏罢了。”说完我转身走向了门口，在打开门时我回头最后望了他一眼，“自首还是被逮捕，你自己选吧。”

我关上门，下楼的路畅通无阻。走回到石灰岩台阶时，我没有看到地上有尸体。吴卫民要跳下来应该会落在台阶边上一点儿。他没有跳下来。他如果跳下来我会有负罪感吗？也许会有。但不会太多。

我回到雷克萨斯的后座上，我自己的身体还闭着眼半躺在那里。从人偶的视角看自己的身体总会有一种奇妙的感觉，一种希望与虚无并存的矛盾感。仿佛获得了新生，又仿佛接受了死亡。我断开链接让自己醒来，意识回归后我先被鼻腔里的烟气狠狠地呛了一下。秦辉在一旁笑道：“完事了？回去吧。”

“去趟物流中心。还有事。”

我把刚才对话的视频复制了两份，一份发给了沈建邺，一份发给了王宏安。最后我想了想，又复制了一份发给林慧，让她转交给曹向成。

30

接下来要做的事简直是折磨人，我得把张翰的死讯告诉张楠。当警察期间，我们通常会找个烂好人去报丧，或者找个报丧上瘾的家伙。不要奇怪，确实会有人报丧上瘾。李广寒曾经分析过所谓的报丧上瘾，他说对一个伤心欲绝的人说上两句安慰的话会有巨大的满足感。在他们的意识中，自己带去的是安慰而不是坏消息。换个思维来想就是无论如何坏事都已经发生了，与他们无关，他们只需要去当别人可以依靠的肩膀。我的思维就转不过这个弯，在我看来，如果我带着一个坏消息，那我就是坏消息的一部分。

他的死与我无关。但我又没法撇清关系。我好像是只吃下尸体的鬣狗，要为食物担起一份责任。我在心里默念：感谢上帝赐予我生命与美食，阿门。

想到这儿，我的胃里一阵翻腾，跟那天扶着树呕吐之前的感觉差不多。但是今天，别说是酒了，从早上到现在我连水都没有喝过。

秦辉在物流中心把我放下来，我先去了李念的廉租房，去告诉他我将要做的事。当然，用词我琢磨过。我说："你认不认识张翰的姐姐？张翰死了，她弟弟死了，现在我得把这个消息告诉她。"

李念没有反应，他又回到了重度迷乱症的状态——双目无神，嘴巴微张，好像在等着别人喂饭。我没空再来给他做一次激素调节，他在玩什么把戏我已经清楚了，搞不好比他自己还清楚。离开前我给他提了个醒，张楠现在是孤苦伶仃一个人，能不能承受住这个打击还说不好。

在前往张楠家的路上我也在想这个问题。她承受得住吗？张翰是她弟弟，虽然他们已经分开有一段时间了，虽然她关心、在乎他，但她得有自己的生活。张翰一死她就成了三无人群，无子女，无配偶，无血缘亲人。这类人的自杀率其实不如前途无量的年轻人和功成名就的人士高，三无人群往往死于急病和意外。有人管这叫被动自杀，当没有人指望你养活，没人对你指手画脚，也没有人管你睡觉前有没有刷牙时，你往往就会忽略一些很重要的事情，比如健康，比如安全，还有未来。

我给张楠发了信息，说有她弟弟的消息，最好面谈，我在去她家的路上。她回复说正在外面吃饭，如果我先到了可能要等一会儿。结果我走到她家楼下时，她刚好从出租车里下来。

她穿着我们第一次见面时穿的那件棉袄，她嘴唇红润但面色疲惫。看到我她招了招手，我还没有准备好说话。她看了我一下，眼神马上逃往了别处。她装作对我的沉默不在意似的讲起了那些军用义体服装卖得火到不行，她都还没来得及做打折信息就订出去了三分之一，这几天忙得她腰酸背痛。她一直说个不停，我安静地听着，直到她突然闭上嘴咬住嘴唇。然后她眼里泛起了一层水雾，胸口像是哮喘发作似的开始急促起伏，问："他是不是死了？"

我屏住气点点头。她像是被人狠狠打了一巴掌，想忍住不哭，但眼泪还是止不住往下掉。

"是怎么回事？迷乱症？车祸？还是被人……"

"出了意外，外置软件事故。他自己改装了外置软件的配件，在做试验的时候过载了。"这是张翰在太平间登记的死因，我完善了细节，

"他在测试一个外置的治疗软件，不过太急于求成，没做好安全措施。"

"那，那他现在在……"

"在医院，太平间。"

张楠没有像无法接受似的号啕大哭，她牙齿紧紧咬着嘴唇不出声，她哭得很隐忍，眼泪在脸颊上连成一条线，她似乎是自己主动为蓄积已久的悲伤打开了一丝缝隙。我无力地站在那里，心里突然有些恼火。那个死掉的老古董、她父亲是不是从小教育她连哭也不能大声哭。

"我不该跟他吵架的。"她垂下头想把那一丝缝隙也给关上，"我不该让他来帮我卖那些假冒的破烂儿。如果我能多支持他一些，让他能安心做自己的事就好了。"她一件一件地细数自己的过错。而我把事实沉进心底。当现实太难以让人接受的时候，谎言也没什么过错吧。

"那是一场意外。我不能说和你一点儿关系都没有，但你要全怪自己的话是永远也找不出个头的。"

"我知道。但我是他姐姐啊。"她闭上眼，但眼泪依旧止不住，"从上一次你来找我时，我就感觉到了，感觉到他已经不在了……"

我上前搂住她，轻轻拍打后背让她靠在我的胸口。我的胃又拧成了一团，不仅仅是因为我撒了谎，还有我现在正在做的事。我的右眼里缩放着几个摄像头的画面。李念蹒跚着下了楼正往这里来。

"我该怎么办。"她伏在我右肩上，双肩不住地抖动，"现在就我一个人了，我是不是也该过去找他。"

"别这么想。"我舔了下发干的嘴唇说，喉咙也涩到声音好像是两块锈铁片摩擦发出来的，"你弟弟是想赶在别人之前把软件完成测试，好上线能赚到大钱。现在新技术出来得快，换代也快，能赚到钱的也就只有头几拨人。你弟弟很聪明，就是有点儿着急了。我想他也是希望赚到钱以后能让你有本钱去做别的生意。他希望你能过得好。"

张楠的体形不是瘦小型的，但这会儿我倒感觉她随时会被风吹走。我抚住她的后心，让她一点点平静下来。今天是个阴天，没有太阳，风很凉，无人机械照常忙碌，机器人目不斜视地在路边行进。

“日子还得过下去，”我慢慢地说，“别让他失望。”

“是啊！”她站直身子与我拉开距离，一边抹眼泪一边点头说，“日子总得过下去。对不起，给你添麻烦了。”

“没事。”我看了一眼楼道说，“我送你上去吧。需要我陪你一会儿吗？”

这话其实不应该问，她一定会拒绝。我应该一声不响地送她上去。

“不，不麻烦你了。已经费了你那么多时间，你去忙你的吧，我下午也还有很多货要发。”她迈着机械式的步子走到楼梯下，在准备上楼之前，她回过头来用红肿的眼睛看着我问，“你其实早就知道了吧？怕我伤心就没说，对吗？还有这些军用品都是在帮我，对吗？”

我不想再扯谎，所以就没说话。她说了一声“谢谢”便消失在了楼梯上。之后我在附近找到一家西式快餐店坐了下来，桌子上的菜单让我选择要哪个品牌的套餐，我随便点了几下，肯德基和麦当劳对我来说只是装可乐的杯子不一样而已。我继续用右眼监视李念的行动，他跛着脚，走得又很慢，而且还好几次停下来犹豫不前。张楠回到家后马上开始了忙碌，她手上的活儿一刻不停，努力想要把注意力转移开，但她脸上的眼泪始终都没有消失。

我在右眼中看着他们两个，左眼望着面前空空如也的小店，我的嘴巴绝望地想从薯条里吸出尼古丁。

傍晚时分，李念终于敲响了张楠的家门。这期间我已经喝掉了一杯可乐、两杯咖啡。至于薯条，我终归还是没能吃出什么味道来。张楠在开门之前先洗了一把脸，而且用的还是凉水，因为她的眼眶整个肿起来了。我猜，门打开的时候李念肯定吓了一跳，这个反应起了不小的迷惑作用。

张楠让他进来，告诉他张翰的死讯。李念这一下子有拿得出手的故事可讲了。他等了一会儿，说他也有个姐姐，不过在三个月前因车祸去世了。姐姐和妈妈，两个人一下子都没了。张楠愣了一会儿，问他的爸爸是否还好。李念摇摇头，思索了良久，回答说他父亲在三年前死于机械综合征。

也许是李念长得实在是像她弟弟，也或者是一瞬间发生了其他的什么事。她握住李念的手，反倒安慰起了他。“你自己撑过了三个月，这一点就比我强了。我都不知道该怎么办。我以为自己一个人能生活下去，但他们真的都不在了，我又不知道活下去是为了什么。你是怎么面对这一切的？”

“我也不太清楚。”他躲开张楠的目光看向桌子上那束投影出来的百合，“我只是感觉很不真实。不是我很坚强。也许我只是觉得他们还没死而已。”

我想起了马脸男，还有过去我见过的很多失去亲友的家伙。认识一个人，无论多久没见都会有他生存在这个世界上的实感，而死亡会逐渐模糊这份感觉，你需要很长一段时间才能认识到那个人只存在于记忆中了。

之后张楠说起了她曾经看过的一部科幻片，说是如果一个人留下的信息足够多，就可以用电脑模拟出那个人的人格，配上克隆人和人偶就能让那个人活过来。

“不知道那种技术还有多久才能实现。反正我是赶不上了。”她虚弱无力地笑了一声。

李念歪着头空洞地说：“但那不是真实的，那是用软件模拟出来的，不是吗？”

“我知道。这叫作情感寄托，或者移情什么……”她摇摇头，硬摆出一张无奈的笑脸，“现在谁都觉得自己懂点儿心理学，我也不能免俗，总之就是那么点儿事，没有了就去找一个替代品。”

李念张开嘴巴想说些什么，我可以看到他眼中苛求的光芒，但他把话咽了回去。

“不管怎么说，日子总得过下去。”

张楠站起来拍拍他的肩膀，然后进了库房。

我等着李念把他的想法说出来，可惜他只是迷茫地坐在那里。整整两分钟，没有声音，身体也不动。到第三分钟时，我察觉到了异样，视频被一个短的画面循环覆盖了。我想退出来重新检测与摄像头的连接，却发现连接已经被锁死。我迅速关闭所有能关闭的网络启动防火墙自检。有人正在破解我的防火墙，而数据连接正是来自张楠家里的摄像头。

自检程序提醒我还有一分钟我的脑子就将任人鱼肉。入侵者算不上是个高手，数据解析得也不快，不过他占了先机，我手边也没有外置处理器，所以我只能沿着摄像头的连接去反向入侵他的电子脑。然而当我顺着连接开始检测他的防火墙时，意识却突然被吸入了一个空洞。

回过神时我又回到了汽车的后座。前边的两个女人形象不再模糊，我可以清楚地看到左边的是李念的妈妈，而右边那个扎着马尾、面容稍显刻薄的，是张楠。她们在聊杭州的天气，南方没有那么冷，但是空气潮湿，大衣没有那么暖和，得穿保暖衣，外面还得再套一层毛衣或者羽绒服。她们抱怨了一小会儿，然后马上开始讨论起了先买紧身的高领毛衣还是先买宽松的圆领百搭款。

“我觉得还是先买圆领的吧。”张楠偷偷捏了捏腰上的赘肉，转过头来问，“你呢？买一套学院派的大衣吧，羽绒服穿了这么多年了。冲锋衣不行，那个丑死了。你又不登山。”

李念当时说了什么我不太清楚，我猜是随便之类的话，反正惹得她们不太高兴。

“我说啊，南方的小姑娘可矜持得很。你再这么闷骚以后怎么找女朋友。别跟我说你在网上人缘好，那都是虚的。”

一座叫作愤怒的小火山开始喷出岩浆，李念的情绪平移了过来。我知道自己又落入了迷宫型防火墙中，而且这一次我没有设置唤醒程序。我坐在那里与李念融为一体，听他们不停地拌嘴，李念说她说话要是没那么难听也早就找到男朋友了，这一点得到了妈妈的认同。很快，三个人就为了对方的未来吵成一团，汽车在雨中按着线路前往火车站。我在静静地听着，直到一股巨力将我抛出车外。

不知道过了多久，我重新看到了快餐店的玻璃墙。第三杯咖啡还在冒着热气，这表明还没有到第二天，或者第二年。我没有试图站起来，因为我的右手正自作主张地死死抓着桌子。入侵者已经获取了我的电子脑的最高控制权限并且开启了医疗调试模式，他抑制了我四肢的知觉。现在我只能老老实实地坐着。

李念没有让我等太久，他的迷乱症反应已经没有了，虽然走路还是有些重心不稳的样子，但至少没东西在拖他的后腿。他推开门进来，坐到我的对面，然后伸手在桌子上放了个小东西，那是我放在张楠家的摄像头。我的嘴巴还可以动，不过我决定不说话。

他瞥了我一眼，视线逃开，然后深吸了口气鼓起勇气又转回来说：“你不是实验康复中心的人。”

“这问题你问过一遍了。”

“你到底是什么人?”

“不如你先告诉我你觉得自己是谁。”他瞪着眼睛，话都被噎在了喉咙里。我笑了一下，说：“你是不是觉得你掌握了生杀大权，我就会吓得屁滚尿流求你别杀我，然后你问什么我答什么。还是省了这开场白吧。我是谁你根本不想知道，既然我的命在你手上，那就说说你想让我做什么吧。”

他盯着我想了好一会儿，然后说：“我想让你放了我。”

“依我看这话应该我对你说，毕竟现在我在你手上。”

“我的意思是让你不要再继续调查我和张楠。”

“不然呢?”我盯着他的眼睛问。

他鼓起十二分勇气才没有逃开，说:“不然我会抹掉你这几天的记忆，或者几年的。再不行我会过载你的记忆分区，你明天早上起来就不知道自己是谁了。”

“那太好了，你现在就动手吧。”

他再一次哑口无言，而我忍不住冷笑。

“多看点儿老电影吧，至少你还能学点儿剪手指之类的把戏。你要动我的记忆，干吗还要来问我的意见。张翰动你的记忆的时候有征求你的同意吗?”

“我不是他。”

“你想取代他吗?”

“他已经死了。我没法取代他。”

“你可以给张楠洗脑，拿你的形象代替她脑子里的张翰。”

“不，我不会这么做，我不能这么做。”他把两只胳膊放到桌上，双手顶住额头仿佛头痛欲裂。

“但你已经拿张楠代替你的姐姐了。”

“我没办法停下来，我分不清真假。”

“来杯咖啡，冷静一下。”

“什么?”

“你想喝咖啡吗?反正我想喝，我能喝吗?”

“呃……”

我没等他理清楚思路就伸手拿起杯子喝了一大口那苦涩的液体。在我拿起杯子时，李念的嘴巴张得可以一口吃下整个汉堡。

“锁定摄像头的连接这一招不错，不过你对自己太有信心了，完全没有发现获取的权限是模拟出来的。你那个防火墙我已经知道是怎么回事了。现在我们来谈一谈张翰为什么会自杀吧。”

我放下空了的杯子，然后又点了两杯黑咖啡说："是你杀了他，对吗？"

这个说法有些不妥，不过他也没反驳。张翰是自杀的，毋庸置疑，但发生了什么，以致一个梦想着未来能去南方过上舒服日子的男孩自杀就得好好谈谈了。

他放下手，两个肩膀缩起来，活像个准备挨训的孩子。

"那是意外。"他申辩了一下，"我不知道他会装上电击器。"

"这不怪你，其实他本来是打算让你死的。"

桌子上的菜单面板显示咖啡好了，我过去把两杯咖啡都端过来，两杯都是不加糖不加奶的黑咖啡，但不知道为何，有一杯的颜色浅一些。大概是滤网堵塞了吧，要么就是有些牛奶流出来了。

"你怎么确定？"他耷拉下脑袋问。

"原本的计划就应该是这样的，偷战车炮、开战车刺杀都应该是你来操作。你在实验房的时候用模拟软件做过训练。如果当初是你开战车突袭会所，动作快一点儿，炮打得准一点儿，曹向成怕是跑不掉。而且你有迷乱症，亲人全部去世，不管谁抓住你都会轻易下个定论：你是个绝望的、心怀怨恨的家伙。这个动机一确定，你再在战车里自杀，基本上就不会有人深入调查了。"

他颓然地盯着咖啡没有说话。我也不指望他能证实我的推测，恐怕他自己也不知道张翰是准备让他自杀的。

"我有你在实验房的数据存档。张翰用了一种特殊的洗脑方式。你知道他为什么找上你吧？"

"大概……我们的遭遇很像。"他苦涩地说。

"从资料上看是如此。完全改变一个人的认知需要长时间的实验，三个月要给一个人洗脑，让他心甘情愿地去搞刺杀还是有点儿难的。张翰没那个条件，不过他用了一个很讨巧的法子，把情绪疗法、植入假记忆、'灵魂锚点'结合起来一起用。你们情况差不多，也许他自己有个想法，他父亲的死是因为曹向成，自己过不上好日子也是因为那个整天颁布空头法规的家伙。他有这个想法，但还不至于去实行。他以为你也会有类似的想法，就移植自己的锚点算法给你，等你出了院再移植假记忆辅助情绪疗法，增强你的厌恶感和焦虑情绪。可惜，他没有仔细调查你资料的准确性。你出生之前父母就离婚了，母亲再婚是假的，只是为了骗补助和保险。你从来就没有见过自己的父亲。你见过那个马脸的家伙吗？”

“见过照片。”他小声说。

我吃了根凉掉的薯条，感觉跟嚼块软木头差不多。

“看起来像你父亲吗？”

“不像。”

“你脑子里对父亲的印象应该是一个留着板寸、脸硬得像石头的家伙。但那是假的，你自己清楚。张翰的洗脑只成功了一半，对虚假记忆的排斥反应让你察觉到了张翰的意图。所以你想了个法子反向洗脑，让张翰接受了自己创造出来的假象。来说说你用了什么办法吧。”

我用右手有规律地敲着桌子等他坦白。他连做了几次深呼吸，然后拿起咖啡喝了一口。我想这会儿放在那儿的是酒的话效果应该更好，他会一饮而尽然后全盘托出。

“是人偶。”他简短地说了一句，“他不喜欢会所的工作，所以有时候会换我操纵人偶去会所上班。”

“你把洗脑的内容封存进人偶的电子脑，每次交接的时候就会进入张翰的脑子，是吗？”

“不，人偶本身就会记录一些记忆片段和‘灵魂锚点’的信息。我只是……”

“只是什么？”

“只是没有提醒他。”

“你还想说这是一场意外？”

他想了一会儿，答案是否定的："起先我也不知道这回事。等到张翰变得越来越急躁我才发现交换人偶对他有影响，后来我把他写进我电子脑的信息都在人偶的电子脑里存了一份。他自己改变了自己的想法，变得异常憎恨曹向成，所以上周碰到曹向成去会所后，他没等我把战车的接口全封死就开出去杀他了。"

"嗯，有这种可能性。"我用那只白眼看着他说，"也有可能是你自己修改了信息促使张翰坐上战车，还故意让刺杀失败，好让他烧掉自己的脑子。不然你为什么要在战车开到之前用人偶搞一次肯定会失败的刺杀呢？"

"什么？"他疑惑地眯起眼睛说，"不，人偶是他的备用计划，本来是打算放在那里，如果战车被困住就关掉干扰器，由我操纵人偶继续刺杀。但是他在开战车出去的时候，干扰器中断了我跟人偶的连接。等我想再跟人偶连接的时候就连不上了，我还以为是非正常终端激活了人偶的自毁装置。"

我盯着他的眼睛，他看起来不像是说谎，可这个理由实在太没有说服力。人偶对于他来说无论如何都必须毁掉，这是他直接参与刺杀并且反向洗脑的重要证据。如果是事后被遗弃倒还说得通，他幡然醒悟，毁机灭迹。但张翰到之前就打草惊蛇怎么想都不合逻辑。

"你有办法证实操纵人偶刺杀曹向成的不是你吗？"

"没有，我没法证实。我什么都不能确定，我不知道是不是我杀了张翰，我甚至都没办法确定我的家人是不是还活着。"他垂下脑袋把两只手放平，脸颊因为痛苦而绷出棱角，"也许就该是我坐进战车死在里面。你把我抓走吧，把我关进监狱。"

"我不是警察，抓人不是我的职责。"我握着咖啡杯感受着里面的温度，然后伸出右手活动了一下，"如果刚才你进来就想烧掉我的脑子，我肯定会打断你的腿然后把你丢给警察。但你竟然坐下来想跟我谈话，那我们就好好谈谈。到现在为止我想我们谈得还不错。"

我把摆在桌子上的小摄像头收进口袋里，然后活动了一下脖子。对面的男孩有些惊讶，不过更多的还是迷茫。他看了看我，又透过窗户看向外面，最后视线又回到了他的两只手上。我问他既然知道了张翰的计划，为什么不逃跑，或者报警。

“张翰说只要做完这件事，只要曹向成死了，噩梦就会结束，一切都会结束，从虚实不分的状态里解脱出来。我希望能解脱出来，我希望能结束这种痛苦，我知道这是他通过洗脑给我灌注的思想，我没有排斥，那时我没有任何生存意义可言。”

“你现在有了吗？”

“我不知道。”他自言自语似的说，“我心里知道我的家人都已经死了，但见到张楠的时候我又不能确定我所想的是不是真的。我知道是假的，但又想去相信。所有的一切好像都不真实但又不是毫无意义的虚拟。”

“真不真实，现在根本不重要。”凉掉的薯条已经失去了吸引力，我把最后一点儿咖啡喝完说，“张翰的死你有责任。而张楠还活着，她对你有意义，知道这一点就足够了。”

我站起来走到门口，外面已是漆黑一片，废墟上的投影都没了踪迹，城市恢复了原本的样貌。怕李念想不明白自己接下来要做什么，我回过头告诉他说：“换做是我的话，这几天我都不会放张楠一个人在家过夜的。”

然后我竖起领子，迎着冷风，走进了漫漫的长夜。

31

三天后，蓝雪会所修缮完毕。撞破的大洞被砖头和水泥完美修补，只是外面那层暗红色的涂料怎么也找不到合适的颜色与周围匹配。这栋雄伟的方正建筑已建成了十几年。外墙的颜色早已被时间改变多次，封装在罐子里的涂料再怎么调也难调出时间的颜色。我想起现在的工艺制品往往只有做旧这项工作由人工完成。一个崭新的东西要被烟熏火燎、抹上污迹、拿砂纸磨才能体现出岁月的痕迹，也只有这样才能让同样的东西有不同的意义。机器并不能理解时间的含义。

我看着一大一小两个建筑工人拿着滚轴正给补好的洞上色，颜色不是太深就是太浅。秦辉站在他们身后很是恼火，而林慧跟我站在路的另外一边，似乎觉得很好笑。

“这么说，那个迷宫型防火墙是在记忆分区放入一段用真实记忆合成的影像做诱饵，然后在‘灵魂锚点’检测真伪的时候让意识强制同步喽。”

“嗯，记忆分区的访问权限也是诱饵的一部分，之所以检测不出防火墙的踪迹是因为‘灵魂锚点’在检测记忆真伪的时候会认为已经越过了防火墙。这是着险棋，因为记忆分区的访问权限是最高级别的访问权限之一，他算是主动授权给你。中了计你就会落入迷宫防火墙。

但要是屏蔽‘灵魂锚点’算法——避开陷阱，就能很快获取他电子脑的所有权限。”

“哼，怪不得张翰当初直接让我入侵他的脑子。关门捉贼一不小心就会被反客为主，有点儿意思。”

林慧继续看我解析完成的防火墙资料，她戴着一个做成无框眼镜样式的显示器，身上是一件长款的棕色貂皮大衣，脚下是一双黑色圆头长靴。眼镜跟这身穿着不太搭调，但是细看一会儿又觉得诡异得合适。过了一会儿，她收起眼镜给自己点了一根烟，我闻到了一股淡草药味，知道她抽的是利群。

“可惜那小家伙英年早逝，不然还是有点儿前途的。”

她长长地吹出一口烟，右手抱住手肘，烟朝向我。这个姿势像要把烟递过来，我看着过滤嘴上淡淡的口红印，奋力想要抵抗诱惑。见我没有动作，她偏过头用责备的口吻说我做得也不错。

“有一点我还是搞不明白，”我的右眼中播放着刺杀当天人偶留下的影像问，“为什么那个人偶要在战车来之前打草惊蛇呢？”

李念有一半说的是对的，人偶在探查清楚曹向成的位置以后就藏了一把水果刀埋伏在了洗浴区，张翰在启动战车的同时为了避免被远程操控和追踪也启动了干扰器。这使得李念在操纵人偶时有几分钟的连接中断，他当时用的人偶连接舱里有记录。我在画面中看到人偶确实瘫痪了几分钟，但它很快就恢复了行动，不过它的动作缓慢且生硬，像是早期的智能机器人。

“现在人偶的脑子也被烧掉了，也没法知道那段时间到底是谁在操纵人偶。”

林慧斜眼看着我说：“你有没有怀疑过我？”

“你当时不是在用一个小人偶跟曹向成会面嘛。如果是你的话，除非你有同时操纵两个人偶的技术。”

“我可是听说迅鹰科技已经有人能同时操纵两个人偶了。”

“哦，既然如此，那跟我走一趟吧。”

“行啊，”她把烟换到右手然后挎住我的手臂说，“去哪儿你说吧，我就把自己交给你了。”

我关掉右眼的视频，揉揉眉心，旁边飘来了烟草和洗发香波的味道。两样都让人无法抵挡。

“有件事我得问问你。”

“你也没必要什么都查到底。虽然我很喜欢你这一点，但有时候得学会放松，就当那是闹鬼好了。”

“原来你那么迷信。”

“是哦。这浑河里头可不知道有多少冤魂，我每天晚上都不敢一个人睡觉呢。”

“你不是有条不错的看门狗吗。”

看着秦辉带着他的那张笑脸跑过来，我夹了下肩膀让我们显得更亲密。

“颜色怎么都调不对啊。”他语藏烦躁，一张皮笑肉不笑的脸阴沉地对着我，“是不是得找正经建筑公司派俩机器人来？”

“哎，算了吧。”林慧抽了口烟把剩下的大半根递给秦辉，“一定要看不出来色差的话，我看只能把整面墙都重刷一遍了。”

秦辉宝贝似的接过烟，放进嘴里抽了一小口。利群是淡烟，他那种口味重的家伙抽起来怕是会觉得一点味道都没有。真是难为他还得装出很喜欢的样子。

“美景伤情何以休，只怪生来易多愁。”他装模作样地叹息道，“现实总无梦里美，何必相伴雨绸缪。”

“看来唐诗三百首装进电子脑，总能随机出来那么几句哈。”我说。

“这叫文化修养，你不懂。”

“现在要装有文化你得往电子脑里面拷圣经。”

“嘁，我还不如拷点儿佛经进去，现在流行中国风，你懂吗？”他扬了下手问林慧，“那就吩咐下把整面墙都刷了？”

“让他们刷成一个门的形状吧，就当留个纪念。”她说。

“好嘞。”

等到他跑回去，林慧松开我的手抬头打量起了她的会所。六年前，这里是一栋豪华大酒楼，老板也是有头有脸的响当当的人物。自从她来以后，酒楼里的人就一个个成了浑河里的冤魂。我本以为她会把酒楼推平，结果她把整个楼都改了，变成了自己的会所。

“你刚才想问什么？”她掩住嘴巴打了个哈欠问。

“你觉得曹向成是个有原则的人吗？”

我说完以后，她诧异地上下打量我，仿佛在怀疑我是不是神经不正常。我告诉她曹向成之前跟我说要调查育苗工程，但是现在又变卦跟他们合作了。

“他是搞政治的，”林慧无趣地说，“见风使舵是基本功，况且这次合作对他来说可以缓解一部分就业问题，没什么害处。再说，合作和调查，某种程度来说并不冲突不是吗，他总会有好几个备选方案。”

“但他也是搞法律的，我总觉得他应该是更有原则的那种人。”

“规则是人定的。”她把双手抱在胸前对着大楼微微地叹了口气然后问道，“你觉得他们什么时候能开发完‘灵魂锚点’？”

“大概用不了几年吧。就像你说的，”我用食指点了点太阳穴，“我们得保护好自己的脑子了。”

“也就是说，到时候我只要攻破你的电子脑就能让你爱上我？”

“这件事用得着那么麻烦吗？”

“哦？你的意思是让我进军花卉业喽。”

“我觉得到时候你卖得最多的就是菊花和百合，而且你卖花的样子会把人吓跑的。”

我转头望着她微微扬起的嘴角还有她那一身雍容华贵的貂皮大衣说：“我还一直以为你是个环保主义者。”

“高仿的，人造皮。”她扬起手臂让我看袖子，“你的眼睛该升级了吧。”

“哎，看来假的东西是越做越好了。”

我看了下右手，盘算着哪天是不是该升级一下。林慧面带浅笑，一双狡黠的眼睛盯得我放松不得。

“一个星期，那兄弟俩的事都被你挖出来了，防火墙也弄到了手。看来你的鼻子还没有退化嘛。什么时候不想住你那空房子了就跟我说一声，我在会所里给你留间大房。”

“住到会所里头？”我抿起嘴笑道，“你不怕我祸害你手下的小姑娘吗？”

“放心，你那间房就在我的房间旁边，我会让你忙到没时间脱裤子。”

“噢，这么说，我是偏房，每天要苦哈哈地等你临幸？”

“你想当正室？”她偏过头笑意渐浓，“那咱们去登记结婚好了。我还从来没办过婚礼，也算了了个心愿。”

我想了下如果她办婚礼会请的几个人，还有他们在台下看着我和她手挽手的样子，心里不寒而栗。

“你是不是经常跟秦辉开这个玩笑？”

“开玩笑也分对象。”她嗔怪道，“有些人会把假话当真，有些人会把真话作假。”

“那结婚这事，你说的是真话还是假话？”

“这就看你信还是不信了，不是吗？”

半个月后，本地的新闻网站上登了一条没有影像资料的新闻——官员逃逸遭遇车祸，或因贪污诈骗被调查。新闻的正文提到了保障科和义体保障部门，他们把很多人拿不到补助或者补助不足的原因归咎到了吴卫民的头上，事实是否如此我不得而知。我想是有点儿关系，不过看到他们把义体行业发展畸形都往吴卫民的头上扯，我就没兴趣再细读了。总之吴卫民选了第三条路——逃逸。不过在前往机场的时候他的车子翻下了高速，他半身瘫痪。新闻里没有讲车祸的细节。

文章的最后提到了接任者的名字，我搜索了一下，那位前社会保障部的副科长是沈建邺的一个老同学。时政板块多是曹向成康复以后大刀阔斧地调整法规和优化产业结构的文章，与育苗工程的合作大获成功。我转到军事板块，服役到达年限的集体转业，装备维护部门和军工厂转为国营，去掉编制，不少人都脱下了军装。王宏安所在的情报部门倒是大部分得到了保留，一些选择自主择业的小组也都进了大公司的网络安全部门。

相比较时政和军事，科技板块就要热闹得多，明年是电子脑投入使用的十五周年，各种新技术又会扎堆在十五周年纪念时上市。占板块头条的是智远科技所发布的一项廉价全身义体计划，他们称之为“重生计划”，然后编辑又用了一个熟悉得不能再熟悉的词来形容——未来趋势。

当然，这些都跟我没关系。我登上虚拟商业街去看了下张楠的店铺，人气火爆。我给了她十万块钱，说是软件公司给张翰家属的慰问金。她没过问太多，毕竟她也确实需要钱起步。我跟她说最好再雇一个人或者买一个机器人，不然一个人怕是忙不过来。她告诉我说有个张翰同学来帮忙，两个人正好。我没问那位同学是谁。

成佳把吴卫民从育苗工程接收的人都给挖了出来，他们多有严重的迷乱症，我拜托李广寒联合私人诊所接收了其中一部分人进行治疗，但还是有一小部分严重的人进了精神病院和实验房。治疗完成以后他们大多数人还是找不到工作，也没有地方住，没有家人，我不知道这个结果到底算好还是坏。

最后，还有付红云，这半个月里我跟她联系了两次。因为诈保事件曝光，实验康复中心已经被陆续关停。我让沈建邺在收网抓人的时候放了她一马，作为交换，扳倒吴卫民的人情就当是还了。他老同学当上了保障部门的头儿，而我却连个义体补助的低保都没捞到。付红云被安排到了医院工作。我再见到她时，她穿了一身护士服在做前台咨询。其实到医院工作对她来说再合适不过，她可以用内部价格买到机械肺，还能顺便做去疤手术。但她还是向我抱怨说，她好想去死。我猜这是因为医院是全面禁烟的。

我不知道该怎么安慰她。

最后只能说，日子总得过下去。